HAYMON taschenbuch **233**

MIX
Papier aus verantwortungsvollen Quellen
FSC® C083411

Auflage:
4 3 2 1
2022 2021 2020 2019

HAYMON tb **233**

Originalausgabe

www.haymonverlag.at

ISBN 978-3-7099-7903-7

Buchinnengestaltung nach Entwürfen von himmel. Studio für Design und Kommunikation, Innsbruck / Scheffau – www.himmel.co.at
Umschlag: Eisele Grafik · Design, München, unter Verwendung folgender Bildelemente: bigstock.com/Phongphan (Hintergrund); bigstock.com/Eugene Sergeev (Zweig); shutterstock.com/Independent birds (Fledermaus)
Satz: Da-TeX Gerd Blumenstein, Leipzig
Autorenfoto: Thomas Schrott

Gedruckt auf umweltfreundlichem, chlor- und säurefrei gebleichtem Papier.

Lena Avanzini

Am Ende nur ein kalter Hauch

Ein Fall für Carla Bukowski

Lena Avanzini

Am Ende nur ein kalter Hauch

Für Fräulein Schmutzfuß und das kleine Glück,
das sich eines Winterabends ungebeten auf dem
Fußabstreifer einrollt

0

Der Frost ist ein guter Liebhaber.

Zärtlich kriecht er unter meine Kleider. Er umkost meine Brüste, bis die Nippel kieselhart werden, saugt gierig an meinen Lippen, bis sie aufplatzen, legt sich um den Hals wie Hände, die sanft sind, aber auch ein bisschen rau, und die etwas vom Zupacken verstehen.

Der Frost ist ein guter Liebhaber mit einem schlechten Timing.

Ist das Spiel wirklich aus? Gerade jetzt, wo ich Antworten bekommen habe? Antworten auf alle Fragen: auf die jüngsten, die noch grün hinter den Ohren sind; auf die lange verdrängten, die schon Patina angesetzt haben; sogar auf eine, die ich nie gestellt habe.

Die letzte Antwort hat mich von den Füßen gerissen, aber sie hat mich auch erleichtert. Befreit von einer jahrelang gehätschelten Schuld.

Teuer waren sie, die Antworten. Sie haben unschuldiges Blut gekostet, und während ich von einer Schuld befreit wurde, habe ich eine andere auf mich geladen.

Schuld, Unschuld. Opfer, Täter. Sind wir alle beides und bemerken es nicht?

Und wenn wir es bemerken, wie halten wir es aus? Im Vertrauen auf das Vergessen, das gnädig Gras über alles wachsen lässt?

Ich denke: Vergessen. Und: gnädig. Und ich frage mich, ob er vielleicht doch kein allzu schlechtes Timing hat, der Frost?

1

Kreucht, fleucht, pirscht, hirscht ... Daniels tierischer Blog

Fortuna und die Fledermaus – 19. Februar 2015

Heute feiern die Chinesen das Neujahrsfest. Und weil am Beginn eines neuen Jahres Glück gewünscht wird, stelle ich euch eine Säugetiergruppe vor, die im traditionellen China das Glück symbolisiert: die Fledermäuse (Microchiroptera).

Was?, fragt ihr. Ausgerechnet diese düsteren, nachtaffinen Gesellen, denen man in unseren Breiten seit dem Mittelalter Blutsaugerei und andere dämonische Bosheiten nachsagt? Die sollen Glück und Segen bringen?

Genau. Und der Grund ist einfach. Das chinesische Zeichen für Fledermaus klingt wie das Zeichen für Glück: fú.

Kein Wunder also, dass man in China Fledermausdarstellungen auf Bauwerken, Stoffen und Alltagsgegenständen findet.

Meistens sind Gruppen von fünf Fledermäusen abgebildet, die für die fünf Glückseligkeiten stehen: für Gesundheit, langes Leben, Wohlstand, Tugendhaftigkeit und – einen leichten Tod.

In diesem Sinne: biānfú ...

... wünscht euch Daniel

2

Sie erwachte von ihrem eigenen Schrei. Ihr Herz raste, als wäre sie gerannt, stundenlang pfeilschnell gerannt. Und so war es ja, wenn auch nur im Traum. Dem wiederkehrenden Albtraum, in dem Bukowski alles aus sich herausholte, um Samuel, ihren sechsjährigen Sohn, vor dem Abgrund zu bewahren, in den er sich stürzen wollte. In den er sich stürzte, jedes Mal aufs Neue, denn immer kam sie zu spät, immer schlossen sich ihre Finger um dünne Luft.

Seit sie ihre Pillen abgesetzt hatte, suchte der Traum sie wieder regelmäßig heim. Die Schlafmittel, die Antidepressiva, sie hatte sie sattgehabt. Hatte beschlossen, sich endlich wieder zu spüren, sich und die Ecken und Kanten und spitzen Steine des richtigen Lebens – ohne pastellfarbene Watte drum herum. Seither gab es bessere und schlechtere Tage, und irgendwie funktionierte sie, sogar an den miserablen.

Heute wird es nicht anders sein, dachte sie, schlug die Decke zurück und stand auf.

Regen prasselte aufs Fensterbrett, ein Regen, der gekommen war, um zu bleiben. Bald schon würde er den Schnee, der die Alservorstadt in einen flauschigen Mantel des Schweigens gehüllt hatte, weggeputzt haben.

Bukowski wankte ins Bad. Den Blick in den Spiegel mied sie. Die richtige Öffnung zum Zähneputzen fand sie auch so. Und sie ahnte auch so, dass sie nicht wie das blühende Leben aussah. Mit dem Geräusch der Bürste hatte sie allerdings nicht gerechnet: Sie klapperte gegen ihre Zähne, und Bukowski bemerkte erst jetzt, wie sehr ihre Hände zitterten.

Nun hob sie doch den Kopf. Blutunterlaufene Augen starrten sie an, ihre Wangen waren hohl und die

Blässe ihrer Haut so umfassend, dass sie sogar auf die Sommersprossen übergegangen war. Als hätte jemand versucht, die Dreckspritzer aus meinem Gesicht zu radieren, dachte Bukowski.

Sie gurgelte und spuckte aus. Als sie zum Handtuch griff, wurde ihr schwindlig. Sie fragte sich, was ihr so zugesetzt hatte. Der Traum wohl kaum. Er suchte sie schon so lange heim. Wie Motten hatte er sich bei ihr eingenistet, kurz nachdem das FURCHTBARE über sie hereingebrochen war. Vor zehn Jahren und neun Monaten, als ihr Mann sich umgebracht hatte. Erweiterter Suizid hieß das in der Fachsprache, denn Gregor hatte den gemeinsamen Sohn Samuel mitgenommen. Woran die beiden gestorben waren, wusste Bukowski nicht genau, weil Gregor kurz vor seinem Tod Feuer gelegt hatte – so gründlich, dass die Obduktion nur bruchstückhafte Ergebnisse lieferte. Sie klammerte sich an die Hoffnung, dass die beiden nicht gelitten hatten. Verarbeitet hatte sie das FURCHTBARE nicht, natürlich nicht, genauso wenig wie den Tod ihrer zweiten großen Liebe Leon vor zwei Jahren. Beide Wunden waren verheilt. Die Narben schmerzten regelmäßig, aber Bukowski hatte gelernt, trotzdem zu funktionieren.

Deshalb kam es ihr seltsam vor, dass sie sich an diesem Morgen ganz und gar elend fühlte. Ausgewrungen. Auch nach einem doppelten Espresso und zwei Morgenzigaretten besserte sich ihr Zustand kaum. Sie wusste nicht, woran es lag. Oder wusste sie es und wollte es sich nicht eingestehen? Sie, die Meisterin des Verdrängens, wie ihre Freundin Kim sie einmal genannt hatte?

Als sie sich die dritte Zigarette anzündete, vibrierte ihr Handy.

„Wo bleibst du?“ Ungeduldige Schlieren durchzogen die Stimme ihres Kollegen Manni.

Sakradi! Sie hatte den Termin in der Gerichtsmedizin vergessen, hätte schon vor einer Viertelstunde dort sein sollen. Das war ihr noch nie passiert. Zum Glück wohnte sie schräg gegenüber. Sie musste nur die Schuhe anziehen und die Sensengasse überqueren.

Als sie den Obduktionssaal betrat, war die äußere Besichtigung der Leiche bereits abgeschlossen. Die Gerichtsmedizinerin Dr. Hilde Bartenstein vulgo *wüde Hüde* hatte Brust- und Bauchhöhle der Toten eröffnet.

Bukowski entschuldigte sich für ihr Zuspätkommen. Dann streifte ihr Blick das Antlitz der Toten, und in ihrem Kopf fielen mehrere Puzzleteile an ihren Platz: Sie erinnerte sich an den vergangenen Tag, die Benachrichtigung über einen ungeklärten Todesfall, das Betreten der Wohnung, die tote Frau im Bett und das Gesicht dieser Frau; vor allem an ihr Gesicht und damit einhergehend an Entsetzen, Schock und Übelkeit. Und sie wusste, warum sie sich heute so elend fühlte.

Auch jetzt bekam sie wieder weiche Knie und musste ein paarmal hart schlucken, um sich nicht zu übergeben. Sie, der bei Obduktionen noch nie schlecht geworden war! Der weder der Geruch von halb verwesten Körpern noch das Geräusch der Knochensäge etwas ausmachte, mit der der Obduktionsassistent gerade den Schädel der Toten eröffnete. Nur dieses Gesicht, so fremd, so vertraut – der Anblick lähmte sie.

Wenigstens ging es ihr nicht allein so. Auch ihr Kollege Manni war blasser als sonst, und der Obduktionsassistent, an dessen blauer Kunststoffbrille etwas Glitschiges klebte, ließ die Säge fallen, starrte Bukowski an und keuchte auf. Jetzt bemerkte auch die Bartenstein, dass etwas nicht stimmte. Ihr Blick wechselte von der Toten zu Bukowski und wieder zurück. Ihr Mund klappte auf, die Zahnlücke wurde sichtbar. „Das ... ist ...“

Die erfahrene Gerichtsmedizinerin sprachlos zu erleben, war eine Premiere.

„Sie sieht mir ähnlich, so what?“, ätzte Bukowski. Flucht nach vorn schien die einzig mögliche Strategie zu sein. „Können wir jetzt weitermachen? Mein Kollege und ich haben nicht den ganzen Tag Zeit.“

Das saß. Die Bartenstein war es nicht gewohnt, zurechtgewiesen zu werden. Sie schnappte nach Luft. Fuhr dann mit ihrer Arbeit fort und entnahm der Leiche die Milz. Es klang wie eine Ohrfeige, als sie das Organ in die bereitgestellte Schale klatschte.

Bukowski überstand die Obduktion, indem sie sich auf die Wanduhr konzentrierte und dem Sekundenzeiger folgte. Von Zeit zu Zeit warf Manni ihr einen besorgten Blick zu. Sie tat, als bemerkte sie es nicht; stand da, Hände in der Hosentasche und ohne mit der Wimper zu zucken. Solange sie die Coole mimte, würde sie nicht die Beherrschung verlieren.

Wie es innen drin aussah, ging niemanden etwas an – auch den lieben Manni nicht. Nicht einmal sich selbst wollte sie eingestehen, wie sehr es ihr zusetzte, beim Ausweiden ihrer Doppelgängerin zusehen zu müssen. Denn die tote Frau – eine gewisse Johanna Cramer – glich ihr nicht nur, sie hätte ihre Zwillingsschwester sein können.

Klar, ein Zufall. Eine seltene Laune der Natur, mit der niemand rechnen konnte. Vielleicht ein Wink mit dem Zaunpfahl, dass Bukowski sich endlich mit dem Tod auseinandersetzen sollte. Mit dem Tod im Allgemeinen. Mit ihrem eigenen Tod im Besonderen. Ernsthaft und auf Augenhöhe. Bis jetzt hatte sie das nicht geschafft, so absurd es sich auch anhörte. Dabei war sie als Kriminalbeamtin des Ermittlungsbereiches Leib/Leben beruflich andauernd damit beschäftigt. Und auch privat war sie schon so intensiv mit dem Gevatter konfrontiert worden, dass er inzwischen fast ein Freund sein müsste.

Aber nein, sie hasste ihn. Und wie ein dummer Vogel, der bei Gefahr den Kopf in den Sand steckte, hatte sie bisher wohl gedacht, Ignorieren sei eine Lösung.

„Verstanden?“ Eine silberweiße Strähne hatte sich aus dem Dutt der Gerichtsmedizinerin gelöst, sie strich sie sich hinters Ohr. Die Handschuhe hatte sie bereits abgestreift, ihr Assistent war mit dem Zunähen der Toten beschäftigt.

„Ähm ...“ Bukowski spürte, wie das Blut in ihre Wangen schoss. Da hatte sie wohl etwas Entscheidendes verpasst. „Was soll ich verstanden haben?“

„Was ich Ihnen gerade zur Todesursache gesagt habe.“

Zum Glück sprang Manni ein. Revierinspektor Manfred Pribil mochte seine Schwächen haben – aber wenn es darauf ankam, konnte man sich auf ihn verlassen. „Sie haben nichts Gegenteiliges gefunden, Frau Doktor? Das heißt also Tod durch Ersticken, wie wir vermutet haben.“

Die Bartenstein nickte. „Gut, dass wenigstens Ihr Kollege aufgepasst hat“, sagte sie zu Bukowski. Als Retourkutsche für vorhin.

„Also Mord!“ Mannis Stimme rutschte nach oben und vibrierte ein bisschen, als hätte er nur darauf gewartet, endlich wieder ein Kapitalverbrechen auf dem Tisch zu haben.

„Das habe ich nicht gesagt“, zischte die Bartenstein. „Dafür gibt es keinerlei Anzeichen.“

„Aber die Auffindesituation mit dem vom Kopf gezogenen Plastikbeutel ist doch eindeutig“, konterte Manni. Seine Pickel leuchteten vor Eifer.

„Welche Schlussfolgerungen Sie aus Ihrer Ermittlungsarbeit ziehen, ist nicht mein Bier. Ich zähle nur die Fakten auf.“

Bukowski hatte sich endlich wieder gefasst. „Haben Sie keine Stauungsblutungen gefunden?“, fragte sie.

Die Bartenstein schüttelte den Kopf. „Keine Petechien, nein. Nicht an den Lidhäuten, den Augenbindehäuten, der Mundschleimhaut, und auch sonst nirgends. Bei Ersticken aufgrund von Sauerstoffmangel in der Atemluft ist das aber nicht ungewöhnlich.“

Bukowski nickte. „Irgendwelche Anzeichen von Gegenwehr?“

„Keine Spuren von Gewalt, keine Hämatome, keine Verletzungen der Haut, kein Gewebe unter den Fingernägeln.“ Mit einer Armbewegung, als verscheuche sie aufdringliche Hühner, komplimentierte die Bartenstein sie hinaus. „Laboranalyse folgt. Bis dahin: Ermitteln Sie schön. Und grüßen Sie mir den Nowak.“

„Der Hanno wird sich freuen“, sagte Manni, als sie draußen waren. Sie suchten unter dem Vordach Schutz, weil es immer noch regnete, fein, aber stetig.

Bukowski fingerte eine Zigarette aus der Packung, steckte sie an und nahm einen tiefen Zug. Sie hob die Brauen. „Über die Grüße?“

„Über den neuen Fall natürlich.“

„Natürlich“, sagte Bukowski, verschluckte sich am Rauch und hustete.

Mannis Gedankengänge waren an sich leicht zu durchschauen, es sei denn, eine neue Liebe vernebelte sein Gehirn. Es ist also wieder so weit, dachte sie.

„Und was genau soll ihn an dem Fall freuen?" Bestimmt nicht, dass die Tote und sie einander glichen wie die Kessler-Zwillinge, und noch weniger, dass der Fall kompliziert werden würde – das sagte zumindest Bukowskis Nase.

„Mensch, das war doch nicht ernst gemeint!" Manni verdrehte die Augen. „Urschockiert wird er sein, eh klar."

„Ach so." Respekt, dachte sie. Manni beherrschte Ironie. Der Gute wurde erwachsen. Höchste Zeit, dass sie ihr Bild von ihm aktualisierte.

„Wie geht's dir denn damit? Ich meine, wie geht's dir *wirklich*? Innen drin?"

Hu, dachte Bukowski und schnappte nach Luft. Nicht nur Ironie, ganz plötzlich nannte Manni auch Empathie sein Eigen. Mehr als die übliche Prise, über die der Durchschnittsmann verfügte. Irgendetwas musste passiert sein. „Hast du eine Freundin? Kenn ich sie?"

„Was hat das damit zu tun?" Flammende Röte eroberte Mannis Wangen und übertünchte sämtliche Aknenarben. „Mensch Jadis, wieso nimmst du mich nie ernst? Ich mach mir Sorgen um dich!"

„Danke, ganz lieb", ätzte Bukowski. Obwohl sie nicht nachvollziehen konnte, was sie mit der weißen Hexe von Narnia gemeinsam haben sollte, außer dass sie ebenso schmale Lippen hatte wie deren Darstellerin Tilda Swinton, ärgerte sie sich längst nicht mehr über diesen Spitznamen. Nur den besorgten Tonfall konnte sie nicht leiden. „Aber was soll eine böse Hexe schon umhauen?" Sie tötete ihre Zigarette ab, steckte den Stummel in die Packung und schnalzte mit der Zunge. „Na komm, packen wir's. Auf uns wartet ein Haufen Arbeit."

3

„Gute Arbeit, Hinnerk!" Nowaks Stimme dröhnte durch den Besprechungsraum, schulterklopfender Nachhall inklusive. Dass er mit Hinnerk Knorr seine Schwierigkeiten hatte, war allgemein bekannt und würde sich wohl nie ändern. Aber Ungerechtigkeit im Umgang mit seinen Untergebenen (nein, mit den Mitarbeitern, korrigierte er sich rasch) wollte er sich nicht nachsagen lassen. Und im Fall des Serienvergewaltigers von Hernals hatte Hinnerk wirklich gut mit den Kollegen vom Ermittlungsbereich Sittlichkeitsdelikte zusammengearbeitet, das musste man ihm lassen. Der Abschlussbericht, den er heute vorgelegt hatte, war tadellos geschrieben, besser hätte es auch von den anderen keiner hingekriegt. Überhaupt schien Hinnerk seit einiger Zeit motivierter zu sein. Womöglich lag es an seiner neuen Freundin, einer toughen Kfz-Mechatronikerin. Hoffentlich hält sie es länger mit ihm aus als ihre Vorgängerinnen, dachte Nowak nicht ganz uneigennützig.

„Kommen wir zum nächsten Punkt: zum Fall Johanna Cramer." Dummerweise hatte er noch keine Zeit gehabt, sich damit zu befassen. Gestern Abend, als der Leichenfund gemeldet worden war, hatte Kim ihn ins Steirereck eingeladen – quasi als verspätetes Geburtstagsgeschenk. Er hatte seiner Ehefrau versprechen müssen, sowohl sein privates als auch sein Diensthandy auszuschalten. Natürlich hatte er sich daran gehalten. Und du hast es nicht bereut, weder während des Essens noch danach, sagte er sich und spürte, wie sich ein dämlich-verzücktes Lächeln seiner Mundwinkel bemächtigte.

Mit einer schroffen Handbewegung wischte er es weg. Zusammenreißen, jetzt. Konzentrieren.

Er setzte die Lesebrille auf, schnappte sich sein iPad und öffnete die Tatort-App, um die Fotos von der Auffindesituation zu begutachten. Gleich das erste Bild ließ seinen Puls in die Höhe schnellen. „Wer war das?", donnerte er.

Chefinspektor Oskar Travnitschek, der gerade mit Manni getuschelt hatte, fiel vor Schreck der Kugelschreiber aus der Hand.

„Ossi, du? Bist du von allen guten Geistern verlassen?"

Etwas schepperte. Nein, jemand lachte. Es war Carla, und das Lachen klang künstlich. „Hanno, du täuschst dich", sagte sie. „Niemand hat sich einen schlechten Scherz erlaubt und mit Photoshop herumgespielt. Es ist nur so, dass diese Johanna Cramer mir wahnsinnig ähnlich sieht. Abgesehen von den langen Haaren." Sie versuchte, eine Haarsträhne um ihren Finger zu wickeln, aber die Strähne war zu kurz. „Und der Tatsache, dass sie jetzt tot ist."

Wieder das Scheppern. Als niemand einfiel, geriet es ins Stolpern und brach ab.

Nowak schnappte nach Luft. Deshalb sind alle so still, dachte er, so handzahm. Na bravo. In seiner ganzen Laufbahn hatte er sowas noch nicht erlebt.

„Verdammtes Wirtshaus!" Er räusperte sich. „Wer ... ähm ... hat die Tatortarbeit dokumentiert?"

Ossi meldete sich. Er nahm die dunkelblaue Strickmütze ab, ohne die er nie anzutreffen war, wischte sich den Schweiß von der Stirn und setzte sie wieder auf. Er bemühte sich, die Fakten möglichst nüchtern zusammenzufassen und das Zittern in seiner Stimme zu unterdrücken. Nowak bemerkte es trotzdem.

Ossi berichtete von der schönen Wohnung, in der Johanna Cramer gewohnt hatte, mit zwei Wellensittichen und ihrem Ehemann. Drei geräumige Zimmer samt Klopfbalkon, alles geschmackvoll eingerichtet, picobello aufgeräumt und blitzsauber. Die Tote sei im Bett gelegen, auf dem Nachttisch habe man eine fast leere Cognacflasche gefunden und ein Glas. „Auffällig war, dass sie selbst auch so picobello aussah wie die Wohnung."

„Das heißt?"

„Na ja, schön frisiert war sie halt und geschminkt, und nach Parfüm hat sie geduftet. Und sie war bis zum Hals zugedeckt. Grad so, als ob jemand das nachträglich gemacht hätte."

„Du meinst, ihr Mörder hat sie aufgebahrt?"

„So ähnlich hat es ausgesehen, ja. Und die Hauptsache ist natürlich, dass die ‚Tatwaffe' ..." Ossi zeichnete Anführungszeichen in die Luft –

„Die habt ihr gefunden?"

„Ein Plastiksackerl! Es lag aber interessanterweise neben ihrem Gesicht. Jemand muss es nach der Tat heruntergezogen haben. Im Labor sind sie schon dran."

„Und was sagt die *wü...*, ich meine die wunderbare Frau Dr. Bartenstein?"

Carla resümierte die Ergebnisse der Obduktion: Tod durch Ersticken, keine Anzeichen von Gewaltanwendung oder Gegenwehr.

„Dumm gelaufen", sagte Nowak. „Habt ihr die familiäre Situation schon durchleuchtet?"

„Verheiratet, eine Tochter", sagte Manni. „Die Tochter ist dreiundzwanzig und lebt als Fitnesstrainerin in Shanghai. Nadja heißt sie. Wir haben sie informiert, sie ist schon auf dem Weg nach Wien. Kurt Cramer, der Mann der Toten, ist Softwareentwickler bei Siemens und heute nicht an seinem Arbeitsplatz erschienen, was für ihn absolut ungewöhnlich sein soll. Telefonisch ist er auch nicht erreichbar."

„Fahndung?“

„Läuft, Hanno.“

„Wissen wir was über die Ehe?“

Manni hob den Kopf. „Die Nachbarin, eine gewisse Lydia Henselt, behauptet, dass Johanna Cramer einen Liebhaber hatte. Angeblich wollte sie sich scheiden lassen, aber ihr Mann nicht. Er soll hoch verschuldet und finanziell von ihr abhängig sein. Sie ist ... war Buchhändlerin. Hat vor drei Jahren ein eigenes Geschäft eröffnet.“

„Wenn das kein schönes Mordmotiv ist!“, sagte Ossi. „Es könnte so gelaufen sein: Ihr Mann bittet sie um eine Aussprache. Sie trinken, er kann ihr die Scheidung nicht ausreden, also füllt er sie mit Alkohol ab, bis sie wehrlos ist. Er legt sie ins Bett, muss ihr nur noch den Beutel über den Kopf stülpen. Aus, Ende. Danach macht er sauber und beseitigt seine Spuren, damit es wie Selbstmord aussieht.“

Manni nickte.

„Hm“, sagte Carla und legte ihren Finger an die Nase, wie immer, wenn ihr Gehirn einen Einwand ausbrütete. „Das passt doch nicht zusammen. Wenn er die Spuren verwischt hat, um einen Suizid vorzutäuschen, wieso ist er dann verschwunden? Dadurch macht er sich doch verdächtig. Und wieso hat er den Beutel von ihrem Kopf gezogen?“ Carla tippte mit dem Finger gegen ihre Schläfe. „Hallo? Wie blöd muss der Typ sein?“

„Saublöd.“ Manni grunzte. „Aber das ist kein Beweis für seine Unschuld.“

„Selbstmord scheidet jedenfalls aus“, sagte Ossi.

„Bist du dir sicher?“, fragte Carla.

„No na ned! Die Leich schau ich mir an, die sich posthum das Sackerl vom Kopf zieht.“

Carla öffnete den Mund zu einer Antwort, wurde aber von ihrem Handy abgelenkt, das sich vibrierend in

Richtung Tischkante bewegte. Sie schnappte es, bevor es hinunterfiel, blickte aufs Display und runzelte die Stirn. Mit einer gemurmelten Entschuldigung auf den Lippen huschte sie hinaus, ohne sich von dem bösen Blick irritieren zu lassen, den Nowak ihr hinterhersandte.

4

Das Vibrieren hatte aufgehört. Sie wartete, bis sich die Tür des Besprechungsraums wieder geschlossen hatte, dann rief sie zurück. Ein Frösteln hatte sie befallen, als die Nummer auf dem Display aufgeleuchtet war – ein unbekannter Festnetzanschluss mit einer nur allzu bekannten Vorwahl.

Wer aus ihrer Heimatgemeinde wollte etwas von ihr? Jemand aus ihrer Verwandtschaft? Die Telefonnummern ihrer Eltern und Brüder hatte sie aber gespeichert, schon um vor unliebsamen Überraschungen gefeit zu sein.

„Schwester Sibylle", meldete sich eine junge Frau, deren Stimme sie noch nie gehört hatte. „Wohn- und Pflegeheim zum Heiligen Rochus. Was kann ich für Sie tun?"

Bukowski keuchte auf. Ihre Finger zitterten, wie schon öfter an diesem denkwürdigen Tag.

„Hallo? Wer spricht?"

„Sie ... Sie haben mich angerufen."

„Sind Sie Carla Guggenbichler?"

„Das war mein Mädchenname. Ich heiße Bukowski. Ist ..." Sie musste Luft holen. „Ist etwas passiert?" Eine überflüssige Frage, weil sie es schon wusste. Weil es nur einen einzigen Grund für einen Anruf aus dem Pflegeheim geben konnte, in dem ihre Oma seit Jahren vor sich hin dämmerte. Es war zu erwarten gewesen.

Trotzdem klang es absurd, als Schwester Sibylle es aussprach. Und Bukowski nahm es ihr übel, dass sie die Nachricht so routiniert überbrachte. So sachlich, trotz ihrer mädchenhaften Stimme. Aber klar, Altenpflegerinnen hatten vermutlich von Anfang an Übung im Überbringen von Todesnachrichten.

„Dann wussten Sie es noch gar nicht?“

„Nein“, brummte Bukowski. Woher auch?

„Wir haben natürlich Ihre Mutter informiert, gleich nachdem es passiert ist. In der Nacht auf Sonntag. Aber heute beim Aufräumen haben wir unter der Wäsche Ihrer Großmutter einen Brief gefunden, auf dem Ihr Name steht. Da meinte meine Chefin, ich solle Sie anrufen. Zur Sicherheit. Zum Glück ist Ihre Handynummer noch dieselbe wie vor Jahren.“

Aus den beiden letzten Wörtern meinte Bukowski, einen Vorwurf herauszuhören. Sie fragte sich, wann sie ihre Großmutter zuletzt besucht hatte. Vor drei Jahren? Wirklich? Sie rechnete rasch nach und musste sich eingestehen, dass es mindestens sechs Jahre her war.

Ein mehr als berechtigter Vorwurf also. Sie hatte nicht einmal mehr an Oma Rosalba gedacht. Warum? Weil sie es nicht ertragen konnte, dass ihre Großmutter sie nicht mehr erkannte? Dass sie sich in ein dahinvegetierendes Etwas verwandelt hatte, dem man nicht ansah, was es dachte, was es fühlte, ob es überhaupt etwas dachte und fühlte? Dieses Wesen im Rollstuhl war ihr wie eine Puppe vorgekommen, die Oma Rosalbas altmodische Rüschenblusen trug und dieselben blauvioletten Locken hatte. Doch aus dem Lederapfelgesicht hatten fremde Augen geblickt und der Blick hatte Bukowski an Rilkes Panther erinnert: „vom Vorübergehn der Stäbe so müd geworden“ – auch wenn Omas Stäbe unsichtbar waren und Altersdemenz hießen. Von der Person, die Bukowski mehr geliebt hatte als alle übrigen Familienmitglieder zusammen, war nur eine leblose Hülle geblieben.

Natürlich rechtfertigte das ihre lange Abwesenheit nicht. Es warf höchstens die Frage auf, ob sie an Gefühlskälte litt wie ihre Mutter. Oder ob sie zu feig war für Themen wie Alter, Verfall, Tod ...

Schwester Sibylle unterbrach ihre Gedanken. Dass das Begräbnis für Mittwoch zehn Uhr angesetzt sei, sagte sie, und dass Oma Rosalba nicht gelitten habe. Sie sei am Abend eingeschlafen und nicht mehr aufgewacht, gerade so, als hätte sie aufs Weiteratmen vergessen. Eigentlich ein schöner, ein wünschenswerter Tod.

Ist es so einfach?, fragte sich Bukowski, nachdem sie das Telefonat beendet hatte. Vielleicht hatte Oma in ihrem verwirrten Geisteszustand eine Art stilles Glück gefunden, von dem niemand wusste? Darf man sich wünschen, dass jemand stirbt, nur weil man die Lebensqualität, die er vielleicht noch hat, nicht erkennen kann?

Sie ärgerte sich über die Leichtfertigkeit, mit der Menschen wie Schwester Sibylle leere Phrasen über die Schönheit des Todes droschen. Immerhin gab es kein Zurück. Der Tod war Destruktion, Vernichtung, Auslöschung. Kein Übergang, kein Danach. Nur eine gedrückte Stopptaste und – Stille. Ausweglose, unfreiwillige Stille. Quasi das stumme Brüllen des Nichts.

Hör auf, dachte sie. Du bist pathetisch. In Wahrheit ist dein Problem nur das schlechte Gewissen und dass du jetzt mit deinen Versäumnissen zurückbleibst.

Ja, sie war feig in Sachen Tod, und diese Feigheit hatte sie davon abgehalten, an den letzten Lebensjahren ihrer Großmutter teilzunehmen.

Sie bemerkte, dass sie fror. Ihr Körper schien von den Zehen aufwärts taub und starr zu werden. Wie zum Ausgleich schwirrten in ihrem Kopf Myriaden von Gedanken durcheinander. Kindheitserinnerungen. Sie sah eine fünfunddreißig Jahre jüngere Oma vor sich, als blätterte sie in einem Fotoalbum. Ein waches Gesicht, das noch nicht an einen Lederapfel erinnerte. Haar, das sich noch nicht blauviolett lockte, sondern zu einem langen, mit einzelnen Silberfäden durchzogenen Zopf geflochten war.

Juli 1981

Ihr ist viel zu heiß. Die Sonne knallt auf den Asphalt und bringt die Luft darüber zum Zittern. In dem ausgeleierten Sweater, den vor Carla Paul und vor Paul Sebastian getragen hat, schwitzt sie erbärmlich. Trotzdem tritt sie so kräftig in die Pedale, wie es geht. Nur schnell weg! Sie hat nicht lange nachgedacht, hat ihre Schultasche gepackt und die Badesachen, zwei Unterhosen und Pippo, den Plüschbären, hineingestopft. Das Sparschwein ist ihr zu spät eingefallen. Aber egal, es sind ohnehin nur zwanzig Schillinge drin.

Endlich kommt ihr Ziel in Sicht: die kleine Schrebergartensiedlung, der Jägerzaun, der Omas Parzelle umgibt. Sie schmeißt das Rad hin, reißt das Gartentor auf und stürmt auf die Gestalt zu, die im Gemüsebeet kauert und Unkraut zupft.

„Oma, Oma! Ich bleib jetzt bei dir!“

„Carla, mein Schatz! Wie schön, dass du mich besuchst.“

„Nicht besuchst. Für immer. Ich bleib bei dir und wir gehen nach Italien.“

Oma Rosalba steht ächzend auf und zieht die Gartenhandschuhe aus. „Wie kommst du denn auf Italien?“

„Du hast doch gesagt, dass du später nach Italien gehst.“

„Ach so!“ Oma lacht. „Ich hab gemeint in zehn, zwanzig Jahren vielleicht. Wenn ich alt bin. Aber das war eher

so eine Art Wunschtraum. Eigentlich ist es hier doch auch ganz schön, findest du nicht?" Sie drückt Carla fest an sich.

„Au! Du tust mir weh!" Carla keucht auf. Sie versucht, die Tränen, die sich schon so lange aufgestaut haben, hinunterzuschlucken. Sonst gelingt es ihr immer, aber in diesem Moment ist es schwer. Die Wärme und der vertraute Geruch, der von Oma ausgeht, setzen ihr zu. Noch mehr aber die Hoffnung auf Flucht, die gerade dabei ist zu zerplatzen.

Oma Rosalba zuckt erschrocken zurück und lässt Carla los. „Entschuldige. Hab ich dich zu fest gedrückt?" Vorsichtig schiebt sie den Ärmel von Carlas Sweater nach oben. Sie sieht den Bluterguss und erstarrt. „Der ist ja riesig! Woher hast du den?"

Carla zuckt mit den Schultern. Das ist bloß ein blauer Fleck, ein alter noch dazu, weil er an den Rändern schon gelb wird. Sebastian hat sie festgehalten, damit Paul ihr den Ketchup ins Gesicht spritzen konnte. Das war vorgestern, als sie das schöne Kleid anhatte. Natürlich hat es ebenfalls Ketchup abgekriegt, und Mama hat gedacht, dass sie sich beim Essen absichtlich angepatzt hat, weil sie das Kleid nicht mag. Und natürlich hat Mama sie dafür bestraft.

„Komm, Topolina, sag es mir."

Carla schweigt. Noch kämpft sie.

Die Oma schiebt sie ein wenig von sich weg und sieht ihr in die Augen. „Mamma mia! Und was ist mit deinem Gesicht passiert? Knallrot sind deine Wangen. Und ganz dick geschwollen. Wer hat das getan?"

Da kann Carla sich nicht mehr beherrschen.

Der Damm bricht, die Tränen wollen geweint werden. Alle Tränen. Da hilft es auch nicht, dass Carla ihr Gesicht unter Omas Arm versteckt.

Oma Rosalba streicht ihr über den Kopf, immer wieder, und flüstert Worte auf Italienisch, die Carla nicht versteht, die aber wunderschön klingen. Langsam ebbt das Tränenmeer ab.

„War das der Papa, meine Kleine? Haut dich dein Papa?"

Carla schüttelt ärgerlich den Kopf. Nein, der Papa nicht. Der schreit nur immer herum, wenn er zu viel getrunken hat, und streitet sich mit Mama. Und ihren Brüdern versohlt er regelmäßig den Hintern. Sie lässt er in Ruhe. Vielleicht weil sie die Jüngste ist und bloß ein Mädchen. Durch sie sieht Papa immer hindurch, als ob sie Luft wäre. Natürlich ist ihr klar, dass er indirekt an ihrem Elend schuld ist. Denn aus Wut darüber, dass sie verschont wird, zahlen ihre Brüder ihr Papas Schläge doppelt heim. Schlimmer als das sind aber die Ohrfeigen, die sie von Mama bekommt. Weil sie viel mehr brennen als die Ohrfeigen ihrer Brüder. Am meisten brennen sie, wenn Carla sie nicht verdient hat. Heute zum Beispiel. Nicht sie hat die Kaulquappen in den Topf mit dem Kriecherlkompott geschmuggelt, sondern Paul. Aber weil es ihre Kaulquappen waren, hat Mama ihr nicht geglaubt. Für den Versuch, die Wahrheit zu sagen, bekam sie zwei Ohrfeigen mehr. Weil man nicht petzen darf. Und weil Paul Mamas Liebling ist. Es ist so ungerecht! Immer ist Carla an allem schuld. Aber jetzt ist Schluss damit, und zwar endgültig.

„Können wir nicht gleich nach Italien gehen? Du bist doch schon alt!"

Oma lächelt, geht aber nicht darauf ein. „Wenn es nicht der Papa war, wer dann? Sebastian vielleicht?"

Carla zieht den Rotz hoch und schweigt. Ist doch egal, wer. Alle sind gemein zu ihr. Niemand hat sie lieb.

„Schon gut, du musst es mir nicht sagen." Oma zaubert ein Taschentuch aus ihrer Schürzentasche und hält es ihr hin. „Magst du heute bei mir schlafen, hier im Gartenhaus?"

Carla nickt.

„Wir müssen natürlich deine Mama anrufen. Sonst macht sie sich Sorgen."

„Tut sie nicht!", schreit sie. Vielleicht fällt es Mama gar nicht auf, wenn Carla nicht mehr am Tisch sitzt. Auf alle Fälle wäre sie erleichtert. „Kann ich nicht für immer bei dir wohnen?"

Oma Rosalba sieht sie an. Wie Kastanien sind ihre Augen, so groß und dunkelbraun. Nicht so schmutzig wie Carlas Augen, die sich nicht entscheiden können, ob sie grau sein wollen oder grün. Oma antwortet nicht. Stattdessen dreht sie sich weg und wischt mit dem Handrücken in ihrem Gesicht herum.

Dann geht sie ins Haus und kommt mit einem Stück Schokolade zurück, das sie Carla in den Mund steckt. Es schmeckt ein bisschen mehlig und ein bisschen bitter, wie Omas Schokolade immer schmeckt, und obwohl Carla sie nicht besonders mag, mag sie das heimelige Gefühl, das sich in ihrem Bauch ausbreitet.

„Ich muss ein ernstes Wort mit Josefine reden", murmelt Oma. Sie sagt es mehr zu sich selbst, und mit Josefine meint sie Carlas Mama. „Heute bleibst du bei mir, Cucciolotta, und morgen sehen wir weiter. Hast du schon gesehen, dass die Ribisel reif sind? Du hilfst mir doch beim Pflücken?"

Carla nickt. Für den Moment ist es gut, obwohl sie ahnt, dass Oma sie morgen wieder nach Hause schicken wird. Und dann wird alles von vorn anfangen.

„Jadis?", fragt die Oma mit einer Stimme, die plötzlich vollkommen fremd klingt.

Bukowski zuckte zusammen. Die Tür des Besprechungsraums stand offen, Manni kam heraus. „Ich soll dich holen. Alles okay mit dir?"

Die Erkenntnis, dass diese Stimme gar nicht ihrer Oma gehörte, dass sie Omas Stimme nicht mehr hören würde, nie mehr, versetzte ihr einen Stich.

„Alles gut“, wollte sie ihrem Kollegen antworten, aber sie kam nur noch dazu, den Mund zu öffnen und sich darüber zu wundern, dass Manni wie ein Betrunkener schwankte und vor ihren Augen verschwamm.

Ihr Staunen mündete in ein Gefühl des Fallens und endete – nicht unangenehm – in Finsternis.

5

Als Bukowski zwei Tage später gegen halb sechs Uhr morgens aus dem Zug stieg, war ihr, als würde sie erst in der Kälte des Prumbacher Bahnhofs zu sich kommen.

In Wahrheit war sie nur Sekunden ohne Bewusstsein gewesen. Sie hatte die Besorgnis ihrer Kollegen wütend beiseitegewischt, hatte funktioniert und bis Dienstagabend intensiv am Fall Johanna Cramer gearbeitet. Hatte die Gewohnheiten ihrer Doppelgängerin unter die Lupe genommen und trotz aller Bemühungen kein Motiv für einen Suizid gefunden.

Ossi schien mit seiner Mordthese richtig zu liegen und Bukowski musste zugeben, dass ihr das nicht passte. Warum eigentlich? Sie wusste es nicht. Es war nur ein Gefühl, ungreifbar, unerklärlich, aber umso intensiver.

Jedenfalls deuteten die Fakten, die sie über ihre Doppelgängerin zusammentrug, darauf hin, dass diese Frau, die zwei Jahre älter war als sie, sich behaglich in ihrem Leben eingerichtet hatte. Sie hatte eine Lehre als Buchhändlerin gemacht, Kurt Cramer geheiratet, die gemeinsame Tochter Nadja aufgezogen und daneben jahrelang in einer Buchhandelskette gearbeitet. Einen Liebhaber schien es nicht zu geben, und entgegen der Gerüchte, die die redselige Nachbarin Frau Henselt, eine notorische Lügnerin, in die Welt gesetzt hatte, berichteten alle Freunde des Paares von gegenseitiger Wertschätzung der Eheleute. Keine Spur einer Scheidungsabsicht, keine Spur von Schulden. Den Cramers ging es finanziell sehr gut. Nach dem Tod ihres Vaters hatte Johanna ein Haus geerbt, mit dem Erlös verwirklichte sie sich ihren Lebenstraum: eine eigene kleine

Buchhandlung in Währing, die aufgrund von persönlichem Engagement und Know-how erstaunlich gut lief. Nichts deutete auf Depressionen hin, nichts auf eine gesundheitliche, private oder sonstige Krise.

Allerdings war auch keinerlei Mordmotiv auszumachen.

In Kurt Cramers Leben schien es keine andere Frau zu geben, er hatte keine Affären. Trotzdem galt er als Hauptverdächtiger. Er war am Montag nicht zur Arbeit erschienen und erst gegen Mittag aufgegriffen und mit einer schweren Alkoholvergiftung ins AKH eingeliefert worden. Am Dienstag war er wieder vernehmungsfähig, schwieg aber beharrlich, zu Ossis großem Ärger.

Inzwischen war Nadja Cramer aus Shanghai eingetroffen. Niemals wäre ihre Mutter einfach so aus dem Leben geschieden, ohne Erklärung und ohne Abschied zu nehmen, sagte die verzweifelte junge Frau. Sie konnte sich außerdem nicht vorstellen, dass ihr Vater ein Mörder sein sollte.

Ossi konnte das dagegen sehr wohl und Nowak anscheinend auch.

Bukowskis Chef hatte sich für ihre sorgfältigen Recherchen bedankt und ihr versichert, der Fall würde bald geklärt sein. Sie könne guten Gewissens zur Beerdigung ihrer Großmutter fahren.

„Sind zwei Urlaubstage okay?“, fragte sie.

„Willst du nicht länger bei deiner Familie bleiben, wenn du schon einmal in Tirol bist? Eine Woche wäre kein Problem.“

„Willst du mir drohen?“

„So schlimm?“

„Schlimmer!“

Er schnaubte, als glaubte er ihr nicht. Dabei war es um sein Verhältnis zu den eigenen Eltern und Geschwistern auch nicht gerade rosig bestellt, soviel Bukowski wusste. Aber *nicht gerade rosig* und *grottenschlecht* waren zwei verschiedene Dimensionen.

„Ich mein ja nur. Bei den vielen Überstunden, die du angehäuft hast, wäre das locker drin. Und besetzungstechnisch können wir es uns auch leisten, jetzt, wo Mali wieder gesund ist."

„Falls das eine Frage war, lautet die Antwort nein." Falls es eine Bitte war, auch, dachte sie.

„War ja nur ein Vorschlag", knurrte Nowak und schickte sie nach Hause, um zu packen.

Sie hatte den kleinsten ihrer Rucksäcke gewählt und nicht viel mehr als Unterwäsche, zwei Pullover und ihre Zahnputzsachen hineingestopft. Da sie sich nicht mehr mit Johanna Cramer befassen musste, hörte sie während der Zugfahrt Musik. Ein Streichquartett von Olga Neuwirth, das mit überraschenden und sich ständig verändernden Klängen aufwartete. Klängen, bei denen Bukowski an einen Riesenfisch denken musste, an einen singenden, sägenden, sich windenden und schließlich selbst verschlingenden Meeresbewohner aus der Urzeit. Sie fragte sich, ob ihr Unterbewusstsein diese Musik absichtlich ausgewählt hatte. War es eine Warnung vor den unliebsamen Überraschungen, die ihr Besuch in der alten Heimat für sie parat haben würde?

Aber Omas Tod war ja schon unliebsame Überraschung genug. Sie ließ das Telefonat mit Schwester Sibylle Revue passieren. Das Gefühl der Betäubung, das sie während dieses Telefonats befallen hatte, kehrte wieder. Ein Gefühl, als hätte man sie in einem Kokon eingeschlossen.

Erst beim Aussteigen, in der frühmorgendlichen Einsamkeit des Prumbacher Bahnhofs, fiel es plötzlich von ihr ab. Vielleicht lag es an den Bergen, die umso bedrohlicher wirkten, weil man sie in der Dunkelheit nur erahnen konnte. Oder am Tiroler Frost, der schärfere Zähne hatte als sein Wiener Kollege und durch den Jeansstoff in Bukowskis Waden biss.

Wenigstens war sie wach genug, um es mit ihrer Familie aufzunehmen.

Seltsam berührt spazierte sie durch den Ort und fühlte sich fremd. Gleichzeitig war ihr alles so vertraut, als wäre sie erst gestern hier gewesen. Zum Aufwärmen setzte sie sich in die ehemalige Bäckerei ihres Großvaters, die Onkel Adi, Mamas Bruder, schon längst an eine große Bäckereikette verkauft hatte. Sie sog den Duft nach frischen Krapfen ein, bestellte einen doppelten Espresso und eine Buttersemmel. Obwohl im Backshop ein reges Kommen und Gehen herrschte, erkannte Bukowski niemanden und wurde von niemandem erkannt – ein Glück, denn auf neugierige Fragen konnte sie gut verzichten.

Als sie sich schließlich auf den Weg zum Friedhof machte, begann es zu schneien. Riesige Flocken schwebten mehr, als sie fielen, und sahen wattig und zerzaust aus wie die Fruchtstände von Wollgras. Kinder fingen sie mit der Zunge auf und lachten dabei. Auch die mürrischen Gesichter der Erwachsenen hellten sich auf, als wären sie erleichtert über das Weiß, das sich seit dem Jahreswechsel in Westösterreich rar gemacht hatte.

Aus der Pfarrkirche drang Orgelmusik. Der Sterbegottesdienst für Oma Rosalba hatte schon begonnen. Bukowski konnte sich nicht überwinden, das Gotteshaus zu betreten. Sie war vor Jahren aus der katholischen Kirche ausgetreten und wäre sich wie ein Fremdkörper vorgekommen. Außerdem wusste sie nie, wann man knien, sitzen, aufstehen oder sich die Hände reichen musste, und wollte niemanden mit ihrer choreografischen Unkenntnis brüskieren.

Lieber schlenderte sie durch den menschenleeren Friedhof. Einige der Namen auf den Grabkreuzen kannte sie gut, und sie wunderte sich, dass die dazugehörigen Menschen schon verstorben waren: Maria Friedman vulgo Tante Mitzi zum Beispiel, mit deren Dackel sie als Hauptschülerin Gassi gegangen war, um sich das Taschengeld aufzubessern; oder Adelheid Kapustin, ihre Volksschullehrerin, die bis zu ihrer Pensionierung mit „Fräulein Kapustin“ angesprochen werden wollte. Und Hugo Burgmüller, der diskrete Trafikant mit dem Klumpfuß, der nie nachfragte, wenn sie behauptete, Zigaretten für den Vater zu holen. Dreizehn war sie damals gewesen.

Andere Namen kamen ihr vage bekannt vor, aber ihre Erinnerungen waren so verfilzt wie die Moospolster auf den Grabsteinen, auf denen sich allmählich Schneehäubchen bildeten. Es hätte viel zu viel Energie gekostet, das Moos wegzukratzen.

Als sie in den neueren Teil des Friedhofs einbog, sah sie doch ein menschliches Wesen: Eine Frau mit schneeweißem Haar hockte vor einem Grab und legte ihre Hand schützend um eine soeben entzündete Kerze. Zweimal blies der Wind die Flamme aus, im dritten Anlauf gelang es der Frau, die brennende Kerze in eine schmiedeeiserne Laterne zu stellen. Sie wischte den Schnee vom Grablicht, stand auf und bekreuzigte sich. Irgendwie kam sie ihr bekannt vor. Bukowski versuchte, sich zu erinnern. Aber das Moos war wirklich sehr verfilzt. Neugierig näherte sie sich dem Grab. Die Schrift auf dem rötlichen Marmorblock war schon etwas verblasst: *Edgar Schrettl.*

Ed?, überlegte Bukowski. Etwa *der* Ed? Nein, oder?

Als sie das Geburtsdatum betrachtete, wurde ihr klar, dass er es sein musste. Irrtum ausgeschlossen. Gestorben war Ed schon vor elf Jahren, kurz vor seinem siebenunddreißigsten Geburtstag. Sie lockerte ihren Schal, weil sie das Gefühl hatte, zu wenig Luft zu bekommen.

Reiß dich zusammen, dachte sie und wandte sich von Eds Grab ab. In diesem Augenblick wurde das Moos von einem Erinnerungshalm durchbohrt: Bilder sprossen in Bukowskis Kopf – unförmig zuerst, aber rasch an Kontur gewinnend – und verbanden sich schließlich zu einem Film.

Dezember 1986

Es hat wieder zu schneien begonnen, und es ist so kalt, dass Carla Wölkchen atmet. Sie klappt den Kragen ihrer Jacke hoch. Der Cordstoff ist abgewetzt, der Saum an zwei Stellen zerrissen, dafür ist die Jacke groß genug, um sie über ihrem dicksten Wollpulli anzuziehen. Trotzdem klappern ihre Zähne, und sie schreitet schneller aus. Sie überlegt, ob sie einen Abstecher über Omas Schrebergartenhaus machen soll, um unbeobachtet eine Zigarette zu rauchen. Es steht seit zwei Jahren leer wie alle Häuser der Schrebergartensiedlung. Ein großes Bauunternehmen hat sämtliche Parzellen samt umliegendem Brachland aufgekauft, um ein Einkaufszentrum zu errichten. Oma trennte sich schweren Herzens von ihrem Garten. Trotz ihrer Bandscheibenprobleme hätte sie ihn gern behalten, aber das Geld der Baufirma konnte sie nach Opas Tod gut gebrauchen.

Da sich der Bau des Einkaufszentrums weiter verzögert, nutzt Carla das langsam verfallende Haus, um ihrer

Familie zu entkommen. Ab und zu trifft sie sich hier mit ihrer Freundin Bine, ab und zu kommt sie her, um allein zu sein. Allein mit ihren Träumen, ihren vagen Zukunftsplänen und den Zigaretten, die sie seit letztem Sommer von ihrem Taschengeld kauft und in Omas ehemaliger Kredenz hortet. Von denen niemand wissen darf. Niemand außer Bine natürlich.

An den Wochenenden kommt Carla regelmäßig her, oder wenn die Schule ausnahmsweise früher aus ist. Heute ist das leider nicht der Fall. Ein Umweg inklusive Zigarettenpause würde eine Verspätung nach sich ziehen und die Verspätung eine Strafe. Taschengeldkürzung zum Beispiel oder womöglich Hausarrest. Das will Carla auf keinen Fall riskieren, also macht sie sich auf den Heimweg.

Der Wiesenweg führt in Serpentinen zur Prumbacher Höhe. Trotz seiner Steilheit drosselt sie das Tempo nicht, damit ihr warm wird. Als sie um die letzte Kurve biegt, breitet sich das Hochplateau vor ihr aus, auf dem wie hingewürfelt sechs Häuser im ersten Schnee des Winters hocken. Es ist Mittagszeit, alle Kamine rauchen, und zwei bekannte Gestalten treten aus der Tür ihres Elternhauses. Lachend gehen sie durch den Garten, schließen das Tor hinter sich und kommen ihr entgegen.

Der größere mit der giftgrünen Mütze ist ihr Bruder Sebastian. Zwei Schritte hinter ihm geht sein bester Freund Ed, der einen Kopf kleiner ist und keine Mütze trägt, dafür das blonde Haar halblang. Schneeflocken sammeln sich darauf und weigern sich, zu schmelzen.

Carla ist hin- und hergerissen. Einerseits möchte sie Ed gern begegnen. Sie hofft, dass er sie anlächelt wie letztes Mal. Andererseits befällt sie der Drang, umzudrehen und loszurennen, damit er sie nicht zu Gesicht bekommt. Nicht so, wie sie ist, mit dieser zerschlissenen Jacke, den ausgebeulten Jeans, den staksigen Beinen, über die sie manchmal stolpert, meistens im falschen Moment, und dem fetten Pickel, der seit gestern auf ihrem Kinn wuchert, als beherberge er ein fremdes Wesen: einen außerirdischen Wurm vielleicht oder ein Fahrradersatzteil. Aber zum Weglaufen ist es zu spät. Kopf hoch, Luft anhalten und so schnell wie möglich weitergehen, denkt sie. Weitergehen und nicht hinsehen. Auf keinen Fall hinsehen! Die Jungs sind ins Gespräch vertieft, vielleicht bemerken sie sie gar nicht.

Tatsächlich. Sebastian ist schon an ihr vorbei. Gerade als sie erleichtert aufatmet, verlangsamt Ed den Schritt. Er bleibt stehen und grinst sie an. Natürlich muss genau in dem Moment literweise Blut in ihre Wangen schießen. Wie sie ihren Körper für diesen Verrat hasst!

„Hey Carla", sagt Ed.

„Hey Ed", sagt sie und vergisst vor Schreck, weiterzugehen.

Auch Ed ist stehen geblieben. „Was geht?", fragt er.

Jetzt hat es ihr auch noch die Sprache verschlagen. Nur gut, dass er keine Antwort erwartet.

„Komm schon", drängelt Sebastian.

Aber Ed ignoriert Carlas Bruder. Er steht da, nur einen halben Meter von Carla entfernt, und schaut ihr in die Augen. Seine sind von einem klaren, reinen Blau, zu dem ihr nichts anderes einfällt als der Begriff Gletscherwasser. Das viele Blut, das sich in Carlas Kopf gesammelt hat, rauscht in ihren Ohren. Sie versucht, den Blick vom Gletscherwasser abzuwenden. Unmöglich.

„Was machst du am Samstag?", fragt Ed. „Kommst du mit ins Kino? Mein Bruder will sein neues Auto ausprobieren, wir fahren nach Innsbruck. Ein Platz ist noch frei."

Carla schluckt. Sie kann es nicht glauben. Das Rauschen in ihren Ohren ist so laut, dass sie nicht versteht, um welchen Film es geht, was Sebastian zu motzen hat und wie die Freundin von Eds Bruders heißt, die auch mitfährt. Aber das ist ihr in diesem Moment sowas von egal.

„Hast du Lust?"

„Klar", sagt sie und ist wahnsinnig erleichtert, dass sie es schafft, dieses eine, kurze Wort auszusprechen, ohne zu stottern. Dass sie es anschließend sogar schafft weiterzugehen, ohne dass sich ihre Knie verheddern und sie hinfällt.

„Dann bis dann", sagt Ed, und Carla bläst die Luft aus, die sie vermutlich die ganze Zeit angehalten hat. Sie bläst und bläst, damit der Druck ihren Schädel nicht zum Platzen bringt.

Sie hat das Gefühl, von innen zu leuchten, und das Bedürfnis, es Bine zu erzählen. Gleich nach dem Essen wird sie sie anrufen. Und dann fällt ihr ein, dass das nicht geht. Auf gar keinen Fall. Wie konnte sie das vergessen?

Bine würde unendlich traurig sein oder unendlich wütend. Wahrscheinlich beides. Sie darf nie von diesem Kinobesuch erfahren.

Natürlich weiß Carla, dass Bine noch viel wütender oder trauriger sein würde, wenn sie es von jemand anderem erfahren würde. Aber das wird nicht passieren.

Es darf nicht passieren, denkt Carla und verscheucht den Schatten, der auf ihr Leuchten gefallen ist. Sie wird es ihrer Freundin erzählen, aber hinterher. Hinterher und möglichst beiläufig. So als bedeute es nichts.

Und das tut es ja auch nicht, denkt sie. Es bedeutet nichts, weil es nichts bedeuten darf.

„He!" Bukowski schrie auf. Die kahle Kastanie, unter der sie stand, hatte eine Ladung Schnee auf sie geworfen. Ein Teil davon gelangte in ihren Ausschnitt. Sie nahm den Schal ab, schüttelte ihn und versuchte, das eisige Zeug loszuwerden, bevor es schmolz. Gleichzeitig wunderte sie sich über ihre Erinnerung und brauchte zwei Zigarettenlängen, um sich wieder ins Hier und Jetzt zu beamen.

Der Gottesdienst war aus, die Menschentraube, die aus der Kirchentür trat und zum Familiengrab pilgerte, war nur ein Träubchen: Da waren Bukowskis Mutter und deren Bruder, der gehbehinderte Onkel Adi; es folgten Bukowskis Brüder Paul und Sebastian, drei Schritte dahinter Sebastians Frau; dann kamen zwei alte Frauen, vermutlich Bewohnerinnen von Omas Pflegeheim; das Schlusslicht bildete ein rothaariger junger Mann, den Bukowski nicht kannte, obwohl sein Gesicht vertraut wirkte.

Während der Pfarrer der schmächtigen Ministrantin mit dem Weihrauchgefäß behilflich war, schlich Bukowski auf leisen Sohlen heran und stellte sich hinter den Rothaarigen. In diesem Moment drehte ihre Mutter den Kopf. Ihr Gesichtsausdruck spiegelte zuerst Ungläubigkeit wider, dann Abscheu.

Abscheu, durchsetzt mit Vorwürfen.

Sakradi!, dachte Bukowski und wünschte sich eine Wollmütze, weil die Temperatur auf einen Schlag ins Bodenlose gefallen sein musste.

Inzwischen war sie auch von ihren Brüdern entdeckt worden. Paul legte demonstrativ den Arm um seine Mutter, als müsste er sie beschützen. Sein Gesicht war aufgedunsen, sein Blick glasig, als wäre er angetrunken oder zumindest schwer verkatert.

Sebastian nickte zur Begrüßung. Dann knöpfte er seinen eleganten Mantel zu – Armani oder Dolce und Dingsda? – und hakte seine Frau unter. Bukowski hatte die beiden seit mehr als zwanzig Jahren nicht gesehen.

Sie hatte Schwierigkeiten, sich an den Namen seiner Frau zu erinnern. Rebecca? Nein, Ricarda. Die erfolgreiche Geschäftsfrau. Unscheinbar, aber ebenfalls teuer gekleidet. Das Lächeln, das sie Bukowski schenkte, war huldvoll. Immerhin – das einzige Lächeln weit und breit.

Was willst du, dachte sie, du hast nichts anderes erwartet.

Oma zuliebe würde sie die Zähne weiter zusammenbeißen und die Beerdigung mit Anstand über sich ergehen lassen. Wenn sie ehrlich war, empfand sie sogar eine gewisse Genugtuung darüber, dass es ihr durch ihre bloße Anwesenheit gelang, die Familienidylle ins Wanken zu bringen.

6

Kreucht, fleucht, pirscht, hirscht … Daniels tierischer Blog

Rebellisches Rollenverständnis – 11. April 2017

Naturgesetze sind simpel und in Stein gemeißelt – zum Beispiel das Gesetz, dass der Stärkere den Schwächeren frisst. Dementsprechend unangefochten ist die Rollenverteilung: Frösche und Kröten machen Jagd auf Insekten, die Lurchis sind die Jäger, die Sumsis die Gejagten. Unter den hilflosen Krabblern ist keiner, der den Räubern etwas entgegenzusetzen hätte.

Keiner? Falsch! Einige unbeugsame Laufkäfer der Gattung Epomis haben nicht nur begonnen, Widerstand zu leisten, sie drehen den Spieß regelrecht um.

Vor einigen Jahren hat der israelische Entomologe Gil Wizen Kleinasiatische Laubfrösche (Hyla savignyi) beobachtet. Diese grünen Gesellen belauern Fliegen, Mücken, Schmetterlinge, Wanzen, Käfer und ihre Larven – im Grunde alles, was sich bewegt, kleiner ist und zur falschen Zeit am falschen Ort. Dann schnellt ihre Zunge vor, das Insekt bleibt kleben und wird ins Froschmaul befördert, aus dem es kein Entrinnen gibt. Nur selten findet die Zunge ihr Ziel nicht und das Insekt kann flüchten. So weit, so unspektakulär.

Doch dann entdeckte Gil Wizen ein Hyla-Exemplar, das eine Larve des Epomis circumscriptus belauerte. Als die den weit größeren Laubfrosch sah, dachte sie keinesfalls an Flucht. Mit rhythmischen Zuckungen ihrer Antennen lockte sie ihn an, als wäre sie scharf darauf, sich verspeisen zu lassen. Eine Selbstmörderin? Weit gefehlt. Denn wie vorprogrammiert, schluckte der Frosch die

Larve zwar, spuckte sie aber kurz darauf wieder aus und – Überraschung! – wurde von ihr angefallen. Die Laufkäferlarve verbiss sich in seinem Bauch. So verzweifelt er auch versuchte, sie abzuschütteln, es gelang ihm nicht. Er wurde ausgesaugt, gnadenlos, bis nur noch ein schleimiger Haufen Knochen übrigblieb.

Bis zu neun Frösche erledigt eine unscheinbare Epomislarve in ihrem Larvenleben, und als erwachsener Laufkäfer macht sie mit ihrer Amphibienjagd weiter. Nein, Freunde, die Frösche sind danach kein schöner Anblick.

Aber was lernen wir daraus?

Dass Kraft und Größe nicht alles sind? Dass auch an Naturgesetzen gerüttelt werden kann? Ist diese Entwicklung der Anfang einer artenübergreifenden Revolution? Der erste Schritt zum Sieg für alle kleinen Leute dieser Welt?

Vermutlich nicht. Aber vielleicht sollten wir aus dem Verhalten von Epomis Mut schöpfen und anfangen, ein bisschen Widerstand zu leisten, wenn unser Lehrer, Chef, Vater, Mäzen, Vorgesetzter, Geldgeber mal wieder den großen Mackerfrosch raushängen lässt …

… meint euer Daniel

7

Spätestens beim Totenmahl bröckelte der Anschein von Idylle.

„Woher hat Carla es gewusst?“, flüsterte Sebastian seiner Mutter ins Ohr. „Hast du sie doch angerufen?“

Nicht leise genug für Bukowskis exzellente Ohren, die grundsätzlich alles hörten, was nicht für sie bestimmt war. „Mama kann nichts dafür“, sagte sie. „Eine Mitarbeiterin des Pflegeheims hat mich informiert. Sie war verwundert, dass ich keine Ahnung hatte.“ Bukowski konnte sich ein Grinsen nicht verkneifen. „Sie kennt eben unsere Familie nicht.“

„Als ob du dich in all den Jahren für deine Oma interessiert hättest! Oder für ein anderes Familienmitglied“, zischte ihre Mutter.

„Willst du mir mangelnden Familiensinn vorwerfen?“, zischte Bukowski zurück. „Ausgerechnet du?“ Nach allem, was du mir an Mutterliebe entgegengebracht hast?, dachte sie und verschränkte ihre Finger ineinander, fest, damit niemand das Zittern sah.

Ihre Mutter presste die Lippen zusammen. Während des restlichen Essens sagte sie keinen Ton mehr, nicht einmal mit Paul redete sie.

Bukowski wandte sich dem rothaarigen jungen Mann zu, der sich als ihr Neffe Daniel entpuppte. Ricardas und Sebastians Sohn, von dem sie nur ein unscharfes Babyfoto in Erinnerung hatte. Inzwischen war er zwanzig und der erste Mensch mit noch mehr Sommersprossen als sie selbst. Zu ihrer Verwunderung begegnete er ihr völlig unvoreingenommen. Entweder hatte er keines der fiesen Gerüchte über seine Tante gehört oder sie nicht geglaubt. Vielleicht war er auch bloß höflich. Egal. In einer Zigarettenpause erzählte er Bukowski von seinem Biologiestudium und seinem Faible für Fledermäuse. Auch über sein angespanntes Verhältnis zum Vater redete er und ganz allgemein über die mangelhafte Ausbildung von Empathie in der Familie Guggenbichler. An dieser Stelle lächelte Bukowski in sich hinein.

„Warum ist eigentlich Papa nicht zum Begräbnis erschienen?", fragte sie.

„Opa Willi?"

„Nicht dass ich ihn vermissen würde!" Noch weniger als Mama, und das wollte etwas heißen.

„Das haben sie dir also auch verschwiegen?" Daniel schüttelte den Kopf. „Er hatte vor zwei Wochen eine lebensgefährliche Blutung aus Varizen der Speiseröhre. Seither ist er in der Innsbrucker Klinik. Leberzirrhose im Endstadium. Die Ärzte geben ihm höchstens ein paar Monate – wenn er enthaltsam ist. Er denkt aber nicht dran. Lässt sich von Freunden Schnaps mitbringen."

Bukowski horchte in sich hinein. Ihr Vater lag also im Sterben. Sie fühlte – nichts. Und so sehr sie sich bemühte, es gelang ihr nicht, eine einzige erfreuliche Erinnerung an ihn abzurufen. Nur die ewige Fahne, das Gebrüll und die Schläge, die zwar immer ihre Brüder abbekommen hatten – nicht sie, sie wurde wie Luft behandelt –, trotzdem war er der Hauptgrund für ihre verkorkste Kindheit gewesen.

Verdammt. Es war so lange her. Jetzt war er ein alter, kranker Mann, den sie besuchen sollte, bevor sie nach Wien zurückfuhr. Vermutlich zum letzten Mal.

Zwischen Suppe und Hauptspeise ging sie nochmals zum Rauchen vor die Tür.

„Jaja, das Laster", sagte Daniel, der ihr gefolgt war und sie um eine Zigarette anschnorrte. „Die Nikotinabhängigen in der Familie sind aber sympathischer als die Alkis", meinte er.

„Na ja, Säufer gibt es nur einen."

„Du bist nicht auf dem letzten Stand", sagte Daniel. „Onkel Paul ist dabei, in Opa Willis Fußstapfen zu treten. Seit er mit seiner Markisenfirma vor dem Konkurs steht, hat er sich zum Quartalsäufer entwickelt."

„Ach so? Das wusste ich nicht." Genau genommen wusste sie nicht einmal, dass Paul eine Markisenfirma besaß. Seit wann?

„Offenbar ist dir einiges entgangen, was unsere Familie betrifft."

„Gut beobachtet. Aber du kannst mich ja in Zukunft auf dem Laufenden halten, wenn du magst."

Sie tauschten Telefonnummern und Mailadressen aus.

„Komm doch mal nach Wien. Da gibt es auch Fledermäuse, und ich spreche nicht von mir."

Daniel lachte. Er versprach, sie bald zu besuchen.

Dann wurde das Gulasch serviert.

„Guten Appetit", sagte Bukowski in die Runde.

„Hau rein, Schwesterchen. So wie du aussiehst, kannst du einen Extraknödel vertragen", lästerte Paul. „Polizeibeamtin muss ein Hungerleiderjob sein." Der Röte seines Gesichts nach war das große Bier, das die Kellnerin ihm brachte, mindestens das dritte. Der Grappa, den sie mitservierte, auch. „Wisst ihr übrigens, wie man eine Polizistin nennt, die ihre Tage hat?"

Bukowski verdrehte die Augen. Ein Methusalem von einem Witz, und keiner, den sie mochte.

„Red Bull." Niemand lachte, Paul dafür umso lauter.

Auf ein Zeichen seiner Frau brachte Sebastian seinen Bruder mit Blicken zum Schweigen.

Bukowski schaltete ab. Das Fleischstück, an dem sie kaute, schien sich im Mund zu vermehren.

„Bleibst du länger?“, fragte Sebastian.

„Keine Angst. Falls ich noch ein, zwei Tage anhänge, werde ich euch bestimmt nicht belästigen.“ Sie hatte sich in einer kleinen Pension in Prumbach einquartiert, weit genug vom Elternhaus und den Wohnungen ihrer Brüder entfernt.

Der Abschied war ähnlich eisig verlaufen wie die Begrüßung, hatte aber eine ungeheure Erleichterung mit sich gebracht.

Im Anschluss stattete sie dem Pflegeheim einen Besuch ab. Schwester Sibylle übergab ihr den Briefumschlag, den sie unter Oma Rosalbas Unterhosen gefunden hatte.

Er brannte in Bukowskis Händen, aber sie konnte ihn nicht einfach öffnen und lesen. Sie brauchte zuerst frische Luft. Sie marschierte los, ließ den Ort hinter sich und fand sich schließlich am Prumbacher See wieder. Die Dämmerung stand kurz bevor und mit jeder Minute wurde es frostiger. Bukowski ignorierte die Kälte. Obwohl der Weg fast bis zur Unkenntlichkeit verschneit war, stapfte sie ein gutes Stück am Ufer entlang. Dass immer wieder Schnee in den Schaft ihrer Stiefeletten fiel, war ihr egal.

Sie wischte eine Bank ab und setzte sich. Mit zitternden Fingern öffnete sie das Kuvert. Die schön geschwungene, nach rechts geneigte Handschrift ließ ihr Herz schneller schlagen. Der Brief war mit September 2003 datiert. Das musste kurz nach Omas Übersiedlung ins Pflegeheim gewesen sein, als sie noch Herrin ihrer Sinne war – von einigen wenigen Momenten der Orientierungslosigkeit abgesehen.

Meine liebe Carla,

wenn du diese Zeilen liest, bin ich tot, und das ist gut so. Wahrscheinlich werde ich mich vorher in eine vergessliche Alte verwandelt haben. Werde niemanden mehr erkannt haben – nicht mal dich – und nicht mehr gewusst, wie man sich die Schuhe bindet, die Zähne putzt oder Leberwurstbrot isst, ohne mir die Leberwurst ins Haar zu schmieren.

Womöglich – und das macht mir ehrlich gesagt am meisten Angst – wird die Demenz eine unleidliche Person aus mir gemacht haben, eine misstrauische, keifende Greisin und damit eine Zumutung für alle, die mich einmal gern gehabt haben.

Dafür möchte ich mich entschuldigen. Und ich möchte dich von Herzen bitten, mich anders in Erinnerung zu behalten: fröhlich, lebendig, mitfühlend, liebevoll – sofern du mich so erlebt hast. Hast du das?

Habe ich dir genug Liebe gegeben?

Ich möchte so gern schreiben: Ja. Aber schon kommen mir Zweifel. Ist es mir an unseren gemeinsamen Wochenenden gelungen, die Gefühlskälte deiner Mutter und die Unbeherrschtheit deines Vaters auszugleichen? Oder hätte ich dich ganz zu mir nehmen sollen, weil ich in meinen schlaflosen Nächten ahnte, wie unglücklich du warst? Leider nur in den Nächten, tagsüber habe ich mir eingeredet, dass es schon nicht so schlimm sein wird.

Warum? Aus Feigheit? Aus Angst vor der großen Verantwortung? Weil die Oma-Rolle bequemer war als die einer Erziehungsberechtigten?

Je mehr ich darüber nachdenke, umso klarer wird mir, dass es nicht genug war. Nicht genug Liebe, nein. Denn Liebe ist ja nicht, was man fühlt, sondern, was man tut.

Ich habe zu wenig getan. Als du mich am dringendsten gebraucht hättest, habe ich dich im Stich gelassen. Obwohl du mir immer so nah warst, war ich mir selbst näher.

Carlita, mein Herz, es tut mir leid, sehr sogar, aber ändern kann ich es nicht mehr. Ich kann dich nur bitten, mir zu verzeihen. Verzeih mir, dass ich eine schwache Oma war.

Und wenn wir schon dabei sind: Glaubst du, du kannst eines Tages auch deinen Erzeugern verzeihen? Dein Papa war nicht immer so, wie du ihn erlebt hast. Erst der schwere Unfall mit dem Lkw und das Pech mit seinem Transportunternehmen haben ihn zur Flasche greifen lassen. Der Alkohol hat einen widerwärtigen Menschen aus ihm gemacht.

Nein, das ist keine Entschuldigung. Natürlich ist jeder selbst verantwortlich für sein Tun. Aber manchmal gibt es Gründe für den Weg, den jemand einschlägt. Schwerwiegende Gründe. Und wenn man sie versteht, kann man vielleicht nachsichtiger sein.

So war es auch bei deiner Mutter. Josefine war so ein liebes Mädchen. Schüchtern und sensibel, aber nicht kalt. Nie, niemals kalt oder gefühllos. Bis zu einem Vorfall in ihrer Jugend, über den ich bis heute nicht sprechen kann. Vielleicht erzählt sie dir eines Tages selbst davon, sofern ihr wieder miteinander redet.

Denn das ist der eigentliche Grund dieses Briefes, meine liebe Carla. Ich weiß, du hattest es schwer mit deiner Mutter. Sie wollte dich nie bekommen und hat es dich täglich spüren lassen. Aber jetzt bist du groß und stehst mit beiden Beinen im Leben (zumindest stelle ich mir vor, dass es so ist, und ich wünsche dir, dass du so glücklich wie möglich bist). Vielleicht bist du schon so weit, einen Schritt auf sie zuzugehen?

Bitte versuche es. Das ist mein letzter Wunsch an dich, weil ich mir sicher bin, dass es euch beiden guttun wird.

Ciao, Topolina. Sei nicht traurig, dass ich tot bin.

Lebe, liebe, lache – die Zeit ist so kurz.

Ich umarme dich, deine Oma Rosalba

Ein Hustenanfall beförderte Bukowski in die Realität zurück. Sie wusste nicht, wie lange sie schon auf der Bank gesessen hatte, ob sie eingeschlafen oder nur gedanklich in eine andere Zeit abgedriftet war.

Inzwischen hatte die Dämmerung mit violetten Fingern den Himmel erobert. Bukowski fror erbärmlich. Mit steifen Gliedern und einem kratzenden Hals machte sie sich auf den Rückweg. In der zunehmenden Dunkelheit erwies sich der Uferweg als tückisch. Zweimal rutschte sie aus und wäre fast gestürzt, beim dritten Mal stürzte sie wirklich und ließ dabei Omas Brief fallen. Ein Windstoß packte das Papier und trug es auf den Prumbacher See hinaus. Bukowski musste zusehen, wie das Blatt auf der schwarzen Wasseroberfläche trieb, sekundenlang auf den Wellen schaukelte und schließlich wie in Zeitlupe versank.

Ach Oma, dachte sie, als sie sich in ihrem Zimmer ein heißes Bad einließ. Ich hätte viel mehr mit dir reden sollen, über alles Mögliche reden, solange du es noch konntest. Und als du nicht mehr du warst, hätte ich dich trotzdem besuchen sollen, vielleicht hättest du meine Anwesenheit gespürt, auch ohne mich zu erkennen. Ich hätte ...

Hätte, wäre, könnte, dachte sie und fühlte sich mies. Drei Zigaretten zu rauchen, obwohl es im Zimmer verboten war, half ein bisschen. Lieber hätte sie geweint. Aber es ging nicht. Ihren Tränenvorrat hatte sie längst aufgebraucht. Damals, vor nicht ganz elf Jahren, anlässlich des FURCHTBAREN.

Jetzt waren ihre Augen trocken und brannten, dafür begann ihre Nase zu laufen.

Eine Erkältung war im Anflug.

8

Das erste, was ihm auffällt, ist der Geruch. Modrig. Nach vergammelten Äpfeln und feuchtem Mauerwerk. Außerdem hört er seltsame Geräusche über sich. Ein Rauschen wie von einem Fluss. Nein, es klingt eher wie ... wie ... Er findet die richtigen Worte nicht, weil er Kopfschmerzen hat, starke Kopfschmerzen.

Wie Wasser, das durch Rohre fließt.

Was für Rohre?, fragt er sich. Wo bin ich überhaupt?

Er öffnet die Augen, sieht aber nichts. Träumt er oder ist er plötzlich blind geworden? Der bohrende Kopfschmerz kommt in Wellen.

Irgendetwas stimmt nicht mit ihm. Etwas ist passiert, aber er erinnert sich nicht. Was hat er zuletzt gemacht? Er ist auf seine Vespa gestiegen und weggefahren. Das weiß er noch. Der Rest verschwindet in unscharfem Grau. Als hätte jemand an den letzten Minuten – oder Stunden? – herumradiert.

Hatte er einen Unfall? Liegt er irgendwo in der Pampa, schwer verletzt? Denn jetzt, jetzt riecht er noch etwas anderes. Aus dem Modergeruch, der ihn umgibt, sticht eine Note heraus: die metallische Süße von Blut. Und kaum hat er das Wort Blut gedacht, spürt er es schon aus einer Wunde an seinem Hinterkopf sickern.

Er muss um Hilfe rufen. Doch viel mehr als ein Krächzen bringt er nicht zustande.

Was ist nur los mit ihm? Hat er so exzessiv gekifft, dass er halluziniert?

Unsinn. Es muss ein Traum sein. Einer von denen, in denen man rennt, ohne vom Fleck zu kommen. Oder schreien will und feststellt, dass man keinen Mund hat.

Ein Albtraum.

Er versucht, die rechte Hand zum Hinterkopf zu führen, um sich von dessen Unversehrtheit zu überzeugen. Aber es geht nicht. Seine Hand reagiert zwar und möchte den Befehl ausführen, doch etwas behindert sie. Seine Arme sind an den Handgelenken aneinandergefesselt. Er fühlt harte, breite Kunststoffbänder. Wahrscheinlich Kabelbinder.

Die Panik ist ganz plötzlich da. Wie ein Malayopython reticulatus ist sie aus dem Hinterhalt über ihn gekommen und schlingt sich so fest um seine Rippen, dass er nicht mehr atmen kann. Sein Herz rast, als könnte es in einem wahnwitzigen Sprint dem Gefängnis seines Körpers entkommen. Minutenlang pumpt es, poltert und tobt in lächerlicher Vergeblichkeit, dann sieht es seinen Irrtum ein und kommt allmählich zur Ruhe.

Die Aufregung hat Schweiß aus allen Poren getrieben, Minuten später beginnen seine Zähne zu klappern. Erst jetzt fällt ihm auf, wie kalt es ist. Arschkalt, stockdunkel. Wie in einer Gruft, denkt er. Als hätte man ihn lebendig begraben.

Er lacht über diesen Einfall, tonlos zuerst, dann heiser, schließlich fiepend. Das Lachen klingt unheimlich nach, als würde es von einer niedrigen Decke reflektiert werden.

Das Rauschen in den Rohren, die vergammelten Äpfel, der dunkle, feuchte Raum. Ist er in einem Keller gefangen?

„Hilfe!“, ruft er, erleichtert, dass wenigstens seine Stimme wieder funktioniert. „Lasst mich hier raus!“

9

Sie zählte die Minuten, bis es sechs Uhr war und endlich jemand in der Rezeption erschien. Sie wollte nur ihre Rechnung begleichen und nach Hause fahren. Kein Frühstück. Nichts wie weg. Sie bereute, dass sie nicht gleich nach dem Begräbnis gefahren war, oder wenigstens gestern.

Aber Oma Rosalbas Brief hatte Betroffenheit in Bukowski ausgelöst und sie dazu bewogen, den Donnerstag über in Prumbach zu bleiben und über sich und ihre Familie nachzudenken. Plötzlich war sie den alten Groll leid. Ganz egal, was geschehen war, dieses jahrzehntelange, hasserfüllte Schweigen passte nicht zu ihr. Sie wollte nicht als verhärmte alte Schachtel enden. Außerdem war sie es Oma schuldig, einen ersten Schritt zu unternehmen.

Sie raffte sich auf und rief ihre Mutter an. Bat sie um eine Aussprache. Vielleicht könne man die Vergangenheit vergangen sein lassen und ein neues Kapitel aufschlagen, fragte sie. Sich treffen, etwas miteinander unternehmen? Oder Kaffee trinken und eine ganz normale Unterhaltung führen? Oma zuliebe vielleicht?

Natürlich rechnete sie nicht damit, dass sie auf Begeisterung stoßen würde, sondern auf eine Mauer, die es zu überwinden galt. Bedächtig. Mit Vorsicht. Aber von ihrer Mutter kam überhaupt nichts, außer Beleidigungen. Die Mauer entpuppte sich als EU-Grenzzaun – sechs Meter hoch, mit messerscharfen Klingen von feuerverzinktem NATO-Draht gekrönt. Ein Überwindungsversuch wäre einer Selbstzerfleischung gleichgekommen.

Bukowski steckte die Zurückweisung weg. Der Vollständigkeit halber probierte sie es auch noch bei ihren Brüdern.

„Aussprache, hä?“, fragte Paul. „Wozu, Frau Kommissarin?“

„Kommissarin gibt’s keine.“

„Hast wohl Angst um dein Erbe?“

Was für ein Erbe?, dachte Bukowski. Meinte er den alten Weingarten in Umbrien, der nur ein Gerücht war? Und selbst wenn Oma etwas Nennenswertes besessen hätte, wollte sie nichts davon haben. Angewidert legte sie auf.

Bei Sebastian erreichte sie nur die Mailbox. Sie bat um einen Rückruf. Während sie darauf wartete, fuhr sie nach Innsbruck.

Sie umrundete das Klinikareal und musste eine ganze Packung Zigaretten aufrauchen, bevor es ihr gelang, sich nach der Zimmernummer ihres Vaters zu erkundigen. Dann stand sie vor der Tür, die Klinke in der Hand, ohne sie nach unten zu drücken, und verlor jedes Zeitgefühl. Als eine Krankenschwester sie anschnauzte, weil sie sie für eine Diebin hielt, murmelte sie eine Entschuldigung und flüchtete sich ins Besucherklo.

„Ich hab’s versucht, Oma“, sagte sie zur geröteten Nase im Spiegel. „Tut mir leid, dass ich versagt habe.“

Als sie in ihre Prumbacher Pension zurückkehrte, hatte sie Halsweh und wahrscheinlich Fieber. Die Nase lief und lief und ihr Vorrat an Taschentüchern war aufgebraucht. Sebastian hatte sich nicht gemeldet. Ihre Mutter hatte ihr wieder einmal bewiesen, wie sehr sie sie liebte, und Paul, was für ein Idiot er war. Und ihr Vater? Bei dem war ihr schon im Vorhinein die Puste ausgegangen.

Sie schlief auch die zweite Nacht hindurch miserabel, so miserabel, dass sie nicht einmal der wiederkehrende Albtraum heimsuchen konnte. Immerhin, das war etwas Gutes.

Nachdem sie die Rechnung beglichen hatte, hetzte sie zum Bahnhof und stieg in den erstbesten Zug. Erst in Wörgl, wo sie umsteigen musste, fiel die Anspannung von ihr ab. Sie gönnte sich einen Cappuccino und eine Zigarette am Bahnsteig.

Kurz bevor der Anschlusszug einfuhr, vibrierte das Handy in ihrer Jackentasche. Sebastian. Jetzt ist es zu spät für eine Aussprache, dachte sie. Oder wollte er sich nur vergewissern, dass sie auf dem Heimweg war?

„Carla!" Seine Stimme klang unnatürlich hoch. „Daniel ist entführt worden. Bitte, du musst uns helfen."

„Was?" Sie dachte an ihren sympathischen Neffen. „Wie furchtbar!"

Einen Sekundenbruchteil später ärgerte sie sich über sich selbst. Schmarrn! Natürlich war es nur ein Witz. Die Art von makabren Witzen, für die ihr großer Bruder ein Faible hatte.

„Ich bin schon auf dem Weg nach Wien. Du musst dir ein anderes Opfer für deinen morbiden Humor suchen." Sie lachte. „Und das mit der Aussprache habe ich mir anders überlegt." Aus dem Augenwinkel sah sie, wie sich ihr Anschlusszug näherte. „War eine Schnapsidee."

„Ich weiß, du hasst mich. Du wirst schon deine Gründe haben. Aber Daniel kann nichts dafür!" Er atmete laut in den Hörer. „Und du hast doch beruflich mit sowas zu tun. Bitte sag mir wenigstens, was ich machen soll."

Bukowski zögerte. Ihr Bruder war schon immer ein recht guter Lügner gewesen. Aber konnte er ein solches Maß an Panik in seiner Stimme vortäuschen?

„Was ist passiert?", fragte sie, während der Zug einfuhr. „Du hast zwei Minuten."

Sebastian erzählte, dass Daniel am Vortag nicht wie verabredet zum Mittagessen gekommen sei. Telefonisch war er auch nicht zu erreichen. Stattdessen habe Ricarda vor zehn Minuten einen Zettel im Briefkasten gefunden. „Da steht, dass er entführt wurde. Sie verlangen eine halbe Million Euro. Keine Presse, keine Polizei, sonst muss er sterben."

„Habt ihr versucht, ihn anzurufen?"

„Schon x-mal, aber es klingelt immer nur ins Leere."

Bukowski dachte nach. Menschen mit Gepäck zwängten sich aus dem Railjet, schoben sie zur Seite und eilten an ihr vorbei. Andere Menschen, ebenfalls mit Gepäck, kamen von hinten, drängten sie zur anderen Seite und stiegen ein. Wie von fern schlich sich ein dumpfer Kopfschmerz an und duckte sich hinter ihre Schläfen.

Die Türen schlossen sich.

„Also gut", hörte sie sich sagen. Ihre Nase lief.

Ein Pfiff, eine Tonleiter, der Zug fuhr los, nach Wien Hauptbahnhof. Ohne sie.

Weil sie kein Taschentuch hatte, zog sie den Rotz hoch. Es klang wie ein Vorgeschmack auf künftige Niederlagen. „Ich komme."

Das Haus ihres Bruders befand sich etwas außerhalb von Prumbach. Eigentlich waren es zwei Häuser: An das alte, piekfein renovierte Bauernhaus, das Ricardas Eltern gehört hatte, war ein moderner Kubus angebaut worden, der mit einer schlichten Fassade aus verschiebbaren Holzlamellen und einer nach Süden orientierten Fensterfront bestach. Bukowski tippte auf Niedrigenergie und Architekturpreis. Die Einrichtung war so zurückhaltend wie exklusiv, wodurch das Hauptaugenmerk auf den großzügigen Räumen lag und dem Licht, das sie erfüllte. Sie hätte sich von ihrem Bruder mehr zur Schau gestellten Luxus erwartet und schloss daraus, dass in diesem Reich Ricarda das Sagen hatte, Sebastians blasse Frau. Das Mauerblümchen, das offenbar nicht nur Kapital in die Ehe eingebracht hatte, sondern auch Geschmack.

Die Hausherrin saß im Wohnzimmer. Im offenen Kamin knisterte ein Feuer, das Bukowski unter anderen Umständen behaglich genannt hätte. Aber Ricarda hatte die Arme um ihren Oberkörper gelegt, als fröre sie. Als sie Bukowski sah, stand sie auf und ging ihr entgegen.

„Carla", sagte sie leise, und: „Danke, dass du trotz allem ..."

Dass ihre Schwägerin Sätze nicht zu Ende formulierte, war Bukowski schon vor Jahren aufgefallen. Sie hatte gedacht, dass es aus Arroganz geschah. Aber sie hatte bisher kaum mit Ricarda zu tun gehabt und war nicht frei von Vorurteilen. Ricardas Umarmung fühlte sich jedenfalls herzlich an, während die von Sebastian ihn sehr viel Mühe zu kosten schien.

„Kann ich den Erpresserbrief sehen?"

Ihr Bruder hielt ihr ein Blatt Papier unter die Nase, das auf den ersten Blick keine Besonderheiten preisgab. Weißes, 80 Gramm schweres Din-A4-Papier, wie man es für einen Standarddrucker verwendete. Schriftart Arial, Farbe schwarz, Größe 12 pt, linksbündig, doppelter Zeilenabstand. Auch der Inhalt war unspektakulär:

Wir haben Ihren Sohn. Wenn Sie ihn lebend wiedersehen wollen, beschaffen Sie eine halbe Million Euro in gebrauchten Hundert-Euro-Scheinen und bewahren Sie Ruhe. Weitere Anweisungen folgen. Keine Medien, keine Polizei, sonst stirbt Daniel.

„Warum sagst du nichts? Du kennst dich doch aus mit sowas“, meinte Sebastian.

Sie schluckte. Sie hatte in ihrer ganzen Karriere erst ein einziges Mal mit einer Beinahe-Entführung zu tun gehabt, die in Wahrheit auf einem Missverständnis beruhte und sich von selbst aufklärte. Aber sie kannte natürlich die berühmten Entführungsfälle der Vergangenheit. Die mit gutem und die mit schlechtem Ausgang.

„Ist Daniel immer noch nicht erreichbar?“

„Nein“, sagte Ricarda. „Er hätte gestern zum Mittagessen kommen sollen. Danach wollte er mir zeigen, wie ich die Apfelbäume schneiden soll. Damit sie mehr Früchte ...“

„Könnte ihm was dazwischengekommen sein? Oder hat er es vielleicht vergessen?“

„Der Baumschnitt war ihm wichtig. Wenn was dazwischengekommen wäre, hätte er angerufen. Dass er sich überhaupt nicht meldet, ist ganz untypisch ...“

„Selbst wenn er Ricci versetzt hätte – was soll dann der Erpresserbrief?“, warf Sebastian ein.

„Wäre es möglich, dass sich jemand einen Scherz erlaubt?“

„Einen Scherz?“ Ricarda starrte sie mit weit aufgerissenen Augen an, als hätte sie dieses Wort noch nie gehört. Und in diesem Zusammenhang klang es tatsächlich monströs. „Was für einen Scherz?“

„Einen makabren, zugegeben. Aber wie ich Paul und dich kenne –“

„Verflucht noch mal, wir sind doch keine Kinder mehr!“, polterte Sebastian. „Nur weil wir einmal deine Zöpfe mit Kaugummi verklebt haben, hast du kein Recht, uns sowas Hirnrissiges zu unterstellen.“ Er tigerte vor dem Fenster auf und ab. „Das ist todernst,

Carla! Daniel wäre nicht einfach weggefahren, und es gibt niemanden, der damit sein Spielchen machen würde. Aber wenn dir sein Schicksal egal ist ... Wenn du keinen Grund siehst, uns zu helfen ...", er fuhr sich durch sein zurückgegeltes Haar, das leise raschelte, wie trockenes Gras, „... dann fahr gefälligst nach Hause! Was für eine idiotische Idee, dich überhaupt zu fragen."

Sie wollte ihn anschreien. Ihm alles Mögliche an den Kopf werfen. Als sie die Angst in Ricardas Augen sah, schluckte sie ihren Zorn hinunter und atmete tief durch. „Ich würde euch helfen, wenn ich könnte", sagte sie leise. „Daniels Schicksal ist mir nämlich nicht egal. Natürlich nicht. Wenn er tatsächlich entführt wurde, gibt es aber nur einen möglichen Weg – den offiziellen. Ihr müsst das LKA Tirol informieren."

Sebastian blieb stehen und wandte sich Ricarda zu: „Siehst du, ich hab's dir gleich gesagt."

„Nein!", schrie Ricarda auf. „Auf keinen Fall! Wir müssen uns an die Anweisungen halten. Keine Polizei, keine Presse, sonst wird Daniel ..."

„Das steht in allen Erpresserbriefen", sagte Bukowski. „Aber Entführer sind auf Geld aus, deshalb bringen sie die Entführten nicht um. Weil es für Tote kein Geld gibt."

„Ach so? Warum sterben dann immer wieder welche? Wie dieser deutsche Junge, dieser Jens von ..."

„Du meinst Jakob von Metzler. Das war ein Sonderfall. Der Junge wurde unmittelbar nach der Entführung ermordet, weil sein Entführer fürchtete, von ihm verraten zu werden. Der hatte das von Anfang an geplant. Dass die Polizei involviert war, hat dabei keine Rolle gespielt", sagte Bukowski. „Vertrau mir, Ricarda. Es ist wirklich das Beste. Das sagen auch die Statistiken."

„Sagen Statistiken nicht immer das, was ihre Auftraggeber beweisen wollen?“, warf Ricarda ein. „Bitte, Carla. Du *bist* doch die Polizei. Kannst du uns nicht helfen?“

Bukowski ergriff Ricardas Hand, die eiskalt war, und massierte sie zwischen ihren größeren, knochigeren Händen. „Klar helfe ich euch. Mein Chef erwartet mich zwar am Montag zurück, ich kann meinen Urlaub aber verlängern. Bestimmt. Falls Daniel bis dahin nicht wieder hier ist.“

Ricarda weinte vor Erleichterung.

Bukowski nahm sich ein Taschentuch aus Ricardas Packung und schnäuzte sich. „Ich helfe euch, aber ich bestehe darauf, dass wir die Kollegen vom LKA Tirol einbinden. Nur dann werdet ihr die bestmögliche Unterstützung bekommen. Wir brauchen Polizeipsychologen, um klug zu verhandeln, Kriminaltechniker, die den Erpresserbrief untersuchen, mehrere Beamte, die das Geld beschaffen, die Übergabe vorbereiten, euer Haus überwachen, eventuelle Verdächtige beschatten, und, und, und ...“

„Klingt einleuchtend“, sagte Sebastian. „Meinst du nicht?“

„Aber ...“, Ricardas Stimme kippte nach oben weg, „... ich will einfach nur zahlen und Daniel gesund zurückbekommen.“ Sie wischte sich entschlossen ein paar Tränen weg. „Ich habe das Geld. Ich könnte sogar mehr aufbringen, weit mehr.“

„Das ist gut“, sagte Bukowski, dachte aber, dass das schlecht war. Wenn ihre Schwägerin in kurzer Zeit so viel Geld flüssig machen konnte, war die geforderte Summe zu niedrig. Dann hatten die Entführer nicht genügend recherchiert und waren Amateure. Vielleicht ging es auch gar nicht ums Geld, sondern um einen Racheakt. Dann war Daniel möglicherweise schon tot.

Natürlich behielt sie ihre Zweifel für sich. „Ich habe vor Jahren mit Oberst Heisenberg, dem Chef des Tiroler LKA, zu tun gehabt. Ein fähiger Mann, besonnen und umsichtig. Einer, der nichts überstürzt."

Das war am Anfang ihrer Karriere gewesen. Ein in Wien lebender Landecker hatte einen Raubmord begangen und sich in seine alte Heimat abgesetzt. Heisenberg hatte höchst effizient ermittelt, obwohl die Zusammenarbeit wegen seiner Griesgrämigkeit mühsam gewesen war.

Sebastian war nicht nur einverstanden, er wirkte erleichtert.

Logisch, dachte Bukowski, er traut der Tiroler Kripo mehr zu als seiner Schwester.

Nach längerem Hin und Her gab sich auch Ricarda geschlagen.

Bukowski übernahm den Anruf.

„Heisenberg?", fragte ein gewisser Major Wurz, der sich als interimistischer Leiter des LKA vorgestellt hatte. Seine Stimme war unangenehm hoch und es schwang so viel Übereifer darin mit, dass Bukowski sich am Kaminsims festhalten musste.

„Ist schon ewig in Pension. Vergangenen November ist er außerdem verstorben ... Was kann ich für Sie tun?"

Bukowski ärgerte sich, dass sie nicht vorher recherchiert hatte. Sie hätte nur ihren Freund Bär anrufen müssen, der vor seiner Parkinsonerkrankung Kriminaltechniker im LKA Tirol gewesen war. Jetzt war es zu spät, sie musste nehmen, was sie bekam. Und durfte nicht den Fehler machen, diesen Wurz nach seiner Fistelstimme zu beurteilen.

10

Rammpapamm – palamm – palamm, trommeln meine Sticks zum siebenhundertsiebenundsiebzigsten Mal. Den Rhythmus mag ich, und ich mag sieben, weil es ein Kreis ist, und wenn ich einen Siebenkreis denke, wird mir innen ganz warm. Schokokuchen ist sieben und Spaghetti mit Pesto ist sieben, außer wenn Lassdas die Spaghetti matschig gekocht hat. Lassdas selber ist auch sieben, nicht immer, aber immer, wenn sie Spaghetti kocht und wenn sie das Metall aus der Lassdasstimme verliert und mir vor dem Müde-bin-ich-Känguru was vorsingt.

Noch besser als einer sind drei Siebenkreise, logisch. Siebenhundertsiebenundsiebzig. In diese Zahl tauche ich ein wie in die Badewanne, wenn der Schaum nach Wald riecht, und ich vergesse die Zeit und höre nicht, dass Lassdas sagt, dass sie zur Arbeit muss, und dass der Filzkopf sagt, dass er nochmals wegfährt, was besorgen, und dass die Guglhüpferin sagt, dass sie sich hinlegt. Ich höre nichts, aber wenn ich wieder aus der Wanne auftauche, weiß ich trotzdem alles.

So wie jetzt.

Ich weiß, dass es gerade günstig ist, die Schokobananen zu besuchen, die Lassdas im Keller versteckt hat. Ich glaube, sie rufen mich, und niemand ist da, der sie mit Stimmmetall bewacht. Also gehe ich hinunter. Zweimal neun Stufen, die achte ist böse, über die achte springe ich.

Ich drücke die Klinke nach unten und will die Tür aufmachen, aber es geht nicht. Die Tür ist versperrt und der Schlüssel, der sonst immer im Schloss steckt, ist fort. Fort, Sport, Abort, du blödes Wort.

Rammpapamm – palamm – palamm, klopfe ich an die Tür. Sieben Mal.

„Hallo“, rufen die Schokobananen. Sie rufen nur ganz leiseleise, aber wenn ich die Ohren spitze, kann ich sie hören.

„Hände hoch!“ Ich bin Old Shatterhand, meine Finger formen einen Revolver und zeigen aufs Schlüsselloch. „Ihr alle, Hände hoch und einzeln rauskommen!“

„Hilfe!“, rufen die Schokobananen, lauter jetzt. Sie klingen verzweifelt, weil sie nicht heraus können, weil die Tür versperrt ist und der Schlüssel fort, und da nützt auch mein Fingerrevolver nichts.

Als sie zum dritten Mal rufen, noch lauter, erschrecke ich. Weil es echt ist. Keine Schokobananenstimme, sondern eine echte, und ich kenne sie, obwohl sie kleiner und spitzer klingt als sonst, und ängstlich wie grauer Schlamm.

Die Schlammstimme gehört dem Meisenwaisenmann, der die drei winzignackten Meisenwaisen gerettet hat, die aus dem Nest gefallen sind damals, bei dem großen Sturm, und keine Eltern mehr da, und die Guglhüpferin hat sie im Garten gefunden und Mirwurscht gegeben. Und Mirwurscht hat sie in eine Schachtel getan und dem Meisenwaisenmann gegeben. Und der Meisenwaisenmann hat sie mit zermantschten Mehlwürmern und Spucke gefüttert und mit ihnen fliegen geübt, und später hat Mirwurscht mir einen Film gezeigt, wie sie in seinem Zimmer herumflattern und überall ihr Kacka fallen lassen.

Aber Mirwurscht ist fort, Sport, Abort, du blödes Wort. Wie der Kellerschlüssel. Und ich verstehe nicht, was der Meisenwaisenmann im Keller macht. Isst er die Schokobananen?

Rammpalammpa, klopfe ich an die Kellertür, weil es derselbe Rhythmus ist wie in Meisenwaisen, und Meisenwaisen ist ein siebenschönes Wort.

„Hilfe!“, schreit es aus dem Keller. Es klingt jetzt so, als wäre der Meisenwaisenmann ganz nah und das Angstmonster säße ihm im Nacken, und ich klopfe immer lauter, damit ich seine Schreie nicht hören muss.

11

Vierzig Minuten nach dem Telefonat stand Major Toni Wurz bereits vor der Tür – ausgiebig gestikulierend und so blond und blauäugig, als wäre er geradewegs einem Fremdenverkehrsprospekt entsprungen. Ein Streber, dachte Bukowski, und das war keine schlechte Voraussetzung. Begleitet wurde er von Bezirksinspektor Sepp Weinreich, der das verwitterte Gegenstück zu seinem hyperaktiven Chef zu sein schien: Anfang sechzig, ruhig bis phlegmatisch, mit sonorer Bassstimme und trockenem Humor. Bukowski mochte ihn auf Anhieb, nicht nur, weil er mehr rauchte als quatschte. Die beiden hatten auch zwei Kollegen von der Spurensicherung mitgebracht, die den Erpresserbrief eintüteten, den Garten auf Fußspuren und den Briefkasten auf Fingerabdrücke untersuchten.

Ricarda konnte zwar ihre Skepsis gegenüber den Kriminalbeamten nicht ganz verbergen, trotzdem kooperierte sie, gab Informationen über ihr Leben preis, über Daniel, die finanzielle Situation, mögliche Feinde. Auch Sebastian bemühte sich, zu helfen. Er kannte seinen Sohn aber erschreckend schlecht – das Verhältnis zwischen den beiden schien nicht das beste zu sein, was er auch unumwunden zugab. Die Frage, ob er Feinde habe, beantwortete er nicht. Er lachte nur und machte eine wegwerfende Handbewegung. Für ihn war klar, dass das Motiv für die Entführung in Ricardas Reichtum begründet war. Zwar verdiente er als Manager bei *Cupriviv* ebenfalls hervorragend – verglichen mit Bukowskis eigenem Gehalt sogar phänomenal. Doch Ricarda war zweite Geschäftsführerin der *Hau-Bau KG* und mit neununddreißig Prozent die größte Einzelgesellschafterin des Familienbetriebes, der zu den umsatzstärksten heimischen Bauunternehmen zählte. Sie war zuständig für die Bereiche Vertrieb und Marketing, galt als ausgesprochen tüchtig und verfügte über ein beachtliches Privatvermögen in Form von Immobilien, Grundstücken und Wertpapieren.

„Ich wette, es geht ausschließlich um Geld. Ricardas Geld“, sagte Sebastian. In Bukowskis Ohren klang das wie ein Vorwurf.

Gegen Mittag begleitete sie die Tiroler Kollegen nach Innsbruck und nahm an der ersten Lagebesprechung im LKA teil. Wurz hatte ein Team von fünfzehn Leuten zur Verfügung, die sich als SoKo Daniel ausschließlich um die Entführung kümmern sollten. Erfreut stellte sie fest, dass er sich in kürzester Zeit einen Plan über die Vorgehensweise zurechtgelegt hatte, mit unterschiedlichen Szenarien je nach der Reaktion der Entführer. Ihre Rolle war es, an den Arbeitsbesprechungen teilzunehmen und zwischen der SoKo und ihren Angehörigen zu vermitteln.

Nowak genehmigte ihr einen einwöchigen Zusatzurlaub mit Option auf Verlängerung und bat, auf dem Laufenden gehalten zu werden. „Und falls ihr Unterstützung braucht ... Du weißt ja, dass ich beste Verbindungen zum BKA habe“, sagte er.

Bukowski dachte einmal mehr, dass es ein Glück war, ihn als Chef zu haben anstelle eines kleinkarierten Spießers.

Da sie kaum Wäsche zum Wechseln eingepackt hatte, kaufte sie sich das Nötigste. Wohnen sollte sie im Haus ihrer Schwägerin, darauf bestand Ricarda, die schon das Gästezimmer für sie hergerichtet hatte. Es verfügte über ein eigenes Bad und bot mehr Platz als Bukowskis gesamte Wiener Wohnung. Und natürlich war es so am praktischsten, auch wenn sie die erzwungene Nähe zu Sebastian nicht begeisterte.

„Es geht um Daniel, und du wirst es gefälligst aushalten“, krächzte sie abends nach dem Zähneputzen in den Spiegel, der ihr eine feuerrote Schnupfennase zeigte.

In der Nacht schwitzte sie ganz ohne Albtraum und sie hatte Schmerzen beim Schlucken. Die Erkältung, die sich angekündigt hat, dachte sie. Lästig, aber geht vorbei.

Am nächsten Morgen fuhr Bukowski mit Ricardas Zweitauto, einem nagelneuen Mini, zur Besprechung der SoKo Daniel nach Innsbruck. Da ihre Nase pausenlos lief, hatte sie sich in jedes Nasenloch einen Tampon gesteckt.

Beim Frühstück hatte Ricarda sie gefragt, ob sie Fieber habe.

„Nein“, antwortete Bukowski und glaubte es selbst. Sie hatte nie Fieber, weil sie gar kein Thermometer besaß, um ihre Körpertemperatur zu kontrollieren. „Ich hab nur Kopfschmerzen. Eine dumme, kleine Erkältung“, sagte sie und warf gleich zwei Aspirin aus Ricardas Hausapotheke ein.

Die Morgenzigarette schmeckte ihr nicht, erfüllte aber ihren Zweck.

Auf der Fahrt fühlte sie sich besser. Die Tampons trugen bei jedem Blick in den Rückspiegel zu ihrer Erheiterung bei und sorgten dafür, dass sie positiv gestimmt in Innsbruck ankam. Zum Glück dachte sie daran, sie zu entfernen, bevor sie den Besprechungsraum des LKA betrat.

Noch gab es nicht viel Neues, die Ergebnisse der Kriminaltechnik ließen ebenso auf sich warten wie die Daten von Daniels Handybetreiber. Immerhin war die GPS-Ortung erfolgreich verlaufen. Daniels Handy hatte sich gestern Nachmittag durch Deutschland in Richtung Norden bewegt, gegen halb fünf Uhr war es in der Nähe von Fulda eingeloggt gewesen und dann nicht mehr ortbar, als hätte es jemand ausgeschaltet.

„Vermutlich war dort, wo der Fahrer übernachtet hat, ein Funkloch", sagte Wurz. „Jedenfalls haben wir das Handy heute in aller Früh in Bad Hersfeld geortet, und der Kollege vor Ort, KOK Holger Assmann, konnte den Fahrer eines Pkw-Transporters anhalten, auf dessen offenem Pritschenanhänger sich das Handy fand. Der Mann hatte keine Ahnung, wie es dahin gekommen war. Wahrscheinlich wurde es von den Entführern von einer Autobahnbrücke geworfen, als der aus Italien kommende Transporter durch Tirol fuhr.

Also keine heiße Spur, sondern eine Sackgasse.

Wurz ging dazu über, den Anruf zu analysieren, der gestern am späten Nachmittag auf Ricardas Handy eingegangen war. Wer da angerufen hatte, ob Mann oder Frau, jung oder alt, konnte man nicht sagen, da ein Stimmenverzerrer benutzt wurde.

„Jemand, der bemüht schönes österreichisches Deutsch mit auffallend harten Konsonanten sprach", sagte Weinreich. Wie Bukowski war er während des Anrufs vor Ort gewesen. „Also ein Tiroler, der seine Herkunft verschleiern will", schlussfolgerte er. „Oder eine Tirolerin."

Viel mehr ließ sich dazu nicht sagen, zumal der Anruf natürlich von einem nicht registrierten Prepaid-Handy gekommen war. So viel wussten sie immerhin schon.

„Ricarda Guggenbichler hat sich vorbildlich an alle Abmachungen gehalten", sagte Weinreich noch.

Und es stimmte. Eine Polizeipsychologin hatte Bukowskis Schwägerin vor dem Anruf gebrieft und ihr eingeschärft, auf alle Fälle sachlich zu bleiben. Sich nicht durch Emotionen hinreißen zu lassen. Das war Ricci gelungen. Wie vereinbart hatte sie gesagt, sie werde alle Forderungen erfüllen. Das Geld, die geforderte halbe Million in Hundert-Euro-Scheinen, würde sie beschaffen, bis spätestens Dienstag sei es bereit.

„Gut. Ihr Mann wird am Dienstag um zweiundzwanzig Uhr dreißig mit dem Geldkoffer und seinem Handy auf die A 12 Richtung Innsbruck fahren. Er wird allein im Wagen sitzen und auf weitere telefonische Anweisungen warten. Wenn er alles genau befolgt, kommt Daniel noch in derselben Nacht frei. Keine Polizei! Verstanden?“

Ricarda versprach es. Dann verlangte sie, mit Daniel zu sprechen.

„Nein“, sagte die Mickymaus-Stimme ohne weitere Erklärung. Damit hatte die Psychologin gerechnet und geraten, hartnäckig zu bleiben. Mindestens ein Lebenszeichen von Daniel zu verlangen.

Keckerndes Lachen war die Antwort. „Gern. Sollen wir ihm ein Ohr abschneiden? Oder lieber eine Zehe?“

Damit war das Gespräch zu Ende gewesen.

Auch nach dem Anruf hatte Ricarda sich im Griff. Sie zitterte, riss sich aber zusammen.

„Der Stimmenverzerrer ist ein Hinweis, dass wir es mit Profis zu tun haben“, sagte Bukowski, um ihre Schwägerin zu beruhigen. Eine Lüge, denn Stimmenverzerrer konnte man in jedem besseren Faschingsshop kaufen oder sich als App herunterladen. Auch Weinreich hatte versucht, die Drohung mit dem abgeschnittenen Ohr herunterzuspielen.

Und nun, in seiner Analyse, sagte Wurz, er erkenne zwar ein außerordentliches Aggressionspotential. Aber das sei bei allen Entführungen so, denn Entführungen seien nun mal mit einem hohen Risiko seitens der Täter verbunden. Trotzdem glaube er fest daran, dass Daniel Guggenbichler unversehrt sei und bald freikommen würde.

Und die Statistik gibt ihm recht, dachte Bukowski. Was ihr allerdings Kopfschmerzen bereitete, war die niedrige Lösegeldforderung. Sie äußerte ihre Vermutung, dass ein persönlicher Racheakt hinter der Entführung stecken könnte.

Wurz beruhigte sie. Bukowskis Schwägerin gehöre zu den zehn vermögendsten Frauen Österreichs und sei damit prädestiniert für eine Entführung. „Außerdem ist eine halbe Million Euro sehr viel Geld“, sagte er mit vorwurfsvollem Unterton.

„Klar. Für unsereinen. Aber meine Schwägerin sagt, sie könnte locker die dreifache Summe aufbringen. Profis wüssten das. Die Entführer müssen also Amateure sein. Oder es geht ihnen nicht ums Geld. Vielleicht haben sie meinen Neffen längst umgebracht und wollen nur Zeit gewinnen.“

„Liebe Kollegin, deine Sorge in Ehren – es bringt uns aber nicht weiter, wenn wir wild in der Gegend herumspekulieren. Und Schwarzsehen hilft erst recht niemandem. Möglicherweise haben wir es mit einem Einzeltäter zu tun. Aber mit einer halben Million können sich auch zwei oder sogar drei Leute ein neues Leben aufbauen, wenn sie es geschickt anstellen. In einem Land, in dem der Lebensstandard weit unter unserem ...“

„Schon klar. Ich finde, wir sollten trotzdem das Umfeld genau durchleuchten.“

„Dazu fehlt es uns an Personal. Außerdem haben weder dein Bruder noch deine Schwägerin Feinde erwähnt. Dass jemand Daniel etwas antun würde, um ihnen zu schaden, können sie sich nicht vorstellen.“

„Tatsächlich?“ Sie schnaubte. „Ich kann es mir sehr gut vorstellen!“ Reiche Menschen wie Ricarda hatten in jedem Fall Neider. Und Sebastian war ein rücksichtsloser Karrierist, der sich auf seinem Weg zum Spitzenmanager bestimmt keine Freunde gemacht hatte. Als BWL-Absolvent mit durchschnittlichem Studienerfolg hatte er beim renommierten Recyclingbetrieb *Cupriviv* eine Bilderbuchkarriere hingelegt. In kürzester Zeit war er zu einer führenden Kraft im Sektor Risikomanagement und Hedging aufgestiegen. Die Heirat der *HauBau*-Geschäftsführerin hatte die Zahl seiner Neider bestimmt nicht verringert. Ebenso wenig sein Lebensstil, soviel Bukowski in der kurzen Zeit darüber herausgefunden hatte: Designerhaus, Porsche, Markenklamotten, mindestens drei Luxusurlaube im Jahr und Hobbys wie Golf und Segeln. Zum Unterschied von seiner dezenten Ehefrau war es Sebastian schon immer wichtig gewesen, seinen Reichtum sichtbar zu machen.

Wie auch immer. Bukowski hatte gehofft, Wurz würde ein oder zwei Leute aus seinem Team dafür abstellen, der Familie Guggenbichler auf den Zahn zu fühlen. Nun musste sie sich selbst damit befassen, obwohl sie als Verwandte dafür denkbar ungeeignet war.

Später, auf dem Rückweg nach Prumbach, nahm sie sich fest vor, das mulmige Gefühl, das sich immer wieder in den Vordergrund drängte, zu ignorieren. Diesmal malst du den Teufel nicht an die Wand, beschloss sie. Sie dachte dabei an Kim, ihre beste Freundin, die in solchen Fällen auf positive Energie setzte, auf die Kraft von Regenbögen, Engeln oder anderen Geistwesen.

„Alles wird gut“, sagte Bukowski laut, nicht wissend, dass Kim sie korrigiert hätte. Weil es natürlich heißen musste: „Alles *ist* gut“, da allein das Wörtchen „wird“

eine Art Zweifel darstellte – einen winzigen Makel in Bukowskis Urvertrauen.

Doch davon ahnte Bukowski nichts, und wenn sie es geahnt hätte, hätte sie Kim den Vogel gezeigt.

Ob es an diesem angeknacksten Urvertrauen lag, dass Bukowski am Samstagnachmittag ohnmächtig wurde und den ganzen Sonntag und Montag fiebernd im Bett lag, oder einfach an einem fiesen Virus, war letztlich egal. Ihre Erkältung wuchs sich jedenfalls zu einer handfesten Grippe aus. Schwach wie ein schwindsüchtiger Schwan lag sie im Gästebett ihrer Schwägerin.

Ricarda zeigte sich von ihrer fürsorglichsten Seite, als wäre sie froh, ein bisschen Ablenkung in dieser Zeit des Wartens und Bangens zu haben. Sie versorgte Bukowski mit Taschentüchern, Topfenwickeln, Hühnersuppe und Lindenblütentee mit Honig, und Bukowski ärgerte sich, dass sie mit ihren Recherchen nicht vom Fleck kam. Außer husten und schwitzen konnte sie nicht viel tun.

12

„Teufel, Teufel“, murmelte Bär und meinte einerseits die Kardinalschnitte, die wie immer köstlich war, andererseits Carla, die teuflisch schlecht aussah. Ihre Augen waren halb so groß wie die Ringe darunter und erinnerten ihn an jemanden – ihm fiel nur nicht ein, an wen. Und er wusste nicht, was beängstigender war, ihr Husten oder die haarsträubende Geschichte, die sie von der Entführung ihres Neffen erzählte – mit einer Stimme, die bei Mechthild Großmann in die Lehre gegangen sein musste.

Es war noch ziemlich früh am Morgen und draußen schneite es leicht. Sie saßen in einem seiner Lieblingscafés, von denen es in Innsbruck fünf gab, und er freute sich sehr, sie nach so langer Zeit wiederzusehen. Vor knapp zwei Jahren hatte er sie kennengelernt, während einer sechswöchigen Reha im Salzkammergut – damals war er noch ohne Gehhilfe ausgekommen. Carlas Verlobter Leon, ein Journalist, war einer seiner Mitpatienten gewesen und in der Rehaklinik ermordet worden. Natürlich hatte Carla es sich nicht nehmen lassen, selbst zu ermitteln, zumal die oberösterreichischen Kollegen sich nicht gerade mit Ruhm bekleckerten. Und er, Bär, hatte ihr einen entscheidenden Hinweis gegeben. Was er sich im Nachhinein vorwarf, weil sie bei ihren Nachforschungen fast umgekommen wäre. Als sie ihre schwere Stichverletzung in der Klinik auskurierte und psychisch und physisch ein Wrack war, besuchte er sie fast täglich. Sie waren Freunde geworden und auch nach beendeter Reha in Kontakt geblieben.

Umso betroffener machte ihn ihr schlechter Zustand. Sie laborierte an einer Grippe, trauerte um ihre

Großmutter und sorgte sich um ihren Neffen. Diese Frau schien Unglück anzuziehen wie niemand sonst.

„Was ist denn nun schief gegangen?“, fragte er.

„Gar nichts, behauptet Wurz. Alles ist nach Plan verlaufen. Aber die Entführer sind nicht aufgetaucht und der Koffer mit dem Lösegeld ist nicht abgeholt worden.“

„Zugegeben, das ist suboptimal. Kann aber vorkommen und muss noch gar nichts heißen. Erinnere dich an die Entführung von Jan Philipp Reemtsma in den Neunzigerjahren. Damals hat die Lösegeldübergabe erst beim dritten Anlauf geklappt. Reemtsma wurde freigelassen und die Täter wurden irgendwann geschnappt.“

„Es gibt auch Gegenbeispiele. Maria Bögerl, die Bankiersgattin, zum Beispiel. Oder Gernot Egolf, ein Brauereierbe. Und Renate Putz, die Tochter eines deutschen Millionärs.“

„Respekt, da hat jemand gründlich recherchiert.“

„Ricarda hat alle Fälle herausgesucht, in denen die Entführungsopfer trotz oder wegen involvierter Polizei nicht überlebt haben, und hat sie Sebastian und mir um die Ohren gehauen. Sie macht sich Vorwürfe, dass sie sich auf das LKA eingelassen hat.“

„Kennt sie auch die Statistiken, die aufzeigen, dass mehr Entführungen mit Polizeibeteiligung gut ausgehen als ohne?“ Bär schluckte den letzten Bissen hinunter und legte mit leisem Bedauern die Gabel weg. „Wurz weiß schon, was er tut. Der reißt sich seinen mickrigen Bergbauernhintern auf, um alles richtig zu machen. Hat eine beeindruckende Aufklärungsquote, der Mann.“

„Bist du sicher? Die Verfolgung von Sebastians Wagen bei der Lösegeldübergabe war überambitioniert. Zu viele Beteiligte, nicht alle sehr erfahren, die ganze Aktion zu auffällig. Jeder Trottel hätte bemerkt, dass die Kripo im Spiel ist.“

„Hm", brummelte Bär. Das sah dem sorgfältigen Wurz gar nicht ähnlich. „Könnte doch auch sein, dass die Entführer aus anderen Gründen nicht aufgetaucht sind. Vielleicht haben sie von Haus aus geplant, die Sache zu verzögern, weil ..."

„Weil sie kalte Füße bekommen haben? Weil Daniel längst tot ist?"

„Als Schwarzseherin bist du ein echtes Talent. Vielleicht haben sie kapiert, dass sie zu wenig Lösegeld verlangt haben, und erhöhen die Summe im zweiten Anlauf?"

Die Schokohimbeertorte, die er für Carla bestellt hatte, hatte sie kaum gekostet. Jetzt schob sie ihm ihren Teller hin, und noch bevor er protestieren konnte, hatte der erste Bissen schon den Weg zu seinen Geschmacksknospen gefunden, die der Köstlichkeit geradezu entgegenwucherten. Er konnte gar nichts dafür. „Was hat denn die Ortung von Daniels Handy ergeben?"

Carla winkte ab. „Nichts, das uns weiterhilft." Sie hustete und zog die Nase hoch. „Hast du zufällig ein Taschentuch für mich?"

Er zog ein Stofftaschentuch aus seiner Hosentasche und gab es ihr. Es war pink und mit kleinen grauen Maulwürfen bedruckt. So what, dachte er. Hauptsache sauber.

Sie zuckte nicht mit der Wimper und schnäuzte sich.

„Und der Anrufer? Gibt es da Genaueres?"

Carla schnaubte. „Hat einen Stimmenverzerrer und ein nicht registriertes Prepaid-Handy benutzt."

„Na prima. Also doch keine Amateure?"

„Kann sein."

Bär betrachtete ihre gerunzelte Stirn. „Jetzt schau halt nicht so besorgt!"

„Nicht besorgt? Kannst du dir vorstellen, was für ein schlechtes Gewissen ich meiner Schwägerin gegenüber habe? Ich habe ihr die Tiroler Kripo eingeredet! Und jetzt die vermurkste Geldübergabe und bisher keinerlei Ergebnisse, die hoffen lassen. Ich werde Ricarda nie wieder in die Augen schauen können, wenn ich den Mist nicht wiedergutmache." Sie rührte in ihrem Espresso, obwohl er bestimmt längst kalt war. „Dummerweise war ich auch noch krank. Eigentlich wollte ich recherchieren, wollte Sebastians und Ricardas Umfeld unter die Lupe nehmen. Aber mit der fiebrigen Matschbirne habe ich kaum was geschafft. Und es gibt so viele lose Fäden, an die ich anknüpfen muss." Plötzlich sah sie auf. „Und da kommst du ins Spiel, mein lieber Bär."

Bei „mein lieber Bär" zog sie einen Mundwinkel nach oben, was er als halbes Lächeln interpretierte. Als verzweifelten Versuch eines halben Lächelns von einer Person, die nichts zu lachen hatte. Er stöhnte innerlich auf. Ahnte, was auf ihn zukam, verdrängte es aber. „Ich wette, die Entführer melden sich bald wieder. Dann wisst ihr mehr."

Carla ging nicht auf sein Ablenkungsmanöver ein. „Du bist doch auf Observationen spezialisiert, nicht wahr?"

Er wand sich. Erklärte, dass er seine magere Berufsunfähigkeitspension zwar nach wie vor durch gelegentliche Jobs als Privatdetektiv aufbesserte, aber nur durch vollkommen harmlose, unspektakuläre Jobs. „Ich fahre halt ein bisschen rum, sitze ewig im Auto und schieße im richtigen Moment ein paar Fotos – voilà." Er wischte sich ein Brösel vom Kinn. „Fast nur Fälle von Ehebruch oder vorgetäuschtem Krankenstand. Von Entführungen oder anderen Kapitalverbrechen keine Spur. Das wär auch nichts für einen halben Krüppel", sagte er mit einem Zwinkern zu seinem Gehstock, der in der Ecke lehnte. Carla riet er, sich ebenfalls rauszuhalten und die Ermittlungen dem hiesigen LKA zu überlassen. „Erstens haben sie die erforderliche Technik und das Personal dafür, zweitens sind sie zuständig. Drittens bist du immer noch krank und gehörst ins Bett. Und viertens bist du für deine Familie aus dem Schneider – falls etwas schiefgeht." Den letzten halben Satz bereute er, sobald er ihm über die Lippen gekommen war.

Sie knallte ihre Tasse mit so viel Wut auf den Tisch, dass sie nur durch ein Wunder heil blieb. „Heißt das, du lässt mich im Stich?"

Plötzlich fiel ihm ein, woran ihn ihre Augenringe erinnerten. An das Kalenderblatt des letzten Monats, auf dem ein niedlicher Pandabär abgebildet war. Dass Carla ihn mit ihren undefinierbar graugrünen Augen anstarrte, bis sich Schweißtropfen auf seiner Stirn bildeten, war weniger niedlich. Aber wirksam. Schon nach kurzer Zeit hörte er sich „Natürlich nicht!" rufen. „Auf keinen Fall lasse ich dich im Stich!" Und statt „Erwarte aber nicht zu viel", fügte er ein „Wir schaffen das!" hinzu.

Sie beschenkte ihn mit einem ganzen Lächeln und tätschelte seinen Arm. „Mein Lieblingssatz in Zeiten wie diesen. Willst du noch ein Stück Torte?"

Bedauernd schüttelte er den Kopf. „Ich muss auf meine Figur achten." Er ließ den Hosenträger schnalzen. „Aber zu ein, zwei klitzekleinen Macarons sage ich nicht nein. Die bestehen nur aus süßer Luft." Und was könnte dem Schock über einen unangenehmen Auftrag besser entgegenwirken als ein Zuckerstoß?

Während er sich pfirsichfarbene und pistaziengrüne Luft einverleibte, erläuterte Carla, was genau sie von ihm erwartete. Es ging um ihren Bruder Paul, das mittlere der drei Guggenbichler-Kinder. „Angeblich hat er große finanzielle Probleme."

„Du verdächtigst ihn, an der Entführung seines Neffen beteiligt zu sein, nur weil er finanzielle Probleme hat? Deinen eigenen Bruder?"

„Ich möchte bloß wissen, womit Paul sich den ganzen Tag beschäftigt. Wohin geht er? Mit wem trifft er sich?"

„Wenn's weiter nichts ist ..." Bär zuckte mit den Schultern.

„Und ja, ich verdächtige jeden. Meine Brüder an erster Stelle", rechtfertigte sie sich. „Auch Sebastian. Nach der verpatzten Lösegeldübergabe haben Ricarda und er sich gestritten. Vorwürfe, gegenseitige Schuldzuweisungen und so weiter. Irgendwann hat Ricarda die Kontrolle verloren und ihn angeschrien, er soll doch ein für alle Mal zu seiner Denni ziehen."

„Seine Geliebte?"

„Ex-Geliebte. Zumindest hat Sebastian behauptet, dass er mit ihr Schluss gemacht hat. Und ich frage mich, ob das stimmt. Und was Sebastian generell so treibt, wenn er nicht arbeitet. Er hat sich nämlich bis auf Weiteres beurlauben lassen."

„Ich werde Paul beschatten", sagte Bär. „Um Sebastian muss sich jemand anders kümmern. Ich gehe davon aus, dass wir wenig Zeit haben und du schon bald mit ersten Ergebnissen rechnest. Richtig?"

„Wenn du mit bald gestern meinst, hast du vollkommen recht." Sie schnäuzte sich nochmals, knüllte die Maulwürfe zusammen und steckte sie in den Ärmel ihres Pullis. Dann zeigte sie ihm Fotos von Paul und gab ihm seine Adresse.

Bär seufzte und schob den leeren Kuchenteller zurück. „Also dann."

Carla zahlte. „Packen wir's."

Er nahm seinen Gehstock und humpelte hinaus. „Was machst du eigentlich, während ich mich abrackere?", fragte er sie zum Abschied. „Nimmst du dir deine Schwägerin vor?"

„Ricarda?" Sie runzelte die Stirn, als müsste sie erst überlegen, von wem er sprach. „Daniel ist ihr Ein und Alles", sagte sie, „niemals würde sie ihm etwas antun. Nein, Bär, ich vertraue Ricci."

„Soso. Deine Schwägerin ist also tabu, nur deine Brüder kommen für alle möglichen Teufeleien in Frage." Er schüttelte den Kopf. „Bin ich froh, dass wir nicht miteinander verwandt sind!"

„Ich mache nur meinen Job", fauchte sie, wandte sich ab und stiefelte mit großen Schritten davon.

13

Sie war sauer, aber nur kurz. Er hatte es nicht so gemeint. Außerdem war sie froh, dass er sie unterstützte. Nicht einmal über sein Honorar hatte er gesprochen. Sie drehte den Kopf und sah ihm nach, sah, wie er die Straße überquerte – gebückt und mit viel zu kleinen, abgehackten Schritten. Trotz seiner Korpulenz wirkte er zerbrechlich, und obwohl er um einige Jahre jünger war als sie, irgendwie greisenhaft. Bei ihrer letzten Begegnung hatte er noch keinen Stock gebraucht. Damals hatte man ihm den Morbus Parkinson kaum angesehen.

Eine Aufgabe zu haben tut ihm gut, dachte sie. Außerdem würde Ricarda bestimmt eine anständige Entlohnung springen lassen. Und für einen Ex-Bullen wie ihn war der Job weder schwierig noch gefährlich. Klar, sie hatte ihn erst überreden müssen, aber eigentlich war er doch gern auf den Zug aufgesprungen. Oder etwa nicht?

Für Zweifel blieb keine Zeit. Sie fühlte sich zwar noch immer schwach, wollte aber unbedingt mit ihren Nachforschungen weiterkommen. Ihre Schwägerin war natürlich keinesfalls tabu für sie, da konnte sie ihr noch so viel Hühnersuppe kochen. Aber über Ricarda hatte sie sich schon gestern schlau gemacht. Und hatte nicht die leiseste Ahnung eines dunklen Fleckes gefunden und nicht den kleinsten Hinweis auf Menschen, die Streit mit ihr hatten. Ricci war zwar unverschämt reich, aber sie zeigte es nicht. Bescheiden und dezent hielt sie sich im Hintergrund. Sie hatte ein Herz für die sozial Benachteiligten und unterstützte diverse karitative Einrichtungen aufs Großzügigste. Sie interessierte sich für Kunst und förderte sie, war nie auf Partys, Bällen oder Promi-Golfturnieren zu finden, aber ab und zu im Theater oder auf einer Vernissage. Unter ihrer Geschäftsführung hatte die *HauBau KG* schon zweimal eine Auszeichnung für den familienfreundlichsten Betrieb Österreichs bekommen. Wen Bukowski auch kontaktierte, niemand verlor ein böses Wort über Ricarda. Ja, hatte sie gedacht, Ricci durfte sie abhaken.

Es war aber höchste Zeit, sich mit Daniel zu beschäftigen. Sie hatte ihn nur einmal gesehen, nach Omas Beerdigung, und er war ihr auf Anhieb sympathisch gewesen. Aber was war er für ein Mensch? Die meisten Informationen, die sie bisher über ihren Neffen gesammelt hatte, stammten von seiner Mutter: Dass er klug, sportlich, hilfsbereit und politisch engagiert war, zum Beispiel. Durchschnittlicher Schüler, aber als Biologiestudent sehr erfolgreich. Talentierter Orientierungsläufer und ehemaliger Greenpeace-Aktivist. Half nicht nur alten Damen über die Straße, sondern pflegte kranke Igel, halb verhungerte Fledermäuse und Streunerkatzen gesund. Als Bukowski nach einer festen Beziehung gefragt hatte, hatte Ricarda nur versonnen gelächelt und gesagt, dass er mit seinem Studium und den Fledermäusen verheiratet sei und für eine Beziehung, die über ein paar unbedeutende Dates hinausgehe, keine Zeit habe. Er engagierte sich für den Fledermausschutz in Tirol, schrieb an einer Bachelorarbeit über ausgestorbene Fledermausarten und träumte von einer wissenschaftlichen Karriere.

Seltsam, dachte Bukowski. Ihr erster Eindruck von Daniel war ein weit lebenslustigerer gewesen. Aber gut, er war schließlich der Sohn ihres Bruders, dessen zweiter Vorname Ehrgeiz lautete. Und Äpfel fielen bekanntlich nicht weit vom Pferd. Trotzdem. Das Bild, das eine liebende Mutter von ihrem Sohn zeichnete, musste natürlich kritisch hinterfragt werden.

Um der Wahrheit näher zu kommen, wollte Bukowski zunächst einen Blick in Daniels Studentenbude werfen. Ricarda hatte es ihr ausdrücklich erlaubt und ihr den Reserveschlüssel überlassen.

Es handelte sich um ein Apartment im Erdgeschoß einer relativ neuen Wohnanlage im Innsbrucker Stadtteil Sieglanger. Ein kleiner struppiger Garten war dabei, im Inneren herrschte kreatives Chaos. Wurz und Weinreich waren schon am Montag hier gewesen, hatten die Ordnung im kreativen Chaos bestaunt und im Übrigen nichts Aufschlussreiches gefunden. Nur Daniels Notebook hatten sie mitgenommen. Dem Tausendsassa Weinreich war es nach stundenlanger Tüftelei gelungen, das Passwort zu knacken. Da das Durchforsten der unzähligen Mails, Fotos und Worddateien einen großen Zeitaufwand bedeutete und alle SoKo-Kollegen mit anderen Dingen betraut waren, hatte Bukowski zugesagt, diese Aufgabe zu übernehmen. Zuerst wollte sie sich aber selbst in Daniels Behausung umsehen.

Sie scannte den Raum nach persönlichen Dingen, Fotos zum Beispiel, aber sie entdeckte kein einziges. Vermutlich hatte Daniel sie alle auf seinem Smartphone gespeichert, und das hatte der Bad Hersfelder Kollege Assman zwar ans Tiroler LKA geschickt, es war aber noch nicht in Innsbruck eingetroffen.

Dass Daniel kein einziges Bild aufgehängt hatte, brachte sie zum Schmunzeln. Man merkt, dass wir verwandt sind, dachte sie. Es sieht hier genauso kahl aus wie in meiner eigenen Wohnung.

Daniel besaß einige Jazz-CDs, haufenweise Biologiebücher, davon mehr als zwei Drittel zum Thema Fledermäuse, einen Schrank mit Wäsche und Kleidung, wenig Geschirr und einige Lebensmittel, die man in der Mikrowelle warm machen konnte. Drei Dosen Serbische Bohnensuppe, vielleicht ein Lieblingsgericht von ihm, und sieben Dosen Katzenfutter. Katzenfutter? Sie rief ihre Schwägerin an.

„Um Himmels willen!“ Ricci seufzte. „Kreisky! Wir haben Kreisky vergessen!“

Damit war nicht der alte Bruno gemeint, sondern ein junger Kater, rothaarig, den Daniel irgendwo aufgelesen und gesundgepflegt hatte. Seither wohnte er bei ihm. Er musste inzwischen halb verdurstet sein, denn die Schale, die neben dem Kühlschrank am Boden stand, war leer.

„Er fürchtet sich vor allen Fremden. Wahrscheinlich versteckt er sich irgendwo“, sagte Ricarda.

Bukowski füllte die Schale mit Wasser. Dann öffnete sie eine Thunfischdose. Kurz darauf hörte sie ein feines Maunzen, das sie nicht orten konnte. Ihr war, als käme es aus dem winzigen, hellblau gefliesten Bad.

Weil immer noch kein Kater erschien, sprach sie mit ihm. Und damit ihn ihre heisere Stimme nicht erschreckte, flüsterte sie. Erzählte ihm, dass es Daniel bestimmt gut gehe, er aber gerade verhindert sei, und fragte, ob er, Kreisky, sich vielleicht dazu herablassen könnte, aus seinem Versteck zu kommen, er würde dafür den besten Thunfisch aller Zeiten ...

Nach „Thunfisch“ sah sie plötzlich eine Bewegung aus dem Augenwinkel. Ein roter Blitz fuhr aus der Waschmaschine und machte sich abwechselnd über Futter und Wasser her. Danach strich er um Bukowskis Beine, was vermutlich eine Bitte um Nachschub war – sie kannte sich leider nicht aus mit Katzen. Sie öffnete eine zweite Dose, die ebenso rasch verschlungen wurde wie die erste. So gierig war Kreisky, dass es Bukowski gelang, ihn zu packen und in die Transportbox zu setzen, die sie hinter Daniels Bett fand.

Ricarda hatte Tränen in den Augen, als Bukowski ihr den Kater übergab. So konnte sie etwas für ihren Sohn tun, das sie gleichzeitig von der fürchterlichen Warterei ablenkte.

Bukowski zog sich mit Daniels Notebook ins Gästezimmer zurück. Zuerst klickte sie sich durch die über siebenhundert Fotos, auf denen fast ausschließlich Fledermäuse zu sehen waren – Bildmaterial für Daniels Bachelorarbeit. Auch die meisten Worddateien hatten mit dem Studium zu tun. Bei einem kleineren Teil handelte es sich um Entwürfe von Blogbeiträgen.

„Daniel betreibt einen zoologischen Blog", bestätigte Ricarda, die angeklopft hatte, um zu fragen, ob Carla etwas brauche. „Er hat schon in der Schule damit begonnen. Mit sechzehn. Der Blog war sein ganzer Stolz, Social Media haben ihn dagegen nie interessiert. Heute schreibt er nur noch sporadisch einen Beitrag, wenn er Zeit hat." Ihr Gesicht hatte die Farbe von verdorbener Milch, die Augen waren rotgeweint. „Ist das wichtig?"

„Alles kann wichtig sein", sagte Bukowski. „Habt ihr gestritten?" Sie hatte laute Stimmen gehört, bevor Sebastian türenschlagend das Haus verlassen hatte.

Ricarda nickte.

Bukowski nahm ihre Schwägerin in den Arm. Manche Paare schweißt ein Schicksalsschlag zusammen, dachte sie, manchen wird dadurch erst bewusst, wie armselig es längst um ihre Beziehung bestellt ist. Wie es sich bei diesen beiden entwickeln würde, war noch nicht absehbar.

„Sebastian ist total neben der Spur. Sein Verhältnis zu Daniel war zwar immer schon schwierig, aber er hängt wahnsinnig an unserem Sohn. Er konnte es nur noch nie zeigen", murmelte Ricarda, als müsste sie sein Verhalten rechtfertigen.

Mein Bruder eben, dachte Bukowski.

Ricarda wandte sich zum Gehen. „Kann ich etwas tun? Außer warten?"

„Überlegen, ob in letzter Zeit irgendwas anders war. Ob Daniel selbst anders war. Hat er was erzählt von einer Auseinandersetzung, die er in den vergangenen Wochen hatte, einem Ärger? Im Studium oder privat? Irgendwas?"

Ricarda runzelte die Stirn, aber ihr fiel nichts ein.

„Vielleicht etwas völlig Belangloses, dem du in dem Moment keine Bedeutung beigemessen hast. Das aber im Nachhinein betrachtet wichtig sein könnte. Verstehst du?"

Sie nickte und versprach, weiter darüber nachzudenken. Als sie schon die Türklinke in der Hand hatte, hielt sie nochmals inne. „Glaubst du, er lebt noch? Sei ehrlich!"

„Natürlich lebt er", sagte Bukowski. Es klang lahm, und sie sah, dass Ricarda es nicht glaubte. „Er lebt und wir finden ihn. Versprochen", fügte sie deshalb hinzu.

Sie bereute es im selben Moment.

Als Ricarda gegangen war, widmete sie sich Daniels Blog. Die letzten Einträge nahm sie sich zuerst vor, in der Hoffnung etwas Aufschlussreiches zu entdecken. Es war höchste Zeit. Seit der verpatzten Geldübergabe war schon wieder ein halber Tag vergangen, ohne irgendwelche Ergebnisse.

Tu was, spornte sie sich an. Finde was, wenn du schon haltlose Versprechungen machst.

14

Kreucht, fleucht, pirscht, hirscht … Daniels tierischer Blog

Zweifelhafte Zuneigung – 17. Dezember 2017

Dass es Hunde gibt, die checken, wenn es ihrem Menschen gesundheitlich mies geht, ist nichts Neues. Nach einer einschlägigen Ausbildung kommen sie als Assistenzhunde zum Einsatz. Neben Diabetikerwarnhunden gibt es die altbekannten Blindenhunde, aber auch Signalhunde für Gehörlose oder Epileptiker.

Deshalb glauben viele, nicht der Verstand / Gevatter Tod / ein gutes Buch / Bier sei des Menschen bester Freund, sondern der Hund.

Stimmt nicht, sage ich. Als Liebhaber der Familie Felidae weiß ich nämlich: Was man Bello erst mühsam beibringen muss, kann Miezi schon lang.

Deshalb hat es mich nicht groß gewundert, als ich einen Artikel über Katze Dotty las, die den bevorstehenden Tod von Menschen spüren kann. Sie weicht den Betreffenden dann nicht mehr von der Seite, schenkt ihnen ihre uneingeschränkte Aufmerksamkeit und verhält sich außergewöhnlich liebevoll. Da Dotty in einem Seniorenheim in Rhode Island lebt, hat sie ziemlich viel zu tun: Bereits fünfundzwanzig Sterbefälle soll sie vorhergesehen und begleitet haben.

So weit, so schön.

Seit drei Tagen streicht Kreisky, der rot-getigerte Kater, der mich im letzten Winter als Dosenöffner adoptiert hat, ständig um meine Beine. Bisher hat er es kaum auf Streicheleinheiten abgesehen, er wollte nur möglichst schnell zu seiner täglichen Ration Thunfisch kommen und die ein oder andere Scheibe Extrawurst abstauben. Seit vorgestern ist er wie verwandelt: Er bricht bei meinem Anblick in leidenschaftliches Schnurren aus, möchte mit mir am Schreibtisch sitzen, während ich das letzte Kapitel meiner Bachelorarbeit korrigiere, und reibt seinen Kopf an meinem Ellbogen.

Zuerst habe ich mich geschmeichelt gefühlt – da kannte ich den Artikel über Dotty noch nicht. Inzwischen bin ich beunruhigt. Ist Dottys Talent weiter verbreitet als angenommen?

Anders gefragt: Ist es höchste Zeit für mich, mit dem Rauchen aufzuhören und mich beim Hausarzt durchchecken zu lassen? Oder sollte ich mich lieber gleich mit der Frage beschäftigen, was nach dem Tod so abgeht?

Kurz: Muss ich mir ernsthaft Sorgen machen? ...

... fragt sich euer Daniel

Nachtrag:

Falls es keine weiteren Blogeinträge von mir zu lesen geben sollte, wisst ihr jedenfalls Bescheid.

Noch nachträglicher und in eigener Sache:

Falls ihr nichts mehr von mir lest und früher oder später einen Silberfisch / eine Fruchtfliege / eine Bücherlaus in eurer Wohnung sichtet: Bitte nicht zertreten / zerklatschen / zerquetschen. Sondern weiterleben lassen. Silberfische / Fruchtfliegen / Bücherläuse sind vollkommen harmlos, um nicht zu sagen: nützlich! Außerdem könntet ihr MIR gegenüberstehen. Mir in meinem nächsten Leben.

Also bitte Respekt! Denn aus der richtigen Perspektive betrachtet sind wir doch alle nur Insekten ...

... meint euer Daniel

Puh. Bukowski würgte an dem Lachen, das ihr im Hals steckengeblieben war. Konnte das Zufall sein? Sie dachte an Johanna Cramer, ihre tote Doppelgängerin. Klar, sagte sie sich. Einer der perversen Zufälle, die das Leben auf Lager hatte, weil es da vielleicht eine psychisch angeknackste Autorin im Hintergrund gab, der es Spaß machte, sich sowas auszudenken. Oder einen Autor.

Sie schüttelte sich und entdeckte zum Glück einen späteren Blogeintrag.

O du fröhliche – 22. Dezember 2017

Kreisky ist entweder ein talentloser Wurstzipfelschnorrer, oder er hat sich getäuscht: Denn hey, Freunde, mich gibt's noch immer und es geht mir bestens.

Also: Hoch die Glühweinbecher! Lasst uns auf das Leben und seine Vanillekipferl anstoßen.

Wenn ihr euch jetzt fragt, seit wann ich kein Weihnachtsmuffel mehr bin, kann ich euch beruhigen, liebe Mit-Muffel und -Muffelinen. Aber es ist doch so: Jedes Weihnachten geht vorbei, Familienstreit inklusive. Egal, ob ihr die Zähne zusammenbeißt und es durchsteht oder euch einigelt und es auswittert.

Ich habe heuer jedenfalls keinen Bock, muffelig zu sein. Vielleicht weil Kreisky sich geirrt hat, weil es mit meiner Bachelorarbeit so gut läuft oder weil ...

Stopp, das geht euch nichts an. ☺

Für heute nur so viel: Lasst uns das Fest der Liebe einfach mal wörtlich nehmen ...

... meint euer Daniel

Schau an, dachte Bukowski. Bedeutete das, ihr Neffe war verliebt?

Sie fand keinen jüngeren Eintrag. Seit Weihnachten hatte Daniel nichts mehr gepostet. Aber Blogpausen von zwei Monaten hatte es schon öfter gegeben. Daraus konnte man höchstens schließen, dass sein Studium ihn forderte. Vielleicht forderte ihn auch eine Liebesbeziehung? Außerdem konnte man aus dem letzten Blogeintrag mit etwas Fantasie herauslesen, dass in der Familie gestritten wurde. Natürlich alles sehr spekulativ. Völliger Unsinn, daraus ein Motiv für eine Entführung abzuleiten.

Interessant war es trotzdem, und sie notierte sich im Hinterkopf, bei ihrem Bruder und ihrer Schwägerin nachzuhaken und sowohl nach Streitigkeiten als auch nach Daniels neuer Vielleichtliebe zu fragen.

Der Vollständigkeit halber überflog Bukowski auch die älteren Beiträge. Etwas Relevantes entdeckte sie nicht. Erst als sie den Ordner *Entwürfe* durchforstete, in dem Daniel Ideen und unvollständige Blogbeiträge gesammelt hatte, fand sie einen aufschlussreichen Textentwurf, der erst drei Wochen alt war.

Brillante Betrüger – 28. Januar 2018

Dass Ehrlichkeit am längsten währt, ist ein doofer Spruch und megaout – wie unsere Politiker täglich beweisen. Und nicht nur die. Betrug und Schwindel haben auch im Tierreich Hochsaison. Wer besser täuscht, kriegt die attraktiveren Sexpartner, reichhaltigeres Futter, und seine Chancen, nicht gefressen zu werden, stehen besser.

Von jenem tierischen Meisterbetrüger, der anderen Vogeleltern die eigenen Jungen unterjubelt, hat wohl jeder schon gehört: dem Kuckuck (Cuculus canorus).

Ich möchte euch heute den weit weniger bekannten Lungenenzian-Ameisenbläuling (Phengaris alcon) vor-

stellen. So hübsch und harmlos er aussieht, umso raffinierter ist seine Betrugsmasche. Das Schmetterlingsweibchen legt seine Eier auf Lungenenzianblüten ab, die sich in der Nähe von Nestern der Roten Gartenameise (Myrmica rubra) oder der Waldknotenameise (Myrmica ruginodis) befinden. Kaum sind die Raupen geschlüpft, lassen sie sich zu Boden fallen, werden von Arbeiterameisen gefunden, ins jeweilige Ameisennest gebracht und eifrig gefüttert. Warum? Weil die Haut der Bläulingsraupen chemisch mit der der Ameisenlarven identisch ist. Die schmarotzerischen Raupen vernichten den eigentlichen Ameisennachwuchs und imitieren die Geräusche heranwachsender Ameisenköniginnen. Deshalb werden sie besonders üppig gefüttert und vor allen anderen evakuiert, wenn dem Nest Gefahr von außen droht.

Wer sich weiter in dieses spannende Thema vertiefen möchte, dem seien die Arbeiten des Biologen und Evolutionsökologen David R. Nash ans Herz gelegt, zum Beispiel der Artikel „The Ant and the Butterfly", erschienen in der Zeitschrift „Science" im Januar 2008. So spannend ist Nashs Artikel, dass Auszüge davon in die Dissertation von Ludwig Kubala eingeflossen sind, der seit Kurzem eine Gastprofessur an der hiesigen Fakultät für Biologie innehat. Leider hat Kubala vergessen, seine seitenlangen wörtlichen Zitate als solche zu kennzeichnen – ein weiteres Beispiel dafür, dass beruflicher Erfolg und Ehrlichkeit in keinem

Der Beitrag endete mitten im Satz. Bukowskis Finger zitterten. Sie verordnete sich eine Zigarettenpause, die das Zittern nicht minderte. Dafür kratzte der Rauch im Hals, und die Nase begann zu kribbeln. Die Nachwehen des Schnupfens? Oder eine Vorahnung?

So viel war klar: Falls Daniel mit der geguttenbergten Dissertation dieses Ludwig Kubala Recht hatte, stand Kubalas Karriere auf dem Spiel. Und falls Kubala von Daniels Vorwurf wusste, war das ein handfestes Motiv für eine Entführung. Womöglich für einen Mord, der als Entführung getarnt wurde, dachte Bukowski.

Auf alle Fälle wollte sie sich diesen Biologen vorknöpfen und recherchierte seine Adresse. Dann rief sie Weinreich an, um ihn über ihre Entdeckung zu informieren.

Aber der gute Sepp ließ sie gar nicht zu Wort kommen. Er hatte selbst Neuigkeiten zu berichten: „Der Provider hat die Liste mit Daniels Kontakten der letzten Wochen rausgerückt. Wir müssen natürlich alles noch gründlich durchgehen, ich habe mir nur den Mittwoch und Donnerstag genauer angesehen. Und da ergibt sich Folgendes: drei nicht angenommene Anrufe am Mittwochabend – dreimal dieselbe Nummer, beim vierten Mal ein Gespräch von etwa zehn Minuten, ein Festnetzanschluss der Uni. Weit interessanter dann der Donnerstag: Da gab es nur zwei kurze Telefonate am Vormittag. Einmal hat dein Bruder angerufen ...“

„Sebastian?“

„Nein, der andere.“

Schau an, schau an, dachte Bukowski. Was wollte Paul von seinem Neffen, so kurz vor dessen Verschwinden? Wie gut, dass sie Bär auf ihn angesetzt hatte. „Und der zweite Anruf?“

„Pass auf, das ist jetzt spannend, gell? Der zweite und allerletzte Anruf ist nämlich von einem nicht registrierten Prepaid-Handy gekommen.“

„Von dem, das wir schon kennen? Das die Entführer benutzt haben?“

„Du zerstörst meine Pointe“, sagte Weinreich beleidigt und klickte mehrfach, als spielte er gerade mit seinem Feuerzeug. „Dein Neffe hat ganze zwanzig Minuten mit denen telefoniert. Der kennt die.“

„Wenn sein Handy zu dem Zeitpunkt nicht schon in der Gewalt der Entführer war und einer von denen mit seinem Komplizen telefoniert hat“, sagte Bukowski.

„Stimmt, das wäre auch möglich.“

„Hast du schon herausgefunden, was es mit diesem Uni-Festnetzanschluss auf sich hat?“

„Sicher. Aber das hat bestimmt mit seinem Studium zu tun und ist für uns ...“

„Jetzt sag schon, wessen Nummer es ist!“

„Schon recht, jaja, das hab ich recherchiert.“ Stolz schwang in Sepp Weinreichs Stimme mit. „Die Durchwahl gehört zu einem Büro der biologischen Fakultät, das sich drei Leute teilen.“ Er räusperte sich. „Eine gewisse Liliana Eberhartinger, der ihre Titel weiß ich jetzt nicht mehr, aber mindestens Doktorin und Professorin ...“

„Weiter!“

„Dann ein asiatischer Name, den ich nicht aussprechen kann, aber ich schreib ihn dir per SMS, wenn du willst. Und drittens ein Luis, Schmarrn, der heißt Ludwig. Ludwig Kubinger und der ist Gast...“

„Kubala! Ludwig Kubala, Gastprofessor!“, rief Bukowski dazwischen.

„Was fragst du überhaupt, wenn du eh alles weißt?“, fragte Weinreich empört. Was er noch erzählte, hörte sie nicht mehr. Der Name Kubala hatte sie elektrisiert.

Also doch. Der Dissertationsbetrüger. Hatte Daniel kurz vor seinem Verschwinden angerufen. Mehrmals. Ein Schauer überlief sie. Die Gefahr-im-Verzug-Gänsehaut baute sich auf. Sie durfte keine Zeit verlieren.

Als Weinreich offensichtlich zum wiederholten Mal fragte, ob er der Sache nachgehen solle, klinkte sie sich wieder ein.

„Lass nur, den übernehme ich“, sagte sie.

„Nur zu“, sagte Weinreich trocken. „Fleißige soll man nicht aufhalten.“

15

Eine Dreiviertelstunde später stand Bukowski vor einem dottergelben Mehrparteienhaus in Hall und massakrierte den Klingelknopf neben dem Namensschild *Pischna + Kubala*.

Sie hatte mit allem Möglichen gerechnet, nur nicht damit, dass ihr ein Unterhosenmodel die Tür öffnen würde. Zumindest sah der junge Mann so aus. Erfreulicherweise trug er keine Boxershorts, sondern einen schlichten schwarzen Slip, der das Wesentliche wunderbar zur Geltung brachte.

Bukowski gelang es, den Pfiff, der ihr auf den Lippen lag, in eine leicht gehobene Augenbraue umzuwandeln, und sie war stolz auf ihre Professionalität. „Herr Kubala?"

„Der Ludwig ist nicht zu Hause. Kann ich Ihnen helfen? Ich bin der Andi."

Sie zückte ihren Ausweis und stellte sich vor, erleichtert, dass der Adonis mit den Bernsteinaugen nicht der Verdächtige war. Sie müsse Herrn Kubala dringend sprechen, sagte sie.

„Worum geht es denn?", fragte Andi Pischna. Kurz darauf schlug er sich die Hand vor den Mund. „Entschuldigen Sie, aber die Neugier ist ein Luder. Dabei kann ich mir schon denken, dass Sie an einem wichtigen Fall arbeiten, über den Sie nicht sprechen dürfen."

„Das haben Sie gut erkannt."

„Heute wird der Ludwig erst gegen halb elf am Abend nach Hause kommen. Aber morgen ..."

„Es ist wirklich furchtbar wichtig." Bukowski ertappte sich bei einem Augenaufschlag, den sie gern zurückgenommen hätte.

„Momentan ist er noch im Biologischen Institut. Wenn Sie jetzt hinfahren, verpassen Sie ihn aber, weil ..."

Pischna zog die Stirn kraus. „Sagen Sie, mögen Sie Musik?"

„Sehr. Wieso?"

„Bach?"

„Auch. Aber was hat das mit meiner Befragung zu tun?"

„Zwei Fliegen mit einer Klappe." Er lächelte kryptisch, verschwand im dunklen Vorraum und kam nach kurzer Zeit mit einem Ticket wieder, das er Bukowski in die Hand drückte. „Der Ludwig ist nämlich Barockmusikfreak. Und am Abend geht er ins Konzert. Mich hat er auch überredet, aber ich hab's nicht so mit Bach und seinen Perückenfreunden. Ist mir zu elitär, und überhaupt steh ich nicht auf Musik, die man im Sitzen konsumieren muss."

„Na gut. Wissen Sie was? Ich kaufe Ihnen die Karte ab", sagte Bukowski.

„Kommt nicht in Frage. Nehmen Sie sie und fahren Sie am besten gleich hin. Um acht geht's los. Sie sitzen neben Ludwig und können ihn in der Pause ausquetschen." Er musterte sie von oben bis unten. Sein Blick blieb an ihren ausgelatschten Stiefeletten hängen, die einmal einfärbig schwarz gewesen waren. Inzwischen hatten weiße Salzränder ein exotisches Muster hinterlassen. „Und tragen Sie es mit Fassung, dass Sie ein bisschen underdressed sind. Der Innsbrucker Konservatoriumssaal ist ja nicht die Met oder die Elphi", meinte er.

Bukowski konnte es sich nicht verkneifen, ihr Gegenüber ebenfalls zu mustern. Ebenfalls abwärts. „Sie als Underdress-Experte müssen es ja wissen."

Pischna lachte. Es war ansteckend.

Auf dem Weg in die Innsbrucker Innenstadt fasste sie ihre Eindrücke zusammen: Falls Kubala Daniel entführt hatte, dann garantiert ohne das Wissen seines

Lebensgefährten. Dieser Andi Pischna ist völlig harmlos, dachte sie. Oder meine Menschenkenntnis ist kein Eierschwammerl mehr wert.

Das Konzert war recht gut besucht. Dem Programmheft entnahm sie, dass es sich um einen Soloabend des iranischstämmigen Cembalisten Mahan Esfahani handelte. Und dass er nicht nur Bach, sondern auch eine Komposition von Luciano Berio spielen würde. Musik des zwanzigsten Jahrhunderts war ihre große Leidenschaft, seit Gregor sie ihr nahegebracht hatte. Und seit ihr Mann tot war, funktionierte diese Musik auch wie ein Tor in eine andere Welt. Eine Welt, in der alle, die ihr je etwas bedeutet hatten, noch lebten – Gregor, Samuel, Leon, Oma Rosalba.

Bukowski setzte sich auf den ausgewiesenen Platz. Sie schluckte eine doppelte Dosis Paracodin-Tropfen und hoffte, von Hustenanfällen verschont zu bleiben. Vom Sitznachbarn zu ihrer Rechten erntete sie einen verwunderten Blick. Ludwig Kubala war Anfang vierzig, trug Flinserl, die in seinen fleischigen Ohrläppchen fast verschwanden, und einen Oberlippenbart im Stil von Clark Gable.

„Schöne Grüße von Andi", sagte sie. Für weitere Erklärungen blieb keine Zeit, weil in dem Moment der Cembalist die Bühne betrat.

Während Esfahani sich verneigte, wurde hinter ihr geflüstert: „Ist das der, den sie in der Kölner Philharmonie ausgebuht haben, weil er was Modernes gespielt hat?"

„Schmarrn. Weil er arabisch aussieht."

Der Rest ging im Applaus unter, der nach dem ersten Programmpunkt – einer Sonate von Bach, die in Bukowski das Bild eines komplexen, großmächtigen Bauwerks hervorrief – enthusiastisch wurde.

Keine Rassisten in Innsbruck, dachte Bukowski, zumindest hier und heute nicht, und sie nahm sich vor, es ihrer Heimat als Plus anzurechnen. Immerhin. In Zeiten wie diesen musste man bescheiden sein.

Rounds von Luciano Berio war dann ganz nach ihrem Geschmack. Ein schnelles, nervöses Stück. Kein Bauwerk, sondern ein Kreis, flackernd und flüchtig. Musik, die unkörperlich war, biegsam, die es aber schaffte, sich aufzubäumen. Für einige Minuten gelang es Bukowski, Daniel und ihre Sorgen zu vergessen. Sie schwebte.

Erst das Klatschen holte sie wieder auf den Boden der Tatsachen zurück. Eine ältere Frau zwei Reihen vor ihr tat sich durch laute Bravorufe hervor, als wollte sie die Schmach, die der Cembalist in Köln erlitten hatte, durch ihre Begeisterung wettmachen. Das Licht ging an, die Konzertbesucher strömten hinaus. Bukowski hustete.

„Wieso sitzen Sie auf Andis Platz?“, fragte Ludwig Kubala mit näselnder Stimme, die den Ostösterreicher verriet. „Ist er krank?“

„Keine Angst, Ihrem Freund geht’s bestens. Leider teilt er Ihr Faible für Bach nicht. Er hat mir die Karte geradezu aufgedrängt, als er von meinem Anliegen erfahren hat“, sagte Bukowski und zückte ihren Ausweis. „Ich hätte da nämlich ein paar Fragen an Sie, Herr Kubala.“

„Die Kripo? Ist nicht wahr! Hat der alte Winkler also seine Drohung wahr gemacht?“

Bukowski runzelte die Stirn.

„Dabei hat es höchstens zehn Minuten gedauert.“

„Was hat zehn Minuten gedauert?“

„Die Montage unseres neuen Spiegelschranks im Bad. Zwei Löcher mit dem Fliesenbohrer. Na gut, es war vorletzten Samstag, während der Mittagsruhe. Aber …“

Bukowski brach in Gelächter aus. Zu ihrer Freude gelang ihr eine besonders raue und boshafte Variante. „Sie glauben nicht wirklich, dass sich die Abteilung Leib/Leben der Kriminalpolizei um eine Verletzung der Hausordnung kümmert, oder?"

Er errötete wie ein Schulbub. „Nicht, nein, schon klar. Aber was könnte sonst ..."

Gut, dachte sie, er ist unsicher. Nein, nervös traf es eher. Die beste Voraussetzung, um ein Schäuferl draufzulegen. „Daniel Guggenbichler." Sie schleuderte ihm den Namen hin und beobachtete, wie sich Kubalas Gesicht, das gerade noch schamrot geleuchtet hatte, vollständig entfärbte. Seine Pupillen weiteten sich und auf der Stirn bildeten sich feine Schweißtröpfchen.

„Ach so ist das", murmelte er. „Dieser Psycho hetzt mir die Kripo auf den Hals, und ich hätte fast meinen spießigen Nachbarn verdächtigt."

„Sie kennen ihn also."

„Sicher. Er ist Biologiestudent und hat im letzten Semester eines meiner Seminare absolviert."

„Gab es Probleme?"

„Wie man's nimmt. Ich habe seine Seminararbeit auseinandergenommen, weil er vom Thema abgewichen ist und sich in einer abstrusen Theorie verheddert hat."

„Ist das nicht der Job eines Dozenten?"

„Sie sagen es. Aber manche Studenten vertragen keine Kritik." Er zuckte mit den Schultern und drehte – ganz Unschuldslamm – die Handflächen nach oben.

„Wie hat er denn reagiert?"

„Er hat mir gedroht. Hat angekündigt, wenn ich seine Arbeit nicht positiv bewerte, will er meine Dissertation öffentlich durch den Dreck ziehen."

„Er hat herausgefunden, dass Sie abgeschrieben haben, nicht wahr?"

„Was heißt abgeschrieben? So stimmt das nicht." Die Farbe war in Kubalas Wangen zurückgekehrt. „In meiner Doktorarbeit habe ich ausführliche Quellenangaben gemacht. Allerdings wurde die Arbeit gedruckt, und im Buch sind die Quellenangaben dummerweise unter den Tisch gefallen. Eine Schlamperei des Verlags."

„Aber auf dem Buchdeckel steht Ihr Name. Daniel hatte also recht."

„Das sehe ich nicht so! Er hätte sich lächerlich gemacht, wenn er sein Vorhaben durchgezogen hätte. Das wusste er auch!" Kubala wurde lauter. Die feinen Schweißtröpfchen verbanden sich zu einem durchgehenden Film. „Deshalb hat er von einer Veröffentlichung abgesehen."

„Sind Sie sicher, dass er seine Meinung nicht geändert hat?"

„Hundertprozentig. Er hatte auch keinen Grund mehr, sauer auf mich zu sein."

„Das heißt?"

„Ich ... ähm ... habe ... na ja eingesehen, dass ich wirklich etwas streng gewesen bin. Zu streng vielleicht. Jedenfalls habe ich die Note seiner Seminararbeit auf Genügend korrigiert." Er kratzte sich am Ohr. „Hat er Ihnen etwas anderes erzählt?"

Bukowski ging nicht darauf ein. „Worum ging es in Ihrem Telefonat vom Donnerstag?"

„Genau darum. Ich habe ihm gesagt, dass er sich die Blamage einer falschen Beschuldigung sparen soll. Und dass ich beide Augen zudrücke, nur damit er kein Semester verliert. Das war mehr als großzügig von mir. Aber warum ..."

„Wenn Sie nichts zu befürchten haben, hätten Sie doch bei Ihrem Nichtgenügend bleiben können", sagte Bukowski. „Wo waren Sie letzten Freitag und Samstag?"

„Wieso ... ich meine ...“ Er zog ein Taschentuch aus seinem Jackett und wischte sich über die Stirn. „Es ist ihm doch nichts passiert?“

„Die Fragen stelle ich. Also?“

„Am Freitagvormittag war ich im Büro. Da können Sie die Sekretärin fragen. Und eine Studentin, deren Bachelorarbeit ich betreue. So gegen eins bin ich nach Hause gefahren.“

„Kann Ihr Freund das bezeugen?“

„Andi? Äh, nein.“ Ein weiterer Gesichtsfarbenwechsel bahnte sich an. „Der hat seine Eltern im Mühlviertel besucht. Seinem Vater geht es nicht so besonders. Lungenkrebs im fortgeschrittenen Stadium. Andi ist erst am Sonntagabend zurückgekommen.“

„Dann waren Sie allein?“

„Na ja, also ...“ Kubala wand sich. Seine Stimme wurde immer leiser. „Nein. Ich hatte Besuch. Franz war da, ein alter ... äh ... Kumpel.“

„Der wie lange genau bei Ihnen war?“

„Bis Sonntag gegen halb zehn am Morgen. Wir ... ähm ... Kann das unter uns bleiben? Ich meine ...“

„Meinetwegen muss Herr Pischna nichts davon erfahren.“ Was Kubala mit wem trieb, war ihr egal, solange er mit Daniels Verschwinden nichts zu tun hatte. Aber die Frage, warum so viele Männer fremdgehen mussten, fand sie schon interessant. Ob schwul, bi, hetero, das war wie ein Zwang, ein Fluch, den dieses bemitleidenswerte Geschlecht abbekommen hatte – denn natürlich konnten all diese Männer nichts dafür. Sie seufzte. „Sie waren die ganze Zeit zusammen? Von Freitagnachmittag bis Sonntagvormittag? Und dieser Franz kann das bestätigen?“

Kubala nickte.

„Wenn Sie mir noch seine Adresse geben könnten – ich muss das natürlich überprüfen.“

Ein Gong kündigte das Ende der Pause an, und die ersten Konzertbesucher kehrten auf ihre Plätze zurück. Kubala beeilte sich, die Adresse und Telefonnummer von Franz Riebmann auf Bukowskis Programmheft zu kritzeln.

„Worum geht es denn bei Ihrer Ermittlung?“, fragte er kleinlaut. „Ist Daniel Guggenbichler ... Ist er tot?“ In seinem Blick lag etwas Lüsternes. Ein widerliches Lauern, als hoffte er auf eine Hiobsbotschaft dieser Art.

Nein, dachte Bukowski. Auf keinen Fall ist Daniel tot, er darf einfach nicht tot sein. Sie ließ den Herrn Professor ohne Antwort stehen und rauschte hinaus. Gern hätte sie den zweiten Teil des Konzerts gehört, aber die Ermittlungen gingen vor. Und obwohl sie schon ahnte, dass Kubala in Bezug auf sein Alibi die Wahrheit gesagt hatte, musste sie nicht lange auf die Bestätigung durch seinen Liebhaber warten. Auf der Rückfahrt nach Prumbach rief sie Franz Riebmann an.

„Ausufernder Sex, das ganze Wochenende“, sagte er. Unmöglich, dass Kubala weggefahren sein könnte in der kurzen Zeit, in der er, Riebmann, geschlafen hätte. Vollkommen ausgeschlossen.

Bukowski nahm es zur Kenntnis. Im Haus ihrer Schwägerin nahm sie eine heiße Dusche. Weil sie immer noch Halsweh hatte, schluckte sie zwei Aspirin und zum Drüberstreuen eine Schlaftablette. Man gönnte sich ja sonst nichts.

Vielleicht konnte sie wenigstens ein paar Stunden schlafen. Morgen musste sie fit sein.

Morgen musste sie wieder von null anfangen.

16

Nein. Lassdas hat nein gesagt. Nein, ich soll nicht mitkommen, sondern im Auto bleiben und die Ohrstöpsel drin lassen. Sie hat mir ihr heiliges MP3 gegeben, sonst darf ich es niemalsnie anrühren, und jetzt nur, bis sie wieder da ist, hat sie gesagt, und dass ich die Stöpsel nicht herausnehmen soll, egal was passiert, und dann hat sie gesagt, nichts wird passieren, nichts Beunruhigendes, freilich, das sagt sie immer, auch wenn dann doch was passiert, und logisch ist alles, was passiert, immerimmer beunruhigend. Gesagt hat sie auch, dass sie bloß was nachschauen muss und ganz bald zurückkommt.

Also bleibe ich sitzen. Ich lasse die Stöpsel drin und höre *Over the Rainbow* von der Gitarrenfrau, die Cassidy heißt, Eva Cassidy, und ihre Stimme leuchtet blaugrün, genauso blaugrün wie letzten September, als wir den Ausflug gemacht haben zu den Schwänen, und es war noch warm, und der Himmel hat sich im Prumbacher See gespiegelt, sanft blaugrün gespiegelt, und die Schwäne haben das ganze Brot gefressen und sogar den Zipfel von der Salami.

Ich halte das heilige MP3 so fest, dass meine Hände schwitzig werden, und höre mir das sanfte Blaugrün an. Meine Lieblingsfarbe. Siebenmal hintereinander höre ich es, weil sieben die schönste Zahl ist und ein Kreis.

Aber nach sieben kommt acht, die Zahl mit den schärfsten Spitzen. Da nützt es nichts, dass eine Acht aus zwei Kreisen besteht, wenn man sie schreibt. Acht ist trotzdem so scharf wie ein frisch gespitzter Bleistift und so eisig wie das Lächeln von Spürdich, der gar nicht Spürdich heißt, sondern Helmut. So soll ich ihn nennen. Facharzt für Kinder- und Jugendpsychiatrie steht auf seinem Türschild, und jeden Montag muss ich hin. Spürdich ist acht und Filzkopf ist auch ein bisschen acht, vor allem wenn er ständig an Lassdas herumfummelt, und Schokolade, die im Keller versteckt ist, ist sehr acht, vor allem wenn der Schlüssel fehlt. Aber das sanfte Blaugrün ist sieben, und deshalb kann ich es nicht noch ein achtes Mal hören.

Also drücke ich auf den Weiterknopf, aber das nächste Lied ist rot. Knallrot, krawallrot. Eine Trompete schneidet mein Gehirn in zwei Teile. Das Rot brüllt. Das Rot sticht in meinen Augen, obwohl ich sie zumache, sticht unter meinen Schläfen, genau wie gestern, als mich ein Schneeball im Gesicht getroffen hat und Blut aus meiner Nase kam, rote Tropfen im frischen Schnee.

Plötzlich ist das Angstmonster da. Es legt seine Zottelarme um mich, drückt und drückt, bis der Frühstückskakao in kleinen Tropfen aus der Haut gepresst wird, an den Handflächen zuerst.

Herzgalopp. Ich finde den Ausknopf nicht, reiße an den Ohrstöpseln, schleudere das heilige MP3 hinter mich. Meine Schwitzhand reißt die Autotür auf, aber es geht nicht. Ich muss mit beiden Füßen dagegentreten, und dann geht es doch. Ich falle hinaus. Der Schnee ist weich und weiß und siebengut, weil er so kühl und leiseleise ist. Ich stehe auf und sehe die Fußstapfen von Lassdas.

Meine Schuhe passen in die Lassdasstapfen hinein, ich gehe in den Lassdasstapfen über den Parkplatz, durch den dünnen Wald hinauf, bis die Felswand aus den Bäumen wächst. Bis zum Fischmaul gehe ich in den Lassdasstapfen. Ich kenne das Maul, bin schon öfter hier gewesen, früher, als ich mit Lassdas die Pilze gefüttert habe, aber dann hat Lassdas keine Zeit mehr für die Pilze gehabt, und dann sind die Pilze gestorben und wir sind nicht mehr hergekommen.

Das Maul ist riesig wie von einem ungeheuren Tiefseefisch, nur ohne Zähne, und heute steht es weit offen. Die Lassdasstapfen führen hinein, ganz tief in den Schlund, bis sie nicht mehr zu sehen sind, weil Lassdas vielleicht schon im Fischmagen angekommen ist.

Ich lasse mich auch schlucken. Das macht mir nichts aus, weil dunkel siebenschön ist und weil mir in den Lassdasstapfen nichts passieren kann. Eigentlich.

Aber dann passiert doch etwas. Ein Fremder kommt mir entgegen. Ein Fremder, der hat eine rote Wollmütze über dem Kopf, knallrot, krawallrot, in der sind Schlitze für Mund und Augen, und er winkt mit den Armen und er brüllt mit der Lassdasstimme, obwohl das nicht sein kann, brüllt knallrot, krawallrot, brüllt mit viel Metall: „Raus!“ Und packt mich. Packt mich und zerrt mich aus dem Maul und wirft mich in den Schnee und schließt das Fischmaul und legt den Riegel vor und sperrt das Vorhängeschloss ab und steckt den Schlüssel ein. Und brüllt mit mir so knallrot, krawallrot, dass ich die Worte nicht verstehen kann, weil ich meine Hände auf die Ohren pressen muss.

Herzgalopp.

Und das Angstmonster ist wieder da, und es drückt und drückt mir die Luft ab, und ich keuche und suche in meiner Tasche nach dem Spray, aber da ist kein Spray, und dann ist die letzte Luft weg und ich falle in ein Loch, und als ich die Augen wieder öffne, ist Lassdas da. Kein Rotmützenmann weit und breit. Nur Lassdas mit dem Spray, und sie lächelt und hilft mir atmen.

Später bekomme ich alle Schokobananen aus dem Keller und die Kellertür ist nicht mehr versperrt, und der Schlüssel steckt und die Lassdasstimme ist ganz ohne Metall.

„Soll ich dir was vorsingen?“, fragt sie beim Müde-bin-ich-Känguru.

„Nein“, sage ich, weil Lassdas sehr schön singen kann, aber nicht so siebenschön wie die Gitarrenfrau aus dem heiligen MP3, das ich behalten darf, für immer, sagt Lassdas.

Und weil ich es nicht glaube, sagt sie es noch einmal. Und sie sagt, dass sie mich immer liebhaben wird, egal was passiert.

Da weiß ich, dass etwas Schlimmes passieren wird, aber ich sage nichts, und ich will jetzt auch das sanfte Blaugrün nicht mehr hören. Ich behalte die Ohrstöpsel drin und höre nur die Stille im heiligen MP3, wenn der Ausschalter an ist. Und in die Stille hinein klopfe ich rammpalammpa auf die Bettdecke. Ich klopfe aber nur ganz leiseleise, damit Lassdas nicht merkt, dass ich weiß, dass das Schlimme mit den Meisenwaisen zu tun hat. Siebenhundertsiebenundsiebzig Mal muss ich rammpalammpa klopfen, aber ich bin so känguru, ich verzähle mich und ...

17

Es war Punkt sechs Uhr morgens, als endlich der Anruf kam.

Bukowski hatte ihr schlafmittelbedingtes Wattehirn bereits mit drei doppelten Espressi und zwei Aspirin aufgemöbelt. Sie war in den Garten gegangen, um ihre erste Morgenzigarette in Gesellschaft von Sepp Weinreich zu rauchen, der zur Nachtschicht im Haus Guggenbichler eingeteilt war. Die Temperatur hatte um ein paar Grad zugelegt, der pulvrige Schnee war zusammengesackt und pappte. Weinreich formte einen Miniaturschneemann, dem er eine halb gerauchte Zigarette in sein Schneemaul steckte.

Auf einmal tauchte Kreisky auf. Er machte einen großen Bogen um Weinreich, peilte Bukowski an und strich schnurrend um ihre Beine. Sie dachte an Daniels Blogeintrag über die zweifelhafte Zuneigung und verscheuchte den Kater. Daraufhin schlenderte er durch die offene Terrassentür ins Wohnzimmer, drehte sich noch einmal zu ihr um und maunzte, als wollte er sie hereinlocken. In dem Moment klingelte Ricardas Handy und Bukowski sprintete im Rekordtempo ins Haus.

Wieder war die Stimme künstlich verzerrt, und man konnte nicht beurteilen, ob es eine Männer- oder Frauenstimme war. Nur, dass es dieselbe war wie beim ersten Anruf, mit krachenden Tiroler Ks, und dass sie kurze und knackige Anweisungen gab.

Eines war aber neu: Die Lösegeldforderung hatte sich vervierfacht. Als hätten die Entführer sich Bukowskis Vorwurf, schlecht recherchiert zu haben, zu Herzen genommen. Überraschung war das keine. Bei vielen Entführungen erhöhte sich der Betrag, wenn etwas bei der Lösegeldübergabe schiefgegangen war.

Schließlich stieg das Risiko, das die Entführer eingingen, mit jedem Tag, um den sich die Sache verzögerte. Bukowski beruhigte das, sie glaubte, dass Daniels Chancen damit stiegen. Und sie wusste, dass Ricarda das Geld auftreiben konnte.

Der Rest des Gesprächs verlief unerfreulich. Wieder bat Ricarda um ein Lebenszeichen von Daniel, wieder wurde es ihr verwehrt. Zur Strafe, hieß es diesmal, weil sie ihr Versprechen, die Polizei herauszuhalten, gebrochen habe. Es gehe ihm gut, aber nicht mehr lang, wenn die Bullen weiterhin mitmischen würden.

Das war zu viel für Bukowskis Schwägerin, die sich bis dahin so gut gehalten hatte. Es gelang ihr nicht mehr, sachlich zu bleiben. Unter Tränen entschuldigte sie sich. Sagte, die Kripo habe sich gegen ihre Überzeugung eingemischt. Sie versprach, das zu ändern. Keine Kripo bei der nächsten Übergabe. Keine Kripo in ihrem Haus. Überhaupt keine Kripo mehr in ihrem Leben.

Sie bekam Zeit bis Dienstag, um die zwei Millionen Euro in Fünfhundertern in einem Koffer bereitzustellen. Neue Anweisungen würden folgen, sagte die Stimme.

Ricardas erste Handlung nach dem Telefonat war, Sepp Weinreich des Hauses zu verweisen und sich weitere Einmischungen des LKA zu verbitten. „Mein Sohn, mein Geld, meine Entscheidung“, sagte sie, gar nicht mehr weinerlich, sondern fest entschlossen.

Sebastian nahm es hin. Er kritisierte seine Frau nicht einmal. Vielleicht lag es an seinem schlechten Gewissen wegen Denni und wegen der Streitereien der letzten Tage.

Bukowski schüttelte stumm den Kopf und machte sich bereit, ihre Sachen zu packen. Doch Ricarda versicherte ihr, dass sie nicht gemeint war. Sie sei eine Angehörige, keine Kriminalbeamtin. Ihre Unterstützung und ihr Rat seien willkommen. Sehr willkommen sogar.

„Wirst du bleiben?", fragte Ricarda und legte ihre Kleinmädchenhand auf Bukowskis Arm. „Bitte ..."

„Was du tust, ist nicht richtig", sagte Bukowski. „Aber wenn du willst, werde ich euch weiterhin helfen." Schon weil sie keine halben Sachen mochte. Und wegen Daniel, dem einzigen Verwandten, den sie gern näher kennengelernt hätte.

„Hardigatti!", fluchte Wurz, als Bukowski und Weinreich ihm von den neuesten Entwicklungen im Hause Guggenbichler berichteten. Er pfefferte seine Kaffeetasse an die Wand, dass sich die Scherben über den ganzen Fußboden verteilten und auf dem weißen Verputz ein hässlicher brauner Fleck zurückblieb. So viel Temperament hätte Bukowski ihm gar nicht zugetraut.

„War's das für uns?", fragte eine blutjunge Kollegin, deren Namen Bukowski vergessen hatte. „Echt jetzt?"

Wurz zeigte ihr den Vogel. „Bist du verrückt? Entführung ist eine schwere Straftat. Wir können nicht einfach die Ermittlungen einstellen, nur weil Frau Guggenbichler sich das so vorstellt", sagte er. „Ich werde versuchen, sie umzustimmen. Falls sie dabeibleibt, werde ich ihren Wunsch, die Verhandlungen eigenständig zu führen, akzeptieren. Wir halten uns dann eben dezent im Hintergrund, ganz besonders bei der Lösegeldübergabe." Er sah die junge Kollegin missbilligend an, als ob sie die geänderten Bedingungen verschuldet hätte. „Aber wir ermitteln, dass die Wände wackeln, auch wenn es dadurch schwieriger wird!" Sein Blick wanderte zu Bukowski. „Und ich hoffe weiterhin auf eine gute Zusammenarbeit mit dir. Halten wir uns gegenseitig auf dem Laufenden, okay?"

„Okay“, sagte Bukowski. Und um mit gutem Beispiel voranzugehen, berichtete sie von den Erkenntnissen, die sie hinsichtlich des potentiellen Dissertationsbetrügers Ludwig Kubala gewonnen hatte.

Anschließend besprach Weinreich mit ihr Daniels telefonische Kontakte von den Wochen vor der Entführung. Er hatte sich wirklich viel Mühe gegeben und Hintergrundinformationen zu allen Anrufern gesammelt. Etwas Auffälliges im Hinblick auf die Entführung war leider nicht dabei.

„Habt ihr sein Handy schon bekommen?“ Bukowski hätte gern einen Blick auf Daniels Fotos geworfen. Irgendwo musste es doch etwas Persönliches geben, das nichts mit Fledermäusen zu tun hatte.

Weinreich schüttelte den Kopf.

„Noch immer nicht?“

„Ja mei, die Schneckenpost, gell?“

Bukowskis nächster Programmpunkt hieß Denni. Denise Walchshofer, die Nicht-mehr-Geliebte von Sebastian – falls ihr Bruder die Wahrheit gesagt hatte.

Einige Informationen hatte Bukowski schon gesammelt. Denise war gebürtige Wienerin und lebte seit acht Jahren in Tirol. Sie war gelernte Hebamme, hatte diesen Beruf aber nie ausgeübt. Dafür war sie Ordinationshilfe bei einem Augenarzt gewesen, hatte zwei Sommer lang als Sennerin auf einer Almhütte gearbeitet und zwei Jahre lang als Mitarbeiterin eines mobilen Pflegediensts. Seit Kurzem half sie in einem Blumenladen aus. Dorthin fuhr Bukowski nach der Besprechung im LKA.

Wie erwartet war Denise jünger, attraktiver und blonder als Ricarda. Im Laufe der Unterhaltung überraschte sie Bukowski jedoch mit ihrer offenen, warmherzigen Wesensart und ihrem Humor, und Bukowski musste ihren Wunsch, Denise unsympathisch zu finden, mitsamt ihren Vorurteilen über Bord werfen.

Um besser ins Gespräch zu kommen, hatte sie die junge Frau gebeten, ihr einen Blumenstrauß zusammenzustellen.

„Wie viel Geld wollen Sie ausgeben?“, fragte Denise.

„Keine Ahnung. Der Strauß ist für einen lieben Menschen, dem ich sehr dankbar bin.“

„Mann oder Frau?“

„Frau.“

„Jung oder alt?“

„Hm“, sagte Bukowski. „Meinen Sie das echte oder das gefühlte Alter?“

Denise lächelte. „Sie haben recht. Zahlen sind sowas von nebensächlich. Wie alt fühlt sich die Betreffende denn?“

„Ungefähr Ihr Alter?“

„Einunddreißig also“, sagte Denise.

Bukowski konnte es sich nicht verkneifen, nachzurechnen. Denise war fast fünfzehn Jahre jünger als Ricarda. Typisch, dachte sie. Und sie fragte sich, wie sie je von gewissen Vorurteilen und Klischees Abstand nehmen sollte, wenn Leute wie ihr Bruder sie ständig erfüllten.

„Und welcher Stil gefällt der Dame? Verspielt oder romantisch? Bodenständig? Oder trendy?“

Bukowski überlegte. „Weder noch“, sagte sie. „Haben Sie auch unerschrocken, lebenslustig und unangepasst?“

Denise lächelte wieder. „Ich glaube, ich mag Ihre Freundin. Wissen Sie was? Ich stelle Ihnen einen Strauß zusammen, den ich selbst gern geschenkt bekommen würde.“

Sie nahm einen frischen Zitronenzweig, der fünf halbreife Früchte trug, zupfte die meisten Blätter weg und kombinierte ihn mit kleinblütigen gelblich-roten Orchideen und Kirschzweigen, deren Knospen noch geschlossen waren.

„Meinen Sie, Ihre Freundin hat eine passende Vase?“

Bukowski verneinte.

Denise verschwand kurz im Hinterzimmer und kam mit einer bauchigen Vase aus geriffeltem blauem Glas zurück. Sie arrangierte die Zweige kunstvoll darin und platzierte eine japanische Pfingstrose in der Mitte.

„Was meinen Sie? Wird sie sich darüber freuen?“

„Wow“, sagte Bukowski. „Da bin ich mir ganz sicher.“

Denise schnupperte. „Und es duftet. Erinnert mich an meinen Lieblingscocktail.“

Bukowski roch auch daran. „Vodka Lemon?“, riet sie, obwohl sie überhaupt keinen Geruch wahrnahm und sich mit Cocktails nicht auskannte.

Denise erklärte, dass sie Mai Tai meine, einen klassischen Rum-Cocktail, den niemand besser zubereite als Friedl vom *Trinkfein*, einer Cocktailbar in Prumbach.

„Interessant.“ Bukowski dachte, dass Prumbach Innsbruck auf dem Weg zur Weltstadt bald überholen musste, wenn es sogar über eine Cocktailbar namens *Trinkfein* verfügte. Und dass sie unbedingt einmal hingehen sollte, bevor sie wieder nach Wien fuhr.

Denise wickelte den Strauß samt Vase in Papier ein. Bukowski bezahlte. Sie hätte gern noch länger die Liebenswürdige gespielt. Aber es half nichts. Sie musste die junge Frau mit ihrem Verdacht konfrontieren.

Sie zückte ihren Ausweis. „Frau Walchshofer, ich hätte da noch ein paar Fragen.“

„Kripo?“ Denise erschrak so sehr, dass ihr das Wechselgeld aus der Hand fiel. „Aus Wien? Aber ... das ist doch schon so lange her ...“ Sie verstummte.

Sakradi!, dachte Bukowski. Kaum hielt man den Leuten einen polizeilichen Dienstausweis unter die Nase, fühlten sie sich schuldig. Hatten denn alle Menschen Dreck am Stecken? „Was ist lange her?“

„Die Sache damals. Als ich noch in Wien gelebt habe.“ Sie lachte auf, zum ersten Mal klang es unecht. „Ach, Unsinn, Sie wollten mich sicher etwas anderes fragen.“

Schade, dachte Bukowski. Wenn sie es geschickter angestellt hätte, wäre Denise vielleicht etwas herausgerutscht, das sie nun mühsam recherchieren musste. „In welchem Verhältnis stehen Sie zu Sebastian Guggenbichler?“

„Wir ...“ Ein frisches Pink überzog Denise Walchshofers Wangen. „Wir waren zusammen“, sagte sie trotzig und drückte ihr Kreuz durch. „Fast vier Jahre lang.“

„Ein Liebesverhältnis also.“

„Liebe“, sie winkte ab. „Na ja. Zumindest was mich betrifft, war es das.“ Sie bückte sich, um die heruntergefallenen Münzen aufzuheben, und vermutlich auch, um ihre Fassung wiederzuerlangen.

„Und jetzt nicht mehr? Was hat sich geändert?“

Als sie wieder hinter dem Verkaufstisch zum Vorschein kam, lag Traurigkeit in ihrem Blick. Gleichzeitig erkannte Bukowski Denises Vorsatz, sie auf keinen Fall zu zeigen.

„Jedes Jahr vor Weihnachten habe ich Sebastian ein Ultimatum gestellt. Weil ich Heimlichtuerei nicht mag. Ich habe ihn also gebeten, mit seiner Frau zu sprechen. Ich wollte, dass er einen Schlussstrich zieht und sich für mich entscheidet. Und jedes Weihnachten habe ich allein verbracht, habe geheult, mich einsam gefühlt und bin nach dem Jahreswechsel wieder reumütig in die alten Verhältnisse zurückgekehrt. Er hatte immer eine andere Ausrede, warum er doch nicht mit Ricarda sprechen konnte. Weil ihre Mutter gestorben war, weil sie psychische Probleme hatte, weil sie krank war, weil er Stress in der Firma hatte – was weiß ich. Ich habe es zwar nie geglaubt, bin aber immer wieder bereit gewesen, mich auf seine Bedingungen einzulassen. Um ihn nur nicht zu verlieren."

„Und heuer war es anders?"

„Nein. Genau dasselbe Muster. Aber vorige Woche hat er mit mir Schluss gemacht. Per SMS." Sie schluckte.

Verdammter Feigling, dachte Bukowski. „Hat er einen Grund genannt?"

„Nicht wirklich. Er hat gesagt, er kann nicht anders und es sei besser für alle Beteiligten."

„Und was glauben Sie?"

„Sebastian wird Ricarda nie verlassen. Entweder weil seine Ehe gar nicht so kaputt ist, wie er es all die Jahre behauptet hat, oder weil ihm das Luxusleben an ihrer Seite wichtiger ist. Was spielt das noch für eine Rolle?"

„Sind Sie sehr enttäuscht? Oder eher wütend?"

„Wenn Sie mich vor drei Tagen gefragt hätten, hätte ich gesagt: Ja. Beides. Ich war am Boden zerstört. Aber allmählich bekommt das Gefühl der Erleichterung die Oberhand. Ich bin froh, dass ich endlich weiß, woran ich bin. Insgeheim wusste ich es schon lang, ich wollte es mir nur nicht eingestehen. Und – hey – ich bin einunddreißig. Ich habe noch viel Zeit, um ..." Sie hielt inne, als müsste sie sich erst darüber klar werden, wofür eigentlich.

„Eine Familie zu gründen?"

„Meine drei Wünsche zu verwirklichen: einen Mann, ein Kind und einen eigenen kleinen Laden mit schönen Dingen."

Schau an, dachte Bukowski, interessant. „Wenn Sebastian sich für Sie entschieden hätte, wäre das mit dem eigenen Laden kein Problem gewesen, nicht?"

„So war es nicht gemeint. Ich suche einen Partner, keinen Geldgeber."

„Aha", murmelte Bukowski, wenig überzeugt. „Trotzdem. Haben Sie an Rache gedacht?"

„Was?"

Bukowski wiederholte die Frage nicht, aber sie ließ die junge Frau nicht aus den Augen.

„Um Himmels willen, nein! Ich habe Sebastian wirklich geliebt. Ich habe gedacht, dass er der Richtige ist."

„Vier Jahre haben Sie in ihn investiert. Und jetzt ist alles Schall und Rauch. Haben Sie sich da nicht überlegt, wenigstens eine Entschädigung zu verlangen? Ein hübsches Sümmchen für Ihren eigenen Laden?"

Denise sah aus, als verstünde sie nicht. Als spräche Bukowski eine fremde Sprache. „Was für eine Entschädigung?" Ihr Blick spiegelte gegensätzliche Gefühle wider, als könnte sie sich nicht entscheiden, ob sie zornig oder entsetzt sein sollte. „Warum fragen Sie das alles?" Plötzlich setzte sich ein Gefühl durch: Sorge. Und diese Sorge saugte die ganze Farbe aus ihrem Gesicht. „Ist Sebastian etwas passiert?"

Bukowski ging nicht darauf ein. „Was können Sie mir über Daniel erzählen. Wie ist Ihr Verhältnis zu ihm?"

„Sie meinen seinen Sohn? Aber den kenne ich doch gar nicht." Sie schluckte. „Ist etwas mit ihm?"

„Keine Auskünfte über laufende Ermittlungen, Sie verstehen?"

Bisher hatte alles recht plausibel geklungen. Doch dass Denise Daniel nicht kannte, glaubte Bukowski ihr nicht.

„Letzte Frage: Was haben Sie am vergangenen Donnerstag gemacht?"

„Ich war hier, im Laden. Von neun bis siebzehn Uhr, in der Mittagspause war ich im Café gegenüber. Dann bin ich nach Hause, habe gepackt und bin früh ins Bett, weil ich am Freitag zu meinen Eltern gefahren bin. Nach Mauerbach bei Wien. Freitag habe ich nämlich frei."

„Wie lange sind Sie dort gewesen?"

„Bis Sonntag. Am Abend war ich mit Sebastian verabredet. Besser gesagt, wäre ich verabredet gewesen. Er ist nicht gekommen, hat mir nur die besagte SMS geschickt."

„Gut. Dann haben wir das." Bukowski bat Denise noch um die Adresse ihrer Eltern, für die Überprüfung des Alibis. Dann nahm sie ihre Blumen, bedankte sich und ging. Sie musste sich nicht umdrehen, um zu wissen, dass Denise ihr lange nachsah. Mit Sorge im Blick.

Auf dem Weg zum Auto versuchte sie, ihre Eindrücke zusammenzufassen. Denise Walchshofer war eine sympathische junge Frau, die ihr Bruder hingehalten hatte. Bestimmt hatte er nie vorgehabt, sich von Ricarda zu trennen. Umso gekränkter musste sie sein. Ein starkes Motiv, um Sebastian – und noch mehr der verhassten Ricarda – zu schaden, indem sie Daniel entführte. Mit dem Lösegeld könnte sie sich jedenfalls den Traum vom eigenen Geschäft verwirklichen.

Bukowski musste ihr Alibi überprüfen. Und sie musste Sebastian fragen, ob er wirklich erst am Sonntag mit Denise Schluss gemacht hatte. Dann wäre sie aus dem Schneider, denn zu diesem Zeitpunkt war Daniel ja schon in den Händen der Entführer gewesen.

Noch etwas galt es zu recherchieren: den kleinen dunklen Fleck in Denises Vergangenheit. Irgendwann hatte sie schon mit der Kripo zu tun gehabt. Mit der Wiener Kripo.

Bukowski lächelte. Geheimnisse waren eine feine Sache. Vor allem, wenn man wusste, wie sie zu lüften waren.

18

Ein Knurren ließ ihn auffahren. Teufel, dachte er, jetzt wäre ich fast eingeschlafen. Was aber nicht stimmte, denn er hatte bereits geschlafen. Und obwohl ein schneller Blick ins erleuchtete Wohnzimmer bewies, dass noch alles beim Alten war, hatte er prompt ein schlechtes Gewissen. Er sah Carlas Augenringe vor sich und dachte, dass er diesen verfluchten Auftrag nicht auf die leichte Schulter nehmen durfte.

Wieder das Knurren. Doch der Zwergpudel, der gerade mit der betagten Besitzerin im Schlepptau an seinem Auto vorbeispazierte, war unschuldig.

So laut knurrt bloß ein Bär, dachte Bär und bedauerte, nur drei Schinkenbrote, eine Sechserpackung Schokoriegel und eine Thermoskanne mit Orangenpunsch mitgenommen zu haben. Diesen bescheidenen Proviant hatte er schon vor Stunden verdrückt, aus Langeweile.

Dabei hatte es vielversprechend begonnen. Paul Guggenbichler war erst gegen Mittag in ziemlich zerknittertem Zustand aus seinem Bau gekrochen und nach Innsbruck gefahren, in einen Baumarkt. Er kaufte eine Schneeschaufel und diverse Kleinigkeiten wie Batterien, Arbeitshandschuhe, Kabelbinder und große Müllsäcke. Außerdem traf er sich mit einem Mann. Auf den ersten Blick mochte es wie eine Zufallsbegegnung aussehen, aber Bär war überzeugt davon, dass die beiden sich verabredet hatten. Sie schlenderten nebeneinander durch die Regale, blieben immer wieder stehen und tuschelten, ohne sich für einen bestimmten Artikel zu interessieren. Sie besprachen etwas. Eine gemeinsame Geschäftsidee? Oder ein Verbrechen?

Der andere Mann war Ende fünfzig, groß, korpulent und fast kahl, mit auffallend weichen Gesichtszügen. Woher kenne ich dich, fragte sich Bär, aber der Groschen fiel erst nach längerem Grübeln: von seiner Anfangszeit als Kriminalbeamter. Damals hatte er ein paar Monate im EB zehn gearbeitet, dem Ermittlungsbereich Menschenhandel und Schlepperei. Auch der Name des Mannes fiel ihm wieder ein: Heinrich Mitterhuber alias Sabber-Heinzi, eine Rotlichtgröße, mehrfach vorbestraft wegen schwerer Körperverletzung. Seine harte Rechte hatte ihn immer wieder in Schwierigkeiten gebracht, bis er es sich leisten konnte, die Drecksarbeit zu delegieren. Den hübschen Spitznamen verdankte er einer chronischen Zahnfleischentzündung und der daraus resultierenden feuchten Aussprache.

Mit Genugtuung stellte Bär fest, dass der Zahn der Zeit auch am einst durchtrainierten Heinzi genagt hatte. Oder besser gesagt das Gegenteil, denn Heinzi hatte seit damals bestimmt dreißig Kilo zugelegt, gewachsen war aber nur sein Gösser-Muskel.

„Schicksalsgenosse", murmelte Bär beinahe liebevoll und folgte den beiden Männern, leider ohne ihre Unterhaltung zu verstehen. Danach rief er Lukas Aumüller an, seinen ehemaligen Kollegen, der längst zum Bereichsleiter aufgestiegen war.

„Der Heinzi?", fragte Lukas. „Geht uns nichts mehr an."

„Heißt das, er hat eine weiße Weste?"

„Schwer vorstellbar. Aber die Zuhälterei hat er jedenfalls aufgegeben. Hat den Zaster, den seine Rumäninnen und Nigerianerinnen erwirtschaftet haben, gewinnbringend angelegt, anscheinend hatte er auch Glück im Spiel. Jedenfalls hat er Kapital und verleiht es großzügig."

„Was meinst du mit großzügig?"

„Schnelle Kredite für Menschen, die in einer Notlage sind. Und Wucherzinsen. Wer nicht pünktlich abstottert, bekommt Besuch von Heinzis Schlägertruppe."

„Ist das alles?"

„Es gibt immer wieder Gerüchte, dass er irgendwas plant. Nichts Konkretes. Wenn du mich fragst, hat er sich zur Ruhe gesetzt, bewegt sich allerhöchstens am Rand der Illegalität, hat es aber nicht mehr nötig, irgendein Risiko einzugehen."

Bär bedankte sich. Er wusste genug. Paul Guggenbichler befand sich in einer finanziellen Krise. Seine Markisenfirma, die einige Jahre recht gut gelaufen war, stand vor dem Konkurs, vielleicht weil die Konkurrenz gewachsen war, vielleicht auch, weil er nicht das erforderliche unternehmerische Händchen besaß. Die Banken waren ausgestiegen. Paul blieben im Wesentlichen zwei Möglichkeiten: Er konnte Konkurs anmelden oder eine größere Geldquelle auftun. Vermutlich hieß diese Geldquelle Sabber-Heinzi. Paul musste sehr verzweifelt sein, wenn er sich darauf einließ.

Nach dem Besuch im Baumarkt hatte er im nächsten Supermarkt zwei Flaschen Whisky gekauft, war nach Hause gefahren und hatte es sich im Wohnzimmer gemütlich gemacht.

Bär nahm sein Fernglas zur Hand. Soeben schenkte Paul sich zum vierten Mal ein, die ersten beiden Gläser hatte er auf ex getrunken.

Langsam verstand Bär, warum Carla ihren Bruder zu den Leuten zählte, die ein Motiv für eine Entführung hatten. Und was für ein schönes noch dazu. Wie aus dem Bilderbuch. Das schnelle Geld bekam er vom Sabberer, die Rückzahlung finanzierte er vom Lösegeld, wenn es denn beim nächsten Mal mit der Übergabe klappte. Aber warum betrank er sich dann so verzweifelt? Weil Daniel seinen Onkel erkannt hatte und er ihn töten musste? Schon getötet hatte? Oder soff er bloß aus Gewohnheit? Fragen über Fragen, die Bär in sein altmodisches Notizbuch kritzelte, während Pauls Kopf immer weiter Richtung Tischplatte sackte.

Wenn es nur nicht so langweilig wäre! Immer wenn zu wenig passierte, wuchs sich ein Hüngerchen rasend schnell zu einem Riesenkohldampf aus. Ob er es riskieren konnte, seinen Beobachtungsposten kurz zu verlassen und den Würstlstand zwei Straßen weiter heimzusuchen?

Klar kannst du, dachte er, und sein Magen dankte es mit einem langgezogenen Extraknurren.

Wie sie die Husterei satt hatte! Die Husterei und die Warterei auf Nowaks Anruf. Er hatte ihr Hilfe zugesagt, aber dann war ihm eine wichtige Besprechung dazwischengekommen. Die Infos über Denise Walchshofers Vergangenheit würde sie wohl nicht vor morgen bekommen.

Sie trat im Garten ihrer Schwägerin von einem Fuß auf den anderen und therapierte ihre Bronchitis mit ihrer letzten Zigarette. Gestern hatte Ricarda sie gefragt, ob es nicht besser wäre, auf das Rauchen zu verzichten, solange sie so heftig hustete. Sehr dezent hatte sie gefragt, gar nicht besserwisserisch. Bukowski erklärte ihr, dass Infekte der Atemwege meistens von Viren oder Bakterien verursacht würden, kurz gesagt: von Ungeziefer. Und Ungeziefer musste man ausräuchern.

Ricarda hatte nichts erwidert. Es war eine ihrer besten Eigenschaften, dass sie im richtigen Moment zu schweigen verstand.

Aber heute Morgen hatte Bukowski eine Packung Bronchialtee neben ihrem Frühstücksgedeck gefunden. Er roch wie ein angeschimmeltes Lakritzbonbon. Sie hatte sich bedankt und – kaum war Ricarda gegangen – die Packung ganz hinten im Schrank mit den Putzmitteln versteckt und lieber zwei doppelte Espressi getrunken.

Der Gedanke an Espresso erinnerte sie an die Cocktailbar, von der Denise gesprochen hatte. *Trinkbar*? *Trinkgut*? Nein, *Trinkfein*. Und weil gerade alle anderen Recherchen stagnierten und sie dringend Zigarettennachschub organisieren musste, beschloss sie, in den Ort zu spazieren und dieser Lokalität einen Besuch abzustatten.

Von außen sah das *Trinkfein* so unspektakulär aus, dass Bukowski zweimal daran vorbeilief, bis sie den zu klein geratenen Schriftzug über dem ehemaligen Geschäftslokal des Schusters Friedfurter entdeckte. Kaum hatte sie die schwere Eichentür geöffnet, tauchte sie in eine andere Welt ein: Nichts erinnerte mehr an den alten Schusterladen. Sie musste sich erst an das schummrige Licht gewöhnen, bis sie Details bewundern konnte: giftgrün tapezierte Wände, eine hellblau verflieste Bar, violette Lederloungestühle und weinrote Barhocker im Stil der 70er Jahre. Keine Frage, das *Trinkfein* hätte auch in Wien oder Berlin eine gute Figur gemacht.

Sie wollte sich an die Bar setzen, als sie Denises blonde Mähne entdeckte. Zum Glück war die Bruder-Ex gerade mit der Cocktailkirsche in ihrem Getränk beschäftigt. Unbemerkt bog Bukowski um die Ecke und ließ sich im hinteren Teil des Lokals nieder. Sie fand einen Tisch, von dem aus sie Denise im Blick hatte, ohne von ihr gesehen zu werden.

Halbherzig blätterte sie die Karte durch, staunte über die fantasievollen Namen und wollte gerade Zirbe sour bestellen, eine Spezialität des Hauses, als sich die Tür öffnete und Sebastian eintrat. Er ging schnurstracks zur Bar und quetschte sich neben Denise, als wären sie verabredet. Schau an, dachte Bukowski. Von wegen Schluss gemacht!

Noch hatte er sie nicht entdeckt, aber es war nur eine Frage der Zeit. Deshalb flüchtete sie auf die Damentoilette und rief Bär an. „Wo bist du?"

Bär nuschelte etwas.

„Wie bitte?" Armer Kerl, dachte sie, bald wird man ihn gar nicht mehr verstehen, und alles nur wegen dieser blöden Krankheit. Dann hörte sie ein Schmatzen und ein unterdrücktes Rülpsen, und ihr war klar, dass das Nuscheln nichts mit Morbus Parkinson zu tun hatte. „Isst du gerade?"

„Erwartest du, dass ich stundenlang vor dem Haus deines Bruders Paul im kalten Auto sitze und ihm mit nüchternem Magen beim Saufen zusehe?"

Sie entschuldigte sich rasch und bekam dafür eine Kurzfassung von Bärs bisherigen Beobachtungen. „Oho! Was macht Paul mit Kabelbindern und Arbeitshandschuhen? Und mit einem Kriminellen?"

„Ex-Kriminellen, so wie es aussieht."

„Ich bitte dich! Du kannst mir alle möglichen Fehler nachsagen, übergroße Naivität gehört nicht dazu." Gleich morgen würde sie Wurz bitten, eine richterliche Verfügung zu erwirken, damit die Bank Einsicht in Pauls Finanzen gewährte. Und Bär musste an ihm dranbleiben. Aber nicht jetzt. „Kannst du bitte herkommen?" Wenn Paul sternhagelvoll war, würde er heute nichts mehr anstellen.

„Wo steckst du überhaupt? Und seit wann hörst du feinsten Jazz und nicht deine ewigen Zwölfton-Zumutungen?"

„Banause“, knurrte Bukowski und hustete zur Strafe in ihr Handy. „Sebastian trifft sich gerade mit seiner angeblichen Ex-Geliebten im *Trinkfein*, einer Szenebar, die sich versehentlich nach Prumbach verirrt hat. Eine günstigere Gelegenheit, die beiden zu belauschen, wird sich nicht so schnell bieten, und ich muss mich leider auf dem Klo verstecken.“ Sie gab ihm die Adresse durch.

„Das ist ja gleich um die Ecke“, sagte Bär. „Komme sofort.“

Bär war froh über den Ortswechsel. Und über die Gelegenheit, ein unbekanntes Lokal kennenzulernen. Bestimmt gab es dort auch köstliche antialkoholische Cocktails, mit denen er den Geschmack nach Billigsenf, der von seinem Imbiss geblieben war, hinunterspülen konnte.

Er zwängte seinen Wanst in die einzige freie Lücke an der Bar. Zwischen ihm und Sebastian Guggenbichler saß ein flirtendes Pärchen, und so konnte er die leise Unterhaltung von Sebastian und seiner Ex leider nicht mitbekommen. Nur so viel, dass es keine besonders nette und entspannte Unterhaltung war, und eine verliebte schon gar nicht. Und als er seinen Beerencocktail bekam, der nicht rot war, wie zu erwarten, sondern giftgrün wie die Tapete, war das Gespräch auch schon zu Ende. Sebastian stand abrupt auf, obwohl sein Glas noch voll war, legte einen zerknitterten Schein auf den Tresen und zog mit beleidigter Miene ab.

Auch über die Köpfe des flirtenden Pärchens hinweg war Denise die Enttäuschung anzusehen. Sie kämpfte gegen die Tränen, fasste sich schließlich, zahlte und war dabei, zu gehen.

Mist, dachte Bär. Carla wird enttäuscht sein. Er musste etwas tun, aber was? Sollte er Denise ansprechen? Seinen ganzen Mut zusammennehmen und fragen, ob er sie einladen durfte? Weil sie so traurig aussah?

Er seufzte. Er wusste, wie das ausgehen würde. Frauen ihres Kalibers ignorierten ihn normalerweise, wenn sie ihm nicht höhnisch ins Gesicht lachten. Deshalb hatte er das Kapitel Flirt schon immer gemieden und seit seiner Erkrankung abgehakt.

Aber jetzt ging es um einen Auftrag, nicht um seinen persönlichen Stolz. Sei ein Bär und kein Frosch, sagte er sich, nahm sein Cocktailglas und versuchte, Denise, die soeben vom Barhocker gestiegen war, den Weg zu versperren.

Was dann passierte, konnte er hinterher nicht mehr so genau sagen, nur dass es ihm nie im Leben gelungen wäre, wenn er es geplant hätte. Irgendwie hatte er es geschafft, so mit ihr zusammenzustoßen, dass sein giftgrünes Gesöff zur Hälfte auf ihrem Kleid landete, sie aber keine Sekunde dachte, er sei schuld. Noch immer den Tränen nah, entschuldigte sie sich überschwänglich für ihre Ungeschicklichkeit.

„Ist ja nichts passiert“, versicherte Bär, „außer dass Ihr Traum von einem Kleid jetzt einen hässlichen grünen Fleck hat. Ich hätte einen roten Drink bestellen sollen. Dieses Giftgrün auf dem fliederfarbenen Stoff ist ja eine Beleidigung fürs Auge.“

Sie lächelte.

Herzig, dachte er.

„Was für ein Cocktail war das? Ich möchte Ihnen wenigstens einen neuen bestellen“, sagte sie.

„Danke, nicht nötig. Sehen Sie’s als Wink des Schicksals. Die da oben haben mich für zu dick befunden“, er zeigte auf die Lampe über ihm, die aus einer Dose Corned Beef gemacht war, „und Sie geschickt, damit Sie mich von dem picksüßen Giftgrün befreien.“

„Sie sind lustig“, sagte sie und sah ihn dabei todtraurig an. „Aber ich möchte den Drink wirklich ersetzen.“

Wenn du es jetzt versemmelst, du dummer, fetter Bär, dann kriegst du es mit mir zu tun, dachte er. „Also gut“, sagte er schnell. „Gern. Aber nur, wenn Sie mittrinken. Sie und Ihr grüner Fleck.“

Wieder das herzige Lächeln. „Gute Idee.“

Er traute seinen Ohren nicht, aber sie war tatsächlich einverstanden.

„Ich glaube, jemanden mit deinem Humor kann ich gerade gut gebrauchen. Ich heiße übrigens Denni.“ Sie zeigte auf einen Zweiertisch im hinteren Bereich des Lokals.

„Ich heiße Ferdinand, aber ich kann nichts dafür“, sagte er und schüttelte innerlich den Kopf darüber, dass es manchmal so leicht sein konnte. Das Leben. „Meine Freunde nennen mich Bär.“

Es wurde ein langer Abend, in dessen Verlauf er aus dem Staunen nicht herauskam. Er staunte, wie gut es ihm gelang, Denise Walchshofer auszuhorchen, staunte, wie sympathisch sie war. Nein, herzlich und offen. Am meisten staunte er darüber, wie sehr ihm so ein Abend gefehlt hatte.

Denise schüttete ihm ihr Herz aus. Sie erzählte von ihrer kürzlich zerbrochenen Liebe zu Sebastian. Von ihrer Enttäuschung darüber. Von ihrer Wut auf sich selbst, weil sie offenbar ein Händchen für die falschen Männer hatte. Sogar von ihrer Kindheit in Wien erzählte sie, und dass auch ihre erste große Liebe in einem Debakel geendet hatte. „Ein Debakel, das mich fast ins Gefängnis gebracht hätte“, sagte sie, „dabei war ich nur grenzenlos naiv.“ Sie lächelte wieder dieses Lächeln, bei dem Bär warm ums Herz wurde.

„Na ja, damals war ich siebzehn. Aber ich fürchte, viel habe ich nicht dazugelernt“, fügte sie nachdenklich hinzu.

„Weil du Gefühle zulassen kannst? Aber wo kämen wir denn da hin, wenn wir uns nicht mehr trauen würden, uns zu verlieben?“, entgegnete er. Gleichzeitig fragte er sich, wann zum Teufel er sich eigentlich zum letzten Mal verliebt hatte.

Auf die Frage, was er beruflich mache, erzählte er von seiner Krankheit und der Berufsunfähigkeitspension. Beamter sei er gewesen. Das „Kriminal“ vor dem Beamten verschwieg er ebenso wie seine Tätigkeit als Privatdetektiv.

Seine Parkinsonerkrankung hielt Denise nicht davon ab, weitere zwei Runden bei ihm sitzenzubleiben und herzig zu lächeln. Vielleicht war sie auch schon etwas ding, denn während er bei den antialkoholischen Cocktails geblieben war, hatte sie mindestens vier Mai Tais intus. Wenn nicht fünf.

Als sie müde wurde, brachte er sie nach Hause. Ganz Kavalier hauchte er zum Abschied einen angedeuteten Kuss auf ihren Handrücken und wartete, bis sie in ihrer Wohnung verschwunden war.

Als er endlich ins Bett kam, war es weit nach Mitternacht, aber an Schlaf nicht zu denken. Er bekam das herzige Lächeln nicht aus dem Kopf. Was soll das?, fragte er sich. Was bildest du dir ein? Und überhaupt: Wieso herzig? Was hatte dieses rosarote Wort in seinem Wortschatz verloren?

Er versuchte, sich seine bisherigen Desaster in Sachen Beziehung vor Augen zu führen, aber der Gedanke, dass Denise einen gemeinsamen Kinobesuch vorgeschlagen hatte, irgendwann in den nächsten Tagen, war stärker. Er ließ sich nicht wegwischen.

„Sie war betrunken“, sagte er laut zu seinem linken Bettpfosten. „Bis sie wieder nüchtern ist, hat sie alles vergessen.“

Aber die Maserung im Holz des Pfostens, die wie ein Auge aussah, zwinkerte ihm zu und schürte die Hoffnung, dass sie vielleicht doch anrufen würde. Morgen oder übermorgen.

Schließlich wurde es ihm zu dumm. „Wird sie nicht!“, knurrte er. Selbst wenn – sie galt nach wie vor als Verdächtige. Verdächtig in einem Entführungsfall. Und wenn er auch kein aktiver Kriminalbeamter mehr war, so war er doch im Dienst. Für seine gute Freundin Carla. Und private Beziehungen zu Verdächtigen waren unprofessionell. Nein, undenkbar. Indiskutabel eben. Punkt.

Kopfschüttelnd stand er auf und schnappte sich sein Handy. „Bist du noch wach?“, simste er kurz vor eins an Carla.

Sekunden später rief sie zurück. „Na? Wie war's?“

Er war froh um das Raue in ihrer Stimme, ein besseres Mittel gegen romantische Anwandlungen und das Wort „herzig“ konnte es nicht geben.

„Du Fuchs!“, sagte Carla voll Anerkennung, nachdem er von seiner gelungenen Kontaktaufnahme erzählt hatte. „Wer hätte das gedacht! So ein plüschiger Charakter wie du und derart gerissene Schachzüge wie dieses Verschüttmanöver – du hast es ja faustdick hinter den Ohren.“

„Anfängerglück. Jedenfalls habe ich viel erfahren.“ Er erzählte, wie sehr ihr der Schlussstrich, den Sebastian gezogen hatte, zu schaffen machte. „Vor allem, weil er die Affäre mit ihr als Irrtum bezeichnet hat. Einen Irrtum, den er bedauert.“

„Typisch. Mein Bruder hat ein Händchen dafür, Salz in offene Wunden zu streuen. Hat sie eine Vermutung, dass der Schlussstrich etwas mit Daniel zu tun hat? Weiß sie von der Entführung?“

„Nein. Sie denkt, dass etwas im Busch ist – was übrigens mit deinem Besuch im Blumenladen zu tun hat. Sie weiß aber nicht, was. Und Sebastian schweigt, obwohl sie ihn darauf angesprochen hat. Sie fürchtet, dass er ihr etwas anhängen will.“

„Aha?“

„Sie hat immer wieder gesagt: ‚Meine Vergangenheit holt mich ein‘, wollte aber nicht erklären, was damals passiert ist. Nur dass es mit ihrer ersten großen Liebe zu tun hat, einem verheirateten Mann. Irgendetwas hat der Typ angestellt, und an ihr ist es hängengeblieben, obwohl sie unschuldig war. Sagt sie.“

„Ja klar, immer sind alle unschuldig“, ätzte Carla. „Aber das werde ich schon noch herausfinden.“

Aus dem Hörer kamen krachende Geräusche, als hätte sie in eine Scheibe Knäckebrot gebissen. Obwohl er sich etwas Schmackhafteres vorstellen konnte, meldete sich sein Magen, und ihm wurde bewusst, dass er seit dem Würstel am frühen Abend nichts mehr zu sich genommen hatte, von den bunten Gesöffen einmal abgesehen. Teufel, er hatte seither nicht einmal ans Essen gedacht!

„Hat sie Daniel irgendwie erwähnt?“, fragte sie, hörbar mit Bröseln im Mund.

„Sie hat Vermutungen angestellt. Er könnte in was Kriminelles hineingerutscht sein. Dass ihm etwas passiert ist, glaubt sie nicht. Das hätte sich doch herumgesprochen.“

„Sebastian hat ihr also wirklich nichts erzählt?“

„Das kränkt sie am meisten: Dass ihn offensichtlich etwas bedrückt, er aber kein Vertrauen mehr zu ihr hat und sich lieber bei seiner Ehefrau ausweint.“

„Glaubst du ihr?"

Bär seufzte. „Tja ..." Er wand sich. „Sie wirkt schon sehr ... ähm ..." Wo waren sie, die unverfänglichen Worte? „Also irgendwie grundehrlich und gar nicht berechnend oder gekünstelt oder ..."

„Sag ruhig, dass du sie verdammt sympathisch findest", unterbrach ihn Carla, „mir ist es ähnlich gegangen."

Das Knabbern hatte aufgehört. Stattdessen vernahm er ein Klicken und gleich darauf das leise Geräusch, als ziehe jemand gierig an einer Zigarette.

„Und dann ist sie natürlich sehr attraktiv und ...", sie blies in den Hörer, „... und nicht so viel jünger als du und frisch entliebt und ..."

„Spinnst du?", fragte er viel forscher als geplant. „Meinst du, ich lache mir eine Verdächtige an?"

Sie entschuldigte sich. Nie würde sie ihm irgendwas unterstellen. Sagte, dass sie sich um Denises Vergangenheit selbst kümmern werde und dass es vermutlich sinnlos sei, Sebastian zu beschatten. So wie ihn das Ganze mitnehme, sei er bestimmt nicht in die Entführung involviert.

„Fein. Dann kann ich mir ja den Ausflug auf die Große Gugel sparen."

„Wohin?"

„Dort will Sebastian morgen Skifahren." Er sah auf die Uhr. Bald halb zwei. „Ich meine natürlich heute."

„Woher weißt du das?"

„Von Denni. Daraus hat sie geschlossen, dass Daniel nichts Schlimmes passiert sein kann, sonst würde sein Vater wohl kaum mit seinem Onkel ..."

„Mit Paul?"

„Genau. ‚Ein Gespräch unter Brüdern, beim Sport. Wie in alten Zeiten', so hat er sich Denni gegenüber ausgedrückt. Sie hat ihn nämlich gebeten, seine Sachen abzuholen, die er noch in ihrer Wohnung hat. Das war der Grund für ihr Treffen. Und er sagte: ‚Ja, aber erst nach dem Skifahren.' Also. Falls du deine Brüder als Verdächtige abhakst, soll es mir recht sein, wenn ich nicht ..."

Carla pfiff leise. „Sakradi! Paul und Sebastian gemeinsam in einer Skihütte." Sie schmatzte. „Ich würde zu gern hören, was die beiden reden. Aber klar, dass du nicht ... Ich meine, mit deiner Krankheit ist das natürlich kein Thema, logisch."

„Ach so? Kein Thema? Ich bin also ein Krüppel? Unfähig und wertlos", brummelte er und war sich selbst nicht sicher, ob er einen Spaß machte oder nicht. „Dabei bin ich als Teenager ein passabler Skifahrer gewesen."

„So hab ich's nicht gemeint! Ich wollte nur nicht, dass du dich ... also ... überanstrengst oder ..."

„Ich habe schon verstanden. Du kannst gern einen anderen engagieren, wenn du einen besseren Skifahrer zur Hand hast."

„Nein!" Sie hustete. „Bitte, lieber Bär, entschuldige meine mangelnde Sensibilität. Aber du weißt ja, Feingefühl war noch nie meine Stärke." Sie klang ehrlich besorgt. „Ich habe niemand anderen zur Hand und wäre froh, wenn du ... also nur, falls du das wirklich möchtest ..."

Nein. Er mochte nicht. Er konnte sich kaum etwas vorstellen, was er noch weniger gemocht hätte, als sich nach Jahrzehnten der skifahrerischen Enthaltsamkeit und mit seinem schwer angeschlagenen Balancegefühl bei Kälte und Nebel auf zwei Bretter zu stellen, die er noch dazu erst ausborgen musste. Aber er würde es tun. Und ob er es tun würde! Weil er es ihr beweisen wollte. Und vor allem sich selbst. Und ein kleines bisschen auch, damit er nicht den ganzen Tag auf einen Anruf warten würde. Vergeblich warten, denn sein Kopf wusste genau, dass Denise weder morgen noch überhaupt anrufen würde. Nur seine Hormone waren da anderer Ansicht.

„Gute Nacht!“, bellte er in den Hörer.

„Was heißt das jetzt?“

„Dass ich schlafen gehe, weil nur ein ausgeschlafener Skifahrer ein guter Skifahrer ist.“

„Na dann, Hals- und Beinbruch!“

„Du mich auch“, sagte er, aber sie hatte bereits aufgelegt. Er stellte den Wecker auf halb sieben. Und noch während er an das Wort „herzig“ dachte und sich gleichzeitig über diese saublöde Vokabel und über seine ständigen Gedanken daran ärgerte, musste ihm ein gnädiger Sandmann die Lider schwer gemacht haben.

19

Nowak legte den vier Seiten langen Bericht im Ordner mit der Aufschrift C–D ab. Die Akte Cramer durfte geschlossen werden, was er mit einem erleichterten „Na Wirtshaus!" quittierte. Und es war kein Wunder, dass ihm schon die Schimpfwörter durcheinanderkamen, denn er hatte „Na bravo!" sagen wollen und mittendrin auf „Verdammtes Wirtshaus!" umgeschwenkt. Der gestrige Tag war einfach zu turbulent gewesen. Was für eine Wendung!

Dabei hatte sich tagelang nichts getan. Null Fortschritt, obwohl die Aufklärung des Todesfalls Johanna Cramer wirklich jedem einzelnen in der Abteilung am Herzen lag. Schon wegen der Ähnlichkeit, die das vermeintliche Mordopfer mit Carla hatte, seiner zum Glück in Tirol weilenden Bezirksinspektorin. Nach wie vor war Kurt Cramer, der Ehemann, der einzige Verdächtige gewesen, obwohl er kein Motiv zu haben schien. Aber der Gute war verstockt, und das sprach natürlich gegen ihn. Zuerst war er – Alkoholvergiftung der Sonderklasse – tagelang nicht ansprechbar gewesen, dann hatte er tagelang geschwiegen, sich auch der Polizeipsychologin nicht geöffnet.

Erst gestern war der Stein ins Rollen gekommen. Eigentlich war es Mannis Idee gewesen, und hinterher musste man sagen: Respekt, Herr Revierinspektor Pribil! Begonnen hatte alles damit, dass Manni sich in die hübsche Nadja verguckt hatte, die 23-jährige Tochter der Cramers, die als Fitnesstrainerin in Shanghai lebte und nach dem Tod der Mutter sofort nach Wien geflogen war. Die Arme war nervlich fertig. Verständlich – die Mutter voraussichtlich ermordet, der Vater voraussichtlich ihr Mörder, und das alles über Nacht.

Stundenlang saß Nadja Cramer in Nowaks Büro, heulte und stellte tausend Fragen, die ihr niemand beantworten konnte. Jeder aus seiner Abteilung hatte Mitleid mit ihr, aber Manni kümmerte sich. Und wie er sich kümmerte! Es war rührend, zu beobachten, wie er ihr ein Glas Wasser offerierte oder doch vielleicht einen Kaffee? Wie er ihr anbot, sie zur Notfallpsychologin zu bringen oder doch vielleicht ihre Tante Kathrin anzurufen? Aber die Tante absolvierte gerade ein Überlebenstraining im australischen Outback und war telefonisch nicht zu erreichen. Da man der Tochter den Aufenthalt in der Wohnung der Eltern – dem Tatort – nicht zumuten konnte und es keine weiteren Verwandten in Wien gab, wurde sie in einem Hotel in der Nähe vom Hauptbahnhof untergebracht. Nowak betraute Manni damit, sie von A nach B zu begleiten, obwohl er natürlich wusste, was er damit anrichtete. Andererseits hätte Manni sich sowieso verliebt und so machte er ihm wenigstens eine Freude. Und die in ihrem Kummer hilflose Nadja war damit auch gut bedient, denn Manni hätte sich eher die kleine Zehe abgebissen, als nicht bestmöglich auf sie aufzupassen und absolut respektvoll mit ihr umzugehen. Was heißt respektvoll? Wie eine Prinzessin behandelte er sie. Und Nowak dachte, dass Manni im falschen Jahrhundert zur Welt gekommen war. Er hätte in die Zeit der Minnesänger und edlen Ritter gepasst.

Als Manni sich also dafür stark machte, dass Nadja endlich ihren Vater sehen, ihn umarmen und fragen durfte, was um Himmels willen denn passiert sei, hier, in Nowaks Büro, hatte Nowak zugestimmt. Manni zuliebe, Nadja zuliebe und in der Hoffnung, dass ein Riss in der Borke des verstockten Herrn Cramer aufklaffen würde.

Und genauso geschah es – wenn Nowak sich das mit dem klaffenden Riss auch anders vorgestellt hatte. Vor allem weniger blutig.

Wie Kurt Cramer plötzlich an den uralten Taschenfeitel gekommen war, den Nowak schon vor Jahren als verloren angesehen hatte, der aber in den Tiefen seiner Schreibtischschublade begraben nur auf diesen Augenblick gewartet haben musste, hätte hinterher niemand sagen können. Jedenfalls hatte die weinende Tochter ihren Vater mit der Frage: „Warum?“ konfrontiert, die er – ebenfalls weinend – mit einem Schulterzucken beantwortete. Erst als Nadja ihre Frage präzisierte und „Warum hast du das getan?“ daraus machte, wachte er auf. Er wurde weiß wie die frisch gestrichene Wand in Nowaks Büro, stand langsam auf und sagte dabei den Satz: „Ich war's nicht“, immer wieder, gebetsmühlenartig. Gleichzeitig wich er zurück, Richtung Fenster.

Erst in dem Moment schrie jemand, aber da war es schon zu spät gewesen. Kurt Cramer hatte das Messer aufgeklappt in der Hand gehalten und mehrmals hintereinander über seinen linken Unterarm gezogen. Dann riss er blitzartig das Fenster auf und wollte sich hinausstürzen. Zum Glück konnte Nowak es verhindern. Und Cramers Arm konnte im AKH zusammengeflickt werden.

Nadja war vor Schreck umgekippt. Ohnmacht, Kreislaufkollaps, Weinkrampf. Was für ein Elend! Als sie wieder ansprechbar war, wiederholte sie den Satz ihres Vaters: „Er war es nicht.“ Immer wieder sagte sie: „Haben Sie gehört? Mein Vater ist unschuldig, er war es nicht“, während die Kollegen Wetten abschlossen, dass er es eben doch war und der Selbstmordversuch praktisch ein Geständnis. Eine Regung des Gewissens, weil er es nicht ausgehalten hatte, seiner Tochter in die Augen zu schauen.

Nur Manni widersprach. „Mensch Kollegen, jetzt denkt einmal in eine andere Richtung", hatte er gesagt. „Es könnte doch auch ein Selbstmord gewesen sein, und Kurt Cramer hat seine Frau gefunden und im Schock einfach vollkommen falsch reagiert, hat ihr das Sackerl vom Kopf gezogen und sich betrunken, anstatt uns zu informieren."

„Aber wieso ein Suizid? Wo die Frau doch gar keinen Grund dazu hatte?", hatte Oskar gefragt. „Und wo ist der Abschiedsbrief?"

„Bloß weil wir keinen Grund erkennen können, heißt das noch lange nicht, dass es keinen gab!", beharrte Manni und seine Aknenarben leuchteten vor Eifer. „Carla hat auch so gedacht!", fügte er hinzu.

„Aber Carla ist nicht da, sie weiß gar nichts von den jüngsten Entwicklungen", konterte Oskar.

Und dann passierte etwas Kurioses. Eigentlich war es fast ein bisschen unheimlich, weil genau in diesem Moment Nowaks Handy vibrierte: Carla. Natürlich hatte es nichts mit dem Fall Cramer zu tun, Carla war noch immer mit der Entführung ihres Neffen beschäftigt und wollte Auskünfte über eine Verdächtige. Er würgte sie ab, weil es wirklich sehr hektisch zuging, versprach aber, ihr zu helfen. Und hinterher betrachtet, hätte man Carlas Anruf wie einen Vorboten für die große Wende betrachten könne.

Am Ende des Tages tauchte Nadja auf. Eine völlig veränderte Nadja. Sie war kein verweintes Häufchen Elend mehr, sondern gefasst. Eine energische, entschlossene junge Frau. Sie zeigte Nowak einen Brief, den ihre Mutter nach Shanghai geschickt hatte. Am Poststempel konnte man erkennen, dass sie sich das genau ausgerechnet haben musste, denn am Tag ihres Ablebens war er angekommen. Doch man hatte ihn nicht zugestellt, vermutlich wegen eines Adressfehlers, und einen Tag später war er wieder an den Absender zurückgeschickt worden. So hatte Nadja, die etwas in der Wohnung ihrer Eltern holen wollte, ihn im Briefkasten gefunden.

Einen gefühlvolleren Abschiedsbrief hatte Nowak in seiner ganzen Karriere noch nicht gelesen. Alle Achtung.

Frau Cramer hatte sich bei Nadja, „der wunderbarsten Tochter, die man sich vorstellen kann, meinem Sonnenschein", bedankt. Und sich für ihre Entscheidung entschuldigt, aber sie hätte keinen anderen Ausweg gesehen. Wenige Tage zuvor hätte sie die Diagnose Brustkrebs erhalten und sich an den vergeblichen Kampf ihrer Mutter erinnert, an die unsäglichen Schmerzen, die OPs, die Bestrahlungen, die Chemotherapien und ihre Nebenwirkungen, schließlich die Flucht in teure, nutzlose Alternativtherapien; an die kräfteraubenden Aufs und Abs und letztlich doch: die Niederlage, den Zusammenbruch und qualvollen Tod. „Das wollte ich mir, deinem Vater und dir ersparen, und ich bitte dich von Herzen, meine Entscheidung zu respektieren und mir zu verzeihen."

Als sie Kurt Cramer damit konfrontierten, brach endlich der Damm. Er konnte weinen und dann auch sprechen. In der Nacht auf Sonntag hatte er seine Frau gefunden. Dachte zuerst, sie sei nur eingeschlafen, zog ihr das Sackerl vom Kopf und schlug ihr leicht auf die Wangen. Dann entdeckte er den Brief, den sie für ihn vorbereitet hatte, einen ähnlichen wie den an ihre Tochter. Er war entsetzt, schockiert, unsagbar traurig. Warum hatte sie sich ihm nicht anvertraut? Warum hatte sie sofort aufgegeben, ohne jede Gegenwehr? Obwohl es so viele Frauen gab, die geheilt wurden, die überlebten, denen zumindest noch zehn oder mehr Jahre blieben, womöglich glücklichere, weil bewusster genossene Jahre als vor der Krankheit. In einer Panikreaktion verließ er die Wohnung und zog von Lokal zu Lokal. Er betrank sich, verlor den Abschiedsbrief und irgendwann endlich das Bewusstsein.

Als er im Krankenhaus aus seiner Alkoholvergiftung ins Leben zurückgekehrt und schlagartig nicht nur Witwer war, sondern auch Mordverdächtiger, hatte ihm das den nächsten Schock versetzt. Alles in ihm war erstarrt, er hatte sich in einem schwarzen Loch befunden, ohne Licht und ohne Ausweg.

Die folgende ausgesprochen tränenreiche Umarmerei – zwischen Vater und Tochter, Tochter und Revierinspektor, Vater und Revierinspektor – wurde Nowak zu viel. Er ging hinaus, wischte ein heimliches Tränchen der Rührung weg, das nun wirklich niemand zu sehen brauchte, und versicherte sich durch den Türspalt, dass das Händchenhalten zwischen Manni und Nadja keine Einbildung war. Wurde sogar Ohrenzeuge davon, dass Nadja nicht nach Shanghai zurückkehren wollte. Sie beabsichtigte, in Wien zu bleiben. Denn Fitnesscenter gebe es schließlich auch hier, und hier könne sie sich besser um ihren Papa kümmern und um den Mann ihres Lebens noch dazu. Der herzzerreißende Blick zu Manni war dann endlich der Auslöser gewesen, dass Nowak sich schnellstens zurückgezogen hatte. Hochzufrieden.

Kaum hatte er die Akte Cramer weggeräumt, vibrierte erneut das Handy in seiner Hosentasche. Und wieder Carla. „Verdammtes Bravo!“ Sein Versprechen fiel ihm wieder ein. In all dem Trubel war er nicht dazu gekommen, sich darum zu kümmern. Er drückte den Anruf weg und setzte sich an den Computer.

Wie hatte die Verdächtige geheißen? Walchinger? Nein, Walchshofer. Denise Walchshofer. Der Name sagte ihm nichts. Zum Glück gab es das EKIS, das Elektronische Kriminalpolizeiliche Informationssystem des Innenministeriums, das nichts anderes war als eine aus elf verschiedenen Datenbanken bestehende Megadatenbank, die den Zugriff auf Strafregister, diverse Fahndungsdateien, DNA-Datenbanken, Personeninformationsdateien, erkennungsdienstliche Dateien und den kriminalpolizeilichen Aktenindex ermöglichte. Ein rotes Tuch für Datenschützer. Aber wahnsinnig praktisch in einem Fall wie diesem.

Zwanzig Minuten später, als Carla zum zweiten Mal anrief, war er bestens vorbereitet.

„Carla! Gibt's im Westen was Neues?"

„Nichts Prickelndes", antwortete sie trocken. „Ich habe eigentlich gehofft, dass du etwas herausgefunden hast. Über die Vergangenheit von Denise Walchshofer. Oder hast du meine Bitte vergessen?"

„Würde ich je eine Bitte vergessen?", fragte er großspurig zurück und schämte sich nicht einmal. „Ich bin nur noch nicht dazugekommen, dich anzurufen."

„Also?"

Er blies die Backen auf und las seine Notizen herunter. „Denise war Kindermädchen bei den Pleyels."

„Bei wem?"

„Da sieht man, dass du nie die ‚Seitenblicke' schaust. Sonst wüsstest du, dass die Familie Pleyel zu den reichsten und wohltätigsten Familien Wiens gehört. Außerdem ist Ilsa Pleyel, die alte Dame, eine große Kunstmäzenin. Ihr Sohn Richard, der Erbe des Textilunternehmens, ist mit seiner Frau, der Schmuckdesignerin Gabi Pleyel-

Moszkowski regelmäßiger Gast bei Festspieleröffnungen, Galadiners, Vernissagen, Bällen …“

„Schlimm genug“, sagte Bukowski trocken. „Aber an sich noch kein Verbrechen.“

Er lachte. „Da die Eltern immer viel unterwegs waren, engagierten sie für den kleinen Linus ein Kindermädchen, und da sie sehr anspruchsvoll waren, wechselten die Kindermädchen monatlich.“

„Bis Denise kam …“

„Genau. Denise war siebzehn und früh entwickelt. Das weiß ich, weil es eigens in der Akte erwähnt wird. Eine auffallend hübsche junge Frau. Und nicht nur Linus hat sie sofort ins Herz geschlossen.“

„Auch der Herr Papa?“

„Aber ja. Sie hat eine Affäre mit dem damals zweiundvierzigjährigen Richard begonnen …“

„Eher er mit ihr, nehme ich an.“

„Wie auch immer. Eines Abends wurde Linus von Frau Pleyel als vermisst gemeldet. Sie behauptete, Denise habe ihren Sohn entführt.“

„Hat sie?“

„Sie hat es vehement abgestritten, hat sich jedoch in Widersprüche verstrickt. Vermutlich, um ihren Liebhaber zu schützen. Sie wusste ja nicht, dass seine Frau längst von der Affäre wusste.“

„Und der gute Richard hat sie vermutlich fallen lassen wie eine heiße Kartoffel.“

„Exakt. Linus ist bereits am nächsten Tag wieder aufgetaucht, unversehrt, aber die Medien haben Wind davon bekommen. Es gab Zeitungsartikel à la: *Babysitterin entführt Industriellensohn*. Mit großem Foto von Denise, die auf Rufmord klagen wollte. Man hat sich dann außergerichtlich geeinigt.“

„Hat sie ihn jetzt entführt oder nicht?“

„Das steht nicht in den Akten. Meine Interpretation wäre aber: Nein. Alles nur eine gut eingefädelte Intrige der Ehefrau. Fakt ist: Alle Anzeigen wurden zurückgezogen, Denise hat das Bundesland gewechselt und – so vermute ich – ein hübsches Sümmchen bekommen."

„Und die Ehe der Pleyels war gerettet, der Weg frei für weitere Auftritte bei den ‚Seitenblicken'", ätzte Carla.

„Na ja, für kurze Zeit. Kein Jahr später haben sie sich scheiden lassen. Aber wen interessiert's?"

Am anderen Ende herrschte Stille.

„Carla? Bist du noch da? Kannst du die Infos verwerten?"

„Schon, ja. Danke, Hanno."

Ein kurzer Dank, ein knapper Abschied, weg war sie.

Oje, dachte er. Das war wohl nicht die Auskunft, die sie sich erhofft hatte. Vermutlich wäre ihr lieber gewesen, Denise hätte das Kind entführt. Dann hätte sie im aktuellen Entführungsfall eine vielversprechende Verdächtige gehabt. Aber so war das Leben eben. Weder Wunschkonzert noch Honigschlecken. Manchmal schlug es Haken. Manchmal führte es einen auf den Holzweg.

20

Was für ein herrlicher Tag! Es war kalt, der Himmel strahlend blau. Nur in einer Ecke gab es Wolken, die lauerten, die sich sammelten und aufplusterten, als planten sie, in absehbarer Zeit Tonnen von Schneeflocken auf die Menschen loszulassen.

Wetter hin oder her, es wäre der perfekte Tag, um in einer deiner Lieblingskonditoreien abzuhängen, dachte Bär wehmütig. Er zupfte an seiner Skihose, die seine Schenkel wie eine Wursthaut umschloss.

Eine Viertelstunde bevor die Große-Gugel-Bahn in Betrieb ging, war er angekommen, hatte sich den günstigsten Parkplatz gewählt, um alle Ankommenden gut im Blick zu haben. Er hörte Radio, fraß sich durch seinen Proviant, scannte die ankommenden Wagen und wartete. Nach einer halben Stunde dachte er, dass die Brüder ihr Treffen vielleicht gecancelt hätten. Paul hatte bestimmt einen furchtbaren Kater. Die Möglichkeit, dass niemand aufkreuzen würde, bestand also. Und damit die Möglichkeit, dass der Tag doch noch in einer Konditorei enden würde.

Zwei Wurstsemmeln und drei Schokoriegel später war die Möglichkeit schon fast Gewissheit. Bär begann, sich zu freuen.

In dem Moment fuhr der Porsche von Sebastian vor, zehn Minuten später kam auch Paul.

Bär streckte sich und öffnete die Autotür. Während er in seine geliehenen Skischuhe stieg, beobachtete er die unterkühlte Begrüßung der Brüder. Sebastian wirkte herablassend, Paul stoisch. Dank einer XXL-Sonnenbrille waren die Auswirkungen seiner gestrigen Sauforgie nicht zu erkennen.

Bär zog sich die Pudelmütze tief in die Stirn. Die Wolle juckte jetzt schon. Er kratzte sich und setzte die Skibrille auf. Da seine Statur nicht gerade unauffällig war, hatte er sich einen rotblonden Schnurrbart aufgeklebt. In Kombination mit der Skiausrüstung konnte er sicher sein, dass Paul ihn nicht erkannte, falls er ihn beim gestrigen Baumarktbesuch bemerkt haben sollte.

Er stellte sich hinter Sebastian in die Reihe, die auf die nächste Gondel wartete. Fluchte leise, als sich eine unverschämte Frau mit zwei Kindern vordrängte. Zum Glück musste eins der Kinder aufs Klo, und so gelang es ihm, seinen Platz zurückzuerobern und gemeinsam mit Paul und Sebastian die Sechsergondel zu betreten. Drei junge Snowboarder waren mit an Bord, vermutlich Amerikaner. Bär quatschte sie auf Englisch an und mimte den Touristen, damit die Brüder sich sicher fühlten.

Sebastian zog Paul zum Rückfenster der Gondel. „Muss das sein, dass wir uns hier treffen?"

„Meinetwegen müssen wir uns überhaupt nicht treffen", ätzte Paul. „Du willst was von mir. Und ich will dabei wenigstens Spaß haben." Er musterte Sebastian vom Kopf abwärts, blieb in der Körpermitte hängen. „Schadet dir nicht, wenn du dich auch wieder einmal bewegst. Du setzt Fett an, großer Bruder."

Stellvertretend für alle wirklich dicken Menschen fühlte Bär sich diskriminiert. Und er notierte sich innerlich, dass der Wunsch nach einer Unterredung von Sebastian ausgegangen war.

„Also. Schieß los."

Sebastian sah sich misstrauisch um, schien sich auf so kleinem Raum mit mehreren Fremden unwohl zu fühlen.

„Scheiß dich nicht an", zischte Paul. „Sind doch eh lauter Touris."

„Wie du meinst." Sebastian senkte die Stimme, dass Bär Mühe hatte, etwas zu verstehen. „Du hast mich vor drei Wochen gefragt, ob ich dir eine halbe Mille leihen kann. Erinnerst du dich?"

Paul lachte auf. „Und ob. Vor allem an deine Absage."

„Gilt es noch?" Sebastian ließ seinen Bruder nicht aus den Augen. „Oder brauchst du sie nicht mehr."

Ein lauernder Gesichtsausdruck, dachte Bär. Lauernd wie die Wolken, die ein Schneescharmützel planten.

Paul nahm seine Sonnenbrille ab, hauchte auf die Gläser und putzte sie mit einem Taschentuch. „Was für eine Frage? Du weißt ja, dass meine Firma eine schwierige Phase durchmacht. Mit einer halben Mille könnte ich mich ins Frühjahr retten. Und dann ein, zwei Großaufträge und mehrere kleine nach der Messe, und der Rubel rollt wieder." Er setzte die Brille wieder auf und sah Sebastian an. „Wieso fragst du? Ist bei dir plötzlich die Großzügigkeit ausgebrochen? Oder die Bruderliebe?"

Sebastian presste die Lippen zusammen.

„Tu dir bloß keinen Zwang an. Immer her mit der Kohle, wenn es auf einmal so leicht geht."

„Hast du nicht inzwischen eine bessere Geldquelle aufgetan?"

Paul schnaubte. „Was erwartest du? Dass ich Konkurs anmelde?" Er schüttelte den Kopf. Wenn er den Ahnungslosen spielte, spielte er nicht schlecht. „Klar habe ich mich an jemand anderen gewandt. Aber ich wüsste nicht, was dich das angeht."

„Das soll mich nichts angehen? Wenn du meine Frau anzapfst?"

„Du glaubst, ich habe Ricarda gefragt? Spinnst du?" Paul lachte. „Ausgerechnet Ricarda? Die nicht mal ihrer eigenen Großmutter was leihen würde? Die ist doch die treibende Kraft hinter deinem Geiz, oder nicht?"

Sebastian packte Pauls Schulter. „Genau. Sie ist sparsam und sie würde dir nie was leihen. Deshalb hast du dafür gesorgt, dass sie nicht anders kann, dass sie herausrücken muss mit ihrem Geld. Schlau, Brüderchen. Eine halbe Mille, steuerfrei und nicht rückzahlbar. Und so schnell und leicht verdient! So leicht, dass du dir gedacht hast: Warum eigentlich bloß eine halbe? Warum nicht gleich das Vierfache?" Er war lauter geworden, hatte sich von seinen Emotionen mitreißen lassen.

„Was?" Paul nahm die Mütze ab und wischte sich über die Stirn. „Bist du irre? Wovon sprichst du überhaupt?"

Sebastian war nicht entgangen, dass einer der Snowboarder herschaute. „Tu nicht so", fuhr er leiser fort. „Du steckst doch dahinter, oder nicht? Ich will nur wissen, was mit Daniel ist."

„Daniel? Was soll mit ihm sein? Wir gehen ab und zu auf ein Bier. Aber was hat Daniel mit meinen Markisen zu tun? Interessiert er sich dafür?" Paul zog seine Nase kraus und setzte die Mütze wieder auf. Spielte er? Nein, dachte Bär, der hat wirklich keine Ahnung.

„Hör mir bloß auf mit deinen beschissenen Markisen. Kein Mensch interessiert sich für deinen maroden Betrieb", zischte Sebastian. „Es geht um meinen Sohn. Was hast du mit ihm gemacht?"

„Ich versteh dich nicht. Was soll ich denn gemacht haben? Redest du jetzt endlich Klartext?"

Leider erzählte einer der Snowboarder seinen Kumpels offenbar einen Witz. Alle drei brachen in lautes Gelächter aus. So bekam Bär nicht mit, was Sebastian seinem Bruder antwortete. Er konnte es sich aber denken, denn Paul sah auf einmal überrascht aus. Nein, dachte Bär, schockiert trifft es eher.

Er rückte näher an Sebastian heran und legte ihm einen Arm um die Schulter. Dann fragte er etwas.

Endlich sank der Lärmpegel in der Gondel und Bär konnte den Rest des Satzes verstehen: „... dass er nicht einfach abgehauen ist?"

Sebastian lachte leise und verzweifelt. „Ja, ich bin mir sicher. Oder glaubst du vielleicht, dass er uns mit verzerrter Stimme anruft und Lösegeld fordert, um sein Taschengeld aufzubessern?"

„Nein, natürlich nicht. Entschuldige. Das ist einfach ... irre. Furchtbar. Ich weiß gar nicht ..."

Sebastian wandte sich ab. Wenn jetzt ein Floh hustet, bricht er in Tränen aus, dachte Bär.

„Warte einen Moment", sagte Paul. „Daniel ist also entführt worden." Der erste Schreck war offensichtlich verebbt, Paul kam ins Grübeln. „Und du denkst allen Ernstes ... Du traust mir zu, dass ich dahinterstecke?" Obwohl Mütze und Sonnenbrille nicht viel von seinem Gesicht preisgaben, konnte Bär erkennen, wie blass Paul geworden war.

Sebastian zuckte mit den Schultern.

„Das traust du mir zu?", fragte Paul noch einmal. „Und ich dachte, Carla ist die einzige Paranoide in der Familie. Aber du überholst sie ja mit links."

Paul murmelte noch weitere Vorwürfe vor sich hin, auf die Sebastian nicht reagierte. Er schwieg, bis sie die Bergstation erreichten.

Im allgemeinen Tumult des Aussteigens verstand Bär nicht, was Paul seinem Bruder zum Abschied an den Kopf warf. Es war nichts Freundliches.

Bis Bär endlich seine Skier angeschnallt hatte, waren die Brüder in verschiedene Richtungen abgefahren. Die Schwünge sahen bei beiden leicht und elegant aus, und Bär dachte, dass er zumindest versuchen sollte, Paul zu folgen.

Zu diesem Zeitpunkt hätte er noch umkehren und die nächste Gondel ins Tal nehmen können. Er tat es nicht. Warum? Vielleicht, weil auch ein Bär seinen Stolz hatte und Carlas Zweifel daran gekratzt hatte? Er bemerkte zwar, dass es zu schneien begann. Doch noch waren es nur vereinzelte Flocken, die sanft herabschwebten – kein Grund zur Beunruhigung. Ein Blick in den Wolkenhimmel hätte ihm gezeigt, dass das prognostizierte Schneechaos in greifbare Nähe gerückt war, und ein Blick auf die Beschilderung hätte ihn gewarnt: schwarze Abfahrt. Schwarz wie schwierig.

Aber er blickte nicht. Er stieß sich ab und versuchte, Paul nicht aus den Augen zu verlieren.

Schon der erste Schwung lehrte ihn, dass er die Steilheit des Geländes unterschätzt hatte. Sowas von unterschätzt! Der Bogen missriet zu einem seitlichen Rutschen. Einem Rutschen, das kaum zu stoppen war. Dank seiner kräftigen Oberschenkel gelang es ihm, nach etwa dreißig Metern zum Stillstand zu kommen. Er schwitzte und sein Herz raste, als hätte er sich schon den ganzen Tag verausgabt.

Jetzt überlegte er doch, die Skier abzuschnallen und die paar Meter hinaufzugehen, zur Bergstation, um mit der Gondel hinunterzufahren. Vermutlich hätte es ohnehin nicht geklappt, weil der Hang zu steil und rutschig war für einen übergewichtigen, parkinsonkranken Mann, der schon in der Ebene Schwierigkeiten hatte, mit Skischuhen zu gehen. Jedenfalls kam es nicht dazu, weil er beim Versuch, die Skibindung zu öffnen, ins Rutschen kam. Er verlor einen Stock und wurde immer schneller. Seine Oberschenkel brannten vom Versuch, dagegenzuhalten.

Ein Rowdy schnitt ihm den Weg ab und rief ihm etwas zu, bevor er Schuss hinunterfuhr. Bär verstand nur das Wort „Knie“ und dachte, dass er sie vermutlich beugen sollte, aber das war gerade sein kleinstes Problem. Es ging ihm nicht um die Haltungsnote, nur ums Runterkommen. Wenn möglich im Ganzen.

Leider nahm der Hang kein Ende.

Vor einer Bodenwelle gelang es ihm, anzuhalten. Rasten, sagte sein Körper. Weiter, sagte sein Kopf. Denn der Schneefall wurde dichter. Furchtbar dicht. Bald würde man die Hand vor den Augen nicht mehr erkennen können.

Menschenskind, dachte er, früher, bei den Schulskikursen, bist du doch auch gefahren. Nicht besonders gut, weit weg von elegant, aber gefahren. Damals war er auch schon ein übergewichtiges Kind gewesen, aber immerhin gesund. Und die Pisten waren weniger steil gewesen als diese hier.

Vielleicht versuchst du es einmal mit dem Schneepflug, nahm er sich vor. Skispitzen zusammen, dass die Skier ein V bilden, Gewicht nach vorne verlagern.

Gedacht, getan. Und immerhin: Besser als das seitliche Rutschen war es. Leider war die Breite des Hanges und damit die Möglichkeit, ihn zu queren, begrenzt. Irgendwann musste er die Richtung ändern. Wie ging das noch, das Kurvenfahren im Schneepflug? Er versuchte, das Gewicht zu verlagern. Die Rechtskurve klappte einigermaßen, aber danach brannten seine Oberschenkel wie die Hölle. Und bei der folgenden Linkskurve entglitt ihm vollends die Kontrolle. Er donnerte über eine Bodenwelle, die er übersehen hatte, dahinter saß ein

Snowboarder im Schnee. Im letzten Moment schaffte er es, auszuweichen, dafür verlor er danach das Gleichgewicht, stürzte, überschlug sich und rutschte auf dem Rücken über den Pistenrand hinaus in den Wald. Noch während seines Sturzes dachte er, dass er statt der Mütze einen Helm gebraucht hätte, und er verfluchte sich für seine Nachlässigkeit. Außerdem verfluchte er Carla, die ihm das alles zugemutet hatte, anstatt ihn aufzuhalten und an diesem Blödsinn zu hindern, bis ihm einfiel, dass es ja genau umgekehrt gewesen war. Zuletzt dachte er, dass es ihm lieber wäre, durch Genickbruch zu sterben, als mit dem Gesicht nach unten in einem Haufen Schnee zu landen und qualvoll zu ersticken, aber er konnte den Gedanken nicht zu Ende führen.

Ein Baum stoppte seinen Sturz. Es folgten: ein Schlag, der erstaunlich hohl klang, und weitere unschöne Geräusche, wie ein mehrfaches Knacken, ein Reißen, ein Grunzen und dann – endlich das Nichts: farblos, samtig und angenehm still.

21

Als ihn jemand im Gesicht berührt, schreckt er aus dem Halbschlaf hoch, der ihn immer wieder heimsucht. Er versucht sich aufzurichten. „Hallo?", will er rufen. Es kommt aber nur ein unartikuliertes Grunzen über seine Lippen, so ausgetrocknet ist sein Mund.

Egal, es ist ohnehin niemand hier. Die Berührung hat er nur geträumt – oder war es eine Assel?

Seine Gedärme rumoren, aber der Hunger ist sein kleinstes Problem. Durst und Kälte setzen ihm mehr zu. Ohne seine Motorradkombi wäre er wohl schon erfroren. Die Wunde am Hinterkopf sendet immer wieder pulsierende Schmerzsignale aus, vermutlich hat sie sich entzündet. Auch im Unterleib hat er Schmerzen. Als kleiner Junge hat er einmal Blasenentzündung gehabt – genau so fühlt es sich an.

Er hat es zwar trotz der gefesselten Hände geschafft, den Reißverschluss seiner Hose zu öffnen und zu pinkeln, ohne sich nass zu machen. Aber das stundenlange Liegen, Sitzen und Robben auf dem kalten Boden spürt er durch das Leder seiner Kluft hindurch.

Er weiß nicht, wie viele Tage und Nächte vergangen sind, seit sie ihn eingesperrt haben – zuerst in den Keller, dann in diesen Schacht, in dem es nach feuchter Erde, verschimmelten Pilzen und Exkrementen riecht. Nach seinen eigenen Exkrementen.

Und er versteht nicht, warum sie ihm nichts zu essen geben, kein Wasser, keine Decke, sich aber die Mühe gemacht haben, ihn an einen anderen Ort zu bringen. Vermutlich soll er hier verschimmeln wie die Pilze.

Aber warum haben sie ihn dann nicht gleich umgebracht? Soll er leiden? Soll er kämpfen? Hat ihn jemand ohne sein Wissen zu einem Überlebenstraining angemeldet, und seine Aufgabe ist es jetzt, sich von den Fesseln zu befreien, Wasser zu finden und schließlich einen Weg nach draußen? Wird er womöglich dabei beobachtet? Gefilmt? Handelt es sich um ein neues TV-Format: Ich bin kein Star, lasst mich hier drin?

Er lacht über diesen Gedanken, es klingt scheußlich, aber es verbraucht weniger Flüssigkeit als Weinen.

Wahrscheinlich ist er drauf und dran, verrückt zu werden. Vielleicht ist es auch nur das Fieber.

Die Idee mit dem Überlebenstraining lässt ihn nicht mehr los. Er könnte doch einfach so tun als ob. Vielleicht findet er dabei wirklich Wasser?

Dass der Boden dieser unterirdischen Gruft aus Fels und bockharter Erde besteht, hat er schon herausgefunden. Auch dass die Felswand, an der er entlangrobbt, feucht ist. Wenn man am Stein saugt, fühlt es sich angenehm an. Aber seinen Durst kann es nicht löschen.

In der Ferne hört er ein glucksendes Geräusch. Es könnte tropfendes Wasser sein oder ein kleines Rinnsal. Natürlich hat er versucht, sich in diese Richtung zu bewegen. Wenn er seinen Rumpf zusammenziehen könnte wie eine Spannerraupe, wäre es ihm schon gelungen. Aber ein Mensch mit gefesselten Gliedmaßen ist unendlich schwerfällig und viel zu schnell erschöpft. Außerdem narrt ihn das Geräusch. Egal in welche Richtung er sich wendet, es kommt einfach nicht näher. Vielleicht bildet er es sich nur ein?

Immer öfter fragt er sich nicht ob, sondern wie er sterben wird. Wird er vor Erschöpfung einschlafen und erfrieren? Stirbt er an einer Blutvergiftung? Oder muss er qualvoll verdursten? Und werden sie irgendwann seine Gebeine finden?

Natürlich fragt er sich auch, wer ihm das angetan hat. Wenn er sich nur erinnern könnte! Aber mit Gewalt kann er den Nebel im Gehirn nicht vertreiben, das führt nur zu noch heftigeren Kopfschmerzen. Den Mann, der ihn vom Keller hierhergebracht hat und der ein vernuscheltes Deutsch spricht, kennt er nicht. Aber der Typ war nicht allein.

Da waren Stimmen im Keller. Klopfgeräusche.

Er konnte sie nicht einordnen, obwohl er das Gefühl hatte, er müsste nur einen dünnen Schleier entfernen, der über seiner Erinnerung liegt.

Seit er hier ist, hat er den Eindruck, dass ihn ab und zu jemand besucht. Er erinnert sich an eine Frauenstimme, aber wahrscheinlich bildet er sich das nur ein, wie die Berührung im Gesicht vorhin.

Eine plötzliche Traurigkeit überkommt ihn. Er will sich gehen lassen und sein Unglück hinausschreien.

Nein. Er muss sich zusammenreißen. Keine Tränen vergeuden, keine Energie und keine Atemluft. Er wird wahrscheinlich sterben, aber er möchte am Ende sagen können, dass er alles versucht hat. Also beginnt er wieder, an den Kabelbindern zu nagen. Er nagt und nagt. Nagt, bis sein Zahnfleisch schmerzt und immer weiter. Nagt, bis er Blut schmeckt und immer weiter. Hört erst auf, als ihm von dem Metallgeschmack übel wird.

Noch lässt sich der Kabelbinder nicht abreißen, aber er hat schon eine deutliche Kerbe. Es ist nur noch eine Frage der Zeit, und Zeit hat er ja genug. In den Nagepausen denkt er an seine Eltern. Er denkt an Winnie. Wie sie sich freuen wird, wenn er es aus diesem Gefängnis schafft. In den Weihnachtsferien hat sie ihn besucht, heimlich, damit ihre Verwandtschaft es nicht mitbekommt. Zehn Monate noch, bis sie volljährig ist, dann wird sie sich nichts mehr verbieten lassen.

Wie ein Wilder nagt er weiter, nagt sich in eine Trance. Schmeckt kein Blut, spürt keinen Schmerz, hat das Zeitgefühl verloren. Er nagt, bis er – mit einem verzweifelten Ruck seiner Arme – die Fessel durchtrennt.

Adrenalin durchflutet seinen Körper. Ja! Er hat es geschafft! Er fühlt sich wie ein Sieger. Ach was, er ist ein Sieger. Wenn er die Fesseln durchgenagt hat, kann er alles andere auch schaffen. Er streicht abwechselnd über beide Arme, um die Taubheit zu überwinden, bewegt die Finger, kreist mit den Händen.

Er muss die Euphorie nutzen und den nächsten Schritt vorbereiten: die Beseitigung der Beinfessel. Dafür wird er sich einen scharfkantigen Stein oder einen geeigneten Vorsprung in der Felswand suchen.

Während er sich robbend auf den Weg macht – schneller jetzt, dank der freien Hände – zählt er in Gedanken alles auf, was er weiß.

Ich heiße Daniel Guggenbichler. Ich bin zwanzig Jahre alt und studiere Biologie. Am Freitag habe ich gefrühstückt und Kreisky gefüttert. Ich bin mit meiner Vespa weggefahren. Es war noch ziemlich früh. Wohin wollte ich? In die Uni-Bibliothek, um weiter an der Bachelorarbeit zu schreiben? Nach Zirl, um die Winterquartiere der Kleinen Hufeisennasen zu kontrollieren?

Nein, da war etwas anderes. Jemand hat angerufen. Aber da ist keine Erinnerung an eine Stimme, einen Namen oder ein Gesicht. Alles versinkt im Nebel seiner Kopfschmerzen, die wieder akut werden. Und plötzlich kann er nur noch denken, wie müde er ist. Fürchterlich müde. So müde, dass nichts mehr eine Rolle spielt.

Nur einmal kurz die Augen schließen, denkt er. Sich fallen lassen in einen Traum, in dem es warm ist und weich und nach Frühling duftet.

22

„Suchen Sie wen?“, fragte eine ältere Schwester, die gerade aus der Teeküche kam.

„Nur meinen Mut“, antwortete Bukowski und drückte die Klinke nach unten, die in ihrer Hand schon ganz warm geworden war.

Es war ein Dreibettzimmer. Bär lag in der Mitte, die anderen beiden Betten waren leer. Er schlief, zumindest hatte er die Augen geschlossen. Bukowski fühlte sich schuldig, als sie das riesige Pflaster auf seiner Nase betrachtete. Darunter breitete sich ein orangefarbener Fleck über die linke Wange aus, die im Übrigen eingefallen wirkte. Geschrumpft wie der Rest. Seltsam, dachte sie, dass in einem Krankenhausbett auch ein Koloss von einem Menschen klein und hilflos wirkt.

Sie kramte die Trüffelpralinen aus ihrem Rucksack, die sie in einer seiner Lieblingskonditoreien gekauft hatte, und hoffte, das Rascheln würde ihn wecken.

Aber er schlief weiter, vollkommen still und friedlich. Schlief er überhaupt?

Sie erschrak. So intensiv sie auch auf seinen Brustkorb starrte, da bewegte sich nichts. Er atmete nicht!

Mit einem Ruck riss sie die Bettdecke weg und konnte sich nicht gleich entscheiden, ob sie zuerst auf den Notknopf drücken sollte oder gleich mit der Herzmassage beginnen – da schrie er auf.

„Teufel, hast du mich erschreckt!“

„Ich ...“ Sie spürte, wie der ganze Blutvorrat ihres Körpers sich in den Ohren sammelte. „Entschuldige, ich dachte ...“

Zum Glück fiel sein Blick auf das Mitbringsel. „Halleluja, meine Lieblingssorte. Carla! Woher hast du das gewusst?“

„Ich nicht, aber die Verkäuferin. Du bist eben bekannt wie ein bunter Hund." Sie war unglaublich erleichtert, dass er sich trotz seiner Verletzungen über ein bisschen Schokolade freuen konnte. „Wie geht's dir? Hast du Schmerzen?"

„Wie denn? Ich bin ja sowas von zugedröhnt! Übrigens gar kein schlechter Zustand." Er deutete auf den Stuhl in der Ecke. „Jetzt setz dich schon und mach kein Gesicht wie drei Wochen Schokokarenz. Ich lebe noch. Außer einem gebrochenen Schlüsselbein, ein paar angeknacksten Rippen und einer Gehirnerschütterung fehlt mir nichts."

„Es tut mir so leid!" Sie zog den Stuhl heran und ließ sich hineinfallen. „Was ist denn eigentlich passiert?" Sie wusste nur, dass ihn ein Variantenfahrer im Wald gefunden hatte. Und dass sie sich verdammt schuldig fühlte.

„Gestürzt soll ich sein, in ein steiles Waldstück gerutscht und gegen einen Baum geprallt. Aber ich erinnere mich nicht. Der deutsche Urlauber, der mich gefunden hat, hat sofort die Bergrettung alarmiert, und die haben mich mit dem Heli in die Innsbrucker Klinik gebracht." Er sah sie missbilligend an. „Alles halb so schlimm, wenn du nicht ständig auf meinen Riechkolben starrst. Deine Schnupfennase ist auch nicht hübscher."

„Entschuldige." Wie auf Kommando begann ihre Nase zu rinnen. Dabei war der Schnupfen schon fast abgeklungen. Sie suchte in ihren Hosentaschen nach einem Taschentuch und schnäuzte sich schließlich in eines der Zellstofftücher, die sich auf Bärs Nachttisch fanden. „Und du erinnerst dich an nichts mehr?"

„Nein."

„Auch nicht, warum du deine Skier aus der Mottenkiste geholt hast?"

Er lachte trocken auf und verzog gleich darauf das Gesicht.

Klar, Rippenbrüche und Humor waren nicht kompatibel, das wusste Bukowski aus eigener Erfahrung.

„Die sind jedenfalls hinüber. Ich habe mir extra das neueste Carvingskimodell ausgeliehen, damit ich deinen Brüdern besser hinterherfahren kann. Teufel, das sind zwei saubere Sportskanonen. Wenn ich das geahnt hätte!"

„Der ganze Aufwand umsonst!" Kaum war der Satz über ihre Lippen geschlüpft, schämte sie sich dafür, in dieser Situation an einen möglichen Nutzen zu denken. Dabei musste sie dankbar sein, dass Bär noch lebte.

„Schmarrn", knurrte er. „Umsonst ist der Tod. Natürlich erinnere ich mich an die Gondelfahrt und natürlich habe ich deine Brüder belauscht."

Sie hob erwartungsvoll die Brauen.

„Wahnsinnig viel ist aber nicht herausgekommen." Und dann erzählte er von Pauls drohender Pleite und dass er sich vor einiger Zeit Geld von Sebastian leihen wollte – vergeblich.

Das wusste sie bereits. Dass Sebastian Paul verdächtigte, etwas mit Daniels Entführung zu tun zu haben, war ihr aber neu. „Oha! Mir gegenüber hat er nichts von seinem Verdacht erwähnt. Hat er Paul damit konfrontiert?"

„Indirekt. Was er unausgesprochen ließ, hat Paul sich zusammengereimt."

„Und? Wie hat er reagiert?"

„Geschockt. Ich glaube, er hatte wirklich keine Ahnung von der Entführung. Als er aber realisiert hat, was sein eigener Bruder ihm zutraut, war er gekränkt. Das war dann auch das Ende der Unterhaltung. Deine Brüder sind in verschiedene Richtungen abgefahren, und beim Versuch, Paul zu folgen, bin ich leider gescheitert."

„Und? Wie denkst du darüber? Du hast die beiden beobachtet. Könnte an Sebastians Verdacht was dran sein?"

„Hundertprozentig ausschließen kann ich es nicht, klar. Aber ich glaube es nicht. Nein. So gut hätte er den Überraschten nicht spielen können."

„Wusstest du, dass Paul in der Schule leidenschaftlich gern Theater gespielt hat? Er hat immer die Hauptrolle bekommen. Es war eigentlich das einzige, was er richtig gut konnte."

„Glaub, was du willst. Ich sage dir, dass Paul nichts damit zu tun hat. Er wird sich das Geld, das er so dringend braucht, von Sabber-Heinzi geliehen haben."

„Gut möglich." Sie dachte, dass das eine das andere nicht ausschloss. Als sie dazu ansetzte, ihre Theorie zu äußern, bemerkte sie Bärs Stirnrunzeln. Garantiert hatte er Kopfschmerzen und brauchte Ruhe.

Sie fragte ihn, ob sie etwas für ihn tun konnte, und freute sich, als er ihr Hilfsangebot annahm. Er gab ihr einen Schlüssel und schrieb eine Liste. „Wenn du mir diese Sachen aus der Wohnung bringen könntest, wäre ich dir sehr dankbar."

„Das ist ja das Mindeste", sagte sie. „Schließlich bist du nur meinetwegen hier gelandet." Nach ihrem Besuch im LKA würde sie sich darum kümmern. „Sonst noch Wünsche?"

„Eine Pizza Diavolo mit grünem Salat. Und zum Nachtisch Panna cotta. Und ..."

Sie hob den Finger und versuchte, ihn streng anzusehen, musste sich aber das Lachen verbeißen.

Er zuckte mit den Schultern. „War ein Versuch. Stell dir vor, die haben mir heute Abend mit Zucchiniauflauf gedroht! Das sind diese länglichen, grünen ..."

„Die Verdächtigen sind mir bekannt", sagte sie, hauchte einen Kuss in seine Richtung und beeilte sich, ins Freie zu entkommen. Sie brauchte frische Luft, um den Krankenhausmief aus ihrem Hirn zu pusten, diese deprimierende Mischung aus sedierendem Nebel und Anhauch des Todes. Und eine Zigarette, weil zu viel frische Luft auch ungesund war.

Im LKA besprach sie sich mit Wurz und berichtete von ihren Recherchen zu Denise Walchshofer. Dass ihr Bruder Sebastian die junge Frau jahrelang mit seiner beabsichtigten Scheidung vertröstet habe, dass sie mit ihm eine Familie gründen habe wollen, dass er sie erst vor Kurzem kalt abserviert habe – Grund genug, um sich an ihm und Ricarda zu rächen. Und dass es da diese Vorgeschichte in Wien gebe. „Immerhin eine Anzeige wegen Kindesentführung, die zwar wieder zurückgezogen wurde, aber ..."

Wurz schüttelte den Kopf. „Ich versteh dich ja, Carla. Die meisten Verbrechen passieren im Umfeld der Familie und dem Freundeskreis. Aber Entführungen nicht!"

„Ehrlich gesagt, meine Nase glaubt auch nicht, dass Denise irgendwas damit zu tun hat."

Da besagte Nase wieder einmal lief und Bukowski wieder einmal kein Taschentuch hatte, half Wurz ihr aus. Er zauberte eine Packung aus seiner Schublade und schob sie unauffällig über den Schreibtisch. „Schau, es ist doch so: Deine Schwägerin ist eine geborene Baumann, die Baumanns gehören zu den zehn reichsten Familien in Österreich. Die Ehe ist – na ja, sagen wir sie leidet an den üblichen Verschleißerscheinungen. Es gibt nur einen Sohn, Daniel, der von den Eltern, vor allem von der Mutter abgöttisch geliebt wird. Das macht ihn zu einem Entführungsopfer par excellence, logisch."

Bukowski schnäuzte sich. „Wahrscheinlich hast du recht und die Entführer sind irgendwelche Kriminellen, die ganz groß absahnen wollen und die niemand von der Familie Guggenbichler kennt." Bukowski warf das zusammengeknüllte Taschentuch in den Papierkorb in der Ecke. Es prallte vom Rand ab und landete in einem Schuh. Erst jetzt fiel ihr auf, dass Wurz in seinem Büro Patschen trug. Sie musste sich ein Grinsen verkneifen. „Vielleicht könntest du Denise trotzdem ins Präsidium bestellen und befragen. Nur zur Sicherheit. Damit wir ja nichts übersehen. Sollte sie in die Sache verwickelt sein, knickt sie vielleicht ein oder verhaspelt sich und plaudert was aus. Und wenn nicht ... "

„Dann schadet es zumindest nichts", vollendete Wurz den Satz. „Dir zuliebe, Kollegin, obwohl ich mir nicht viel davon verspreche. Hast du noch etwas herausgefunden?"

Sie brachte ihren Bruder Paul ins Spiel. Erzählte von Bärs Beobachtung im Baumarkt. Klar, es wäre völlig übers Ziel geschossen, jemanden zu verdächtigen, nur weil er verschuldet war und Kabelbinder gekauft hatte. So wunderte es sie auch nicht, dass Wurz genervt mit den Augen rollte. Sobald sie das Treffen mit Sabber-Heinzi erwähnte, horchte er aber auf.

„Was? Du meinst Heinrich Mitterhuber, den ehemaligen Rotlicht-Zampano? Den hat Paul kontaktiert?"

Endlich hatte sie das Gefühl, ernst genommen zu werden. Ohne dass sie ihren Verdacht aussprach, stellte er selbst die Theorie auf, Paul könnte das Geld, das er so nötig für seine Firma brauchte, von Mitterhuber bekommen haben, vielleicht gegen wichtige Informationen über Daniel. Und Mitterhuber, von dem das Gerücht ging, er plane einen großen Coup, könnte Daniel entführt haben. Vielleicht hatte Paul seinen Neffen in die Falle gelockt, immerhin war er einer der letzten, die kurz vor der Entführung in telefonischem Kontakt zu ihm standen.

„Ich werde mir Paul vorknöpfen“, versprach er. „Wenn wir richtig liegen, wird ihn das zumindest aufschrecken. Vielleicht macht er dann einen Fehler.“ Außerdem beauftragte er zwei seiner Leute, ihn zu observieren. Ein weiteres Team setzte er auf Sabber-Heinzi an.

Bukowski fuhr in Bärs Wohnung, die zu ihrer Überraschung tipptopp aufgeräumt war und trotzdem gemütlich wirkte. Genau das Gegenteil ihres eigenen Domizils. In Nullkommanichts fand sie die Dinge, die auf der Liste standen, von Wäsche über Zahnbürste bis Nagelschere, schlichtete alles in eine Sporttasche und nahm auch das Buch auf dem Nachttisch mit: *Les Fleurs du Mal.*

„Sakradi!“, entfuhr es ihr. Sie hätte mit einem kulinarischen Krimi oder einer kulturgeschichtlichen Abhandlung über das Kaffeehaus gerechnet. Bukowski ärgerte sich über ihre ewigen Vorurteile und hatte das Gefühl, einen guten Freund viel zu wenig zu kennen.

Auf dem Weg in die Klinik stoppte sie bei der nächsten Pizzeria und ließ sich eine Diavolo, Salat und zwei Dosen alkoholfreies Bier einpacken.

Bärs Freude war überbordend. Bukowski sah ihm staunend beim Genießen zu und begriff, dass ihr etwas Entscheidendes fehlte. Eine Fähigkeit, die sie gern erlernt hätte, obwohl es ihr vermutlich an Talent mangelte.

Die Gewissheit, dass es sich in diesem Leben vermutlich nicht mehr ausgehen würde, war auf einmal da. Vielleicht lag es an ihrer melancholischen Grundstimmung. Oder an *Aether*, einer Komposition für zwei Bassklarinetten von Rebecca Saunders, die sie auf der Rückfahrt nach Prumbach hörte und die ihr Herz berührte wie selten ein Musikstück.

23

Bukowski fühlte sich schlapp und müde. Doch bevor sie sich ins Gästezimmer zurückzog, klopfte sie an Sebastians Tür.

Er fuhr erschrocken herum. „Gibt's was Neues?" So sehr ihr Bruder neue Nachrichten herbeisehnte, so sehr fürchtete er sich vor der einen, der Todesnachricht. Das las sie in seinem Blick.

„Leider nichts Erwähnenswertes", sagte sie. „Außer ein paar wichtigen Fragen an dich." Sie sah, dass es ihm nicht passte, konnte aber keine Rücksicht darauf nehmen und bat ihn, sich für ein paar Minuten zu ihr ins Wohnzimmer zu setzen.

„Stimmt es, dass du gestern mit Paul Skifahren warst?"

„Hat er dir das erzählt?"

„Ich habe andere Quellen." Seinen staunenden Gesichtsausdruck registrierte sie mit Genugtuung.

„Du hast mich beschatten lassen?"

„Verdächtigst du Paul?"

„Ja. Nein. Nicht wirklich. Obwohl ..."

„Obwohl er ein Motiv hätte und du es ihm zutraust?"

Sebastian sprang auf und ging zum offenen Kamin. Verschränkte seine Finger ineinander und streckte sie, bis die Knöchel knackten. „Nein", sagte er schließlich. „Paul hat nichts mit der Entführung zu tun."

„Aber du hast dich mit ihm getroffen, weil du ihn verdächtigt hast. Hab ich recht?"

Er bückte sich nach einem Holzscheit und pfefferte es ins Feuer, dass die Funken stoben. „Irgendwas musste ich ja tun. Ricci kümmert sich ums Geld, du machst – ich weiß nicht, was –, deine hiesigen Kollegen sind außen vor. Da habe ich mir gedacht, ich rede mit Paul, weil ..."

„Weil er über eure finanzielle Situation bestens Bescheid weiß, dringend Geld braucht und außerdem gekränkt ist, dass ihr seiner Bitte um ein Darlehen nicht nachgekommen seid."

„Stimmt, das sind wir nicht", sagte er betreten, als hätte sie einen wunden Punkt getroffen. „Du hättest ihm auch nichts geliehen. Paul hat viele Talente, aber Geschäftsmann ist er keiner. Egal wie viel Geld er noch hineinsteckt, die Firma lässt sich nicht retten. Es führt kein Weg am Konkurs vorbei, aber das will er nicht wahrhaben." Er kehrte dem Kamin den Rücken und setzte sich wieder.

Erst jetzt fiel ihr auf, dass ihr sonst so proper gekleideter Bruder mit einem zerknitterten Hemd herumlief, das noch dazu einen dunklen Fleck auf der Brusttasche hatte. Ein Aschefleck, dachte sie. Er rauchte also wieder. Vermutlich war er nervlich am Ende, obwohl er sich verzweifelt bemühte, es nicht zu zeigen. „Wieso hast du deine Meinung geändert?"

„Weil ich gesehen habe, wie absurd mein Verdacht ist. Paul mag Daniel, die beiden haben sich blendend verstanden. Außerdem ..."

„Ja?"

„Mensch, er ist unser Bruder!"

Schlechtes Argument, dachte Bukowski.

„Und er war wirklich überrascht, als ich ihm von der Entführung erzählt habe."

„Okay, lassen wir Paul beiseite." Sie ging zum Fenster und schaute in den Garten hinaus. Seit gestern Nachmittag schneite es ununterbrochen, auch wenn die Flocken inzwischen nur noch sanft herabtaumelten, als wären sie besoffen. „Nächste Frage: Wie sieht es mit Denise aus?"

„Von ihr weißt du also auch!"

„Ich weiß sogar, dass du ihre große Liebe warst. Und dass sie jahrelang gehofft hat, du würdest dich ihretwegen von Ricarda scheiden lassen.“ Sie drehte sich zu ihm um, damit ihr sein Mienenspiel nicht entging.

„Das hat sie sich eingeredet. Versprochen habe ich ihr nie was.“

Wieder ein wunder Punkt, dachte Bukowski. „Wie auch immer, sie hat gute Gründe, sauer auf dich zu sein.“

„Mag sein“, lenkte er ein. „Aber du glaubst doch nicht, dass Denni deshalb ...“ Er schüttelte den Kopf. „Niemals! Das ist noch absurder, als Paul zu verdächtigen.“

„Das Geld könnte sie jedenfalls gut gebrauchen. Sie träumt doch von einem eigenen Geschäft, nicht?“

„Sie schätzt Luxus, wenn er ihr geboten wird. Aber sie ist weder geldgierig noch boshaft, falls du darauf hinauswillst.“ Er betrachtete seine sorgsam manikürten Hände. „Weißt du, sie ist jung und wahnsinnig hübsch, aber ich habe mich ...“ Er sah sich um, als wollte er sich vergewissern, dass Ricarda es nicht hörte. „Ich habe mich nicht deshalb in sie verliebt. Sondern in die unglaublich warmherzige, unbeschwerte und witzige Person, die sie ist.“

Schau an, dachte Bukowski. Sie hätte erwartet, dass er schlecht über seine Ex-Geliebte reden würde.

„Du hältst mich bestimmt für treulos und undankbar, weil Ricci auch ein wunderbarer Mensch ist. Eine wunderbare Frau, die ich vermutlich nicht verdiene. Aber obwohl ich weiß, dass Ricci mich liebt, gibt es da immer eine Distanz. Einen gewissen Restabstand, der sich auch in intimsten Momenten nicht verliert und ...“ Er brach ab. „Was soll’s. Unsere Eheprobleme interessieren dich bestimmt nicht.“

Hu, dachte Bukowski. War das noch ihr Bruder, der da errötete und etwas aus seinem Innersten preisgab?

„Mir geht's nicht um Moral, ich möchte nur ein Verbrechen aufklären. Was hat dir Denise über ihr Vorleben erzählt?"

„Welches Vorleben?"

„Sie wurde mit siebzehn angeklagt, ein Kind entführt zu haben, das ihr zum Babysitten anvertraut war. Angeblich um den Vater, mit dem sie eine Affäre hatte, zu erpressen. Damit er sich von seiner Frau trennt."

„Was?", murmelte Sebastian. „Ist nicht wahr." Mit zittriger Hand durchsuchte er seine Brusttasche. Es knisterte. Eine Zigarettenpackung? Doch er zog die Hand wieder zurück.

„Die Anklage wurde fallengelassen. Möglicherweise beruhte alles nur auf einer Intrige der Kindesmutter", sagte sie.

Sebastian nickte. „Bestimmt sogar. Denise ist nicht der Typ für sowas. Sie ist wirklich in Ordnung, weißt du? Außerdem habe ich erst mit ihr Schluss gemacht, als Daniel schon in den Händen der Entführer war. Entlastet sie das?"

„Allerdings. Trotzdem würde mich interessieren, ob sie Daniel kennt."

„Klar. Wieso?"

„Sie hat mir gegenüber das Gegenteil behauptet."

„Na ja, sie hat ein anderes Verständnis von ‚kennen'. Ich meine damit, dass sie ihn ein-, zweimal gesehen hat und weiß, wer er ist. Näher kennt sie ihn nicht."

„Könnte es sein, dass sie eine Affäre mit ihm hat?"

„Denni? Mit Daniel?" Er lachte. Konnte gar nicht mehr aufhören.

„Was ist so abwegig daran?"

„Sie ist zwölf Jahre älter als er!"

„Ja und? Wo ist das Problem?" Bukowski schäumte. „Du bist fast zwanzig Jahre älter als sie. Ist das besser?"

„Nicht zwanzig. Siebzehn. Aber so meine ich es nicht. Ich meine nur, dass Daniel nicht auf reife Frauen wie Denise steht."

„So genau kennst du deinen Sohn?", ätzte sie. „Dann weißt du sicher, ob er eine Freundin hat und wie sie heißt. Er ist doch verliebt, oder?" Sie dachte an die Anspielungen im letzten Blogeintrag.

„Du hast recht. Ich kenne Daniel viel zu wenig." In seinen Augen las sie, dass sie ihn verletzt hatte. Sie wusste noch nicht, ob es ihr leidtun sollte. „Soviel ich weiß, hat er aber derzeit keine Freundin."

Jetzt fischte er tatsächlich eine Zigarette aus seiner Brusttasche und legte sie vor sich auf den Glastisch. „Ich glaube, er ist immer noch in Winnie verliebt, die ihm ... wie lang ist das jetzt her? Anderthalb, zwei Jahre? Jedenfalls hat sie ihm den Laufpass gegeben. Seine erste große Liebe."

„Winnie also. Wieso erzählt mir das keiner? Wie heißt diese Winnie noch?"

„Schrettl."

„Schrettl", wiederholte Bukowski und wunderte sich über das leise Schaudern, das sie befiel. „Eine Tochter von Ed?"

„Du erinnerst dich also an ihn", sagte er und lächelte spöttisch.

„An deinen besten Freund? Klar", log sie, weil ihre Erinnerung nur sehr vage war und sie sie gern ganz verdrängt hätte. „Unlängst habe ich sein Grab gesehen."

„Tragisch, dass er so jung gestorben ist. Aber kein Wunder. Wie ich gehörte habe, musste er haufenweise Schmerzmittel schlucken. Das ging auf Leber und Nieren."

Schmerzmittel? Bukowski war froh über ihr selektives Gedächtnis. Man musste nicht alles wissen.

„An Winnies Mutter erinnerst du dich bestimmt auch. Sabine", sagte Sebastian.

„Ich kenne keine Sabine", sagte Bukowski, ohne dass sie groß darüber nachgedacht hätte.

„Was?" Sebastian lachte auf. „Das ist ein Witz, oder? Sie war immerhin *deine* beste Freundin." Er sah sie forschend an. Staunend. Schüttelte fassungslos den Kopf.

Bine?, fragte sie sich. Sakradi, wie konnte ihr Bine nicht einfallen!

„Gibt's das? Du hast Sabine vergessen? Mit der du so dick warst, dass es euch nur im Doppelpack gab, vom Kindergarten bis ... na ja, jedenfalls solange du hier bei uns gelebt hast."

„Sag doch gleich, dass du Bine meinst! Ich wusste nicht, dass sie Ed geheiratet hat."

„Sie hat sich um ihn gekümmert, seit er damals aus dem Krankenhaus entlassen wurde." Seine Stimme klang plötzlich belegt. War da ein bisschen Wehmut herauszuhören? „Sie war übrigens die einzige. Alle anderen Freunde haben den Kontakt abgebrochen, weil es ... Ja, warum eigentlich? Wahrscheinlich, weil es zu schrecklich war, was Ed passiert ist. Mir ist es jedenfalls so gegangen, und ich bin nicht stolz darauf." Nein, nicht Wehmut, sondern ein schlechtes Gewissen. Wow, dachte Bukowski, die nicht gewusst hatte, dass ihr ältester Bruder zu solchen Gefühlen fähig war. „Ich glaube, Sabine ist überhaupt nur wegen Ed Krankenschwester geworden. Als sie mit Winnie schwanger wurde, haben sie geheiratet." Er riss sich vom Anblick des Kamins los, nahm die Zigarette und sah sie an. „Ich geh dann eine rauchen. Brauchst du mich eigentlich noch?"

Sie antwortete nicht. Eine seltsame Starre hatte sie befallen. Warum hatte sie so lange nicht an Bine gedacht? War das Verdrängung? Nein, dachte sie, falsche

Frage. Es musste heißen: Warum ist Bine so vollkommen aus meinem Leben verschwunden – wie ausradiert?

Und während sie Sebastians Gestalt aus dem Fokus verlor, weil er auf die Terrasse hinausging, wurde eine andere Gestalt immer schärfer. Zum Greifen scharf.

Juli 1986

„Hallo, Bine!“, ruft sie atemlos und wischt sich den Schweiß von der Stirn.

Affenheiß ist es, die zweite Ferienwoche ist angebrochen. Für Carla ist es eigentlich die erste, weil sie sich erst seit heute wieder frei bewegen kann. Also ist sie gleich nach dem Frühstück zu ihrer Freundin geradelt.

Bine lässt das Badetuch fallen, das sie in ihre Strohtasche packen wollte. Sie wirbelt Carla herum. „Da bist du ja endlich! Was war denn los?“

Carla schnaubt. „Na was schon. Sechs Tage Hausarrest.“

„Schon wieder? Wieso?“

Carla zeigt auf ihren Kopf.

„Du meinst ... weil Mamsch dir die Haare geschnitten hat?“

„War ja klar.“ Sie lächelt. „Ich bin trotzdem froh, dass sie jetzt kurz sind.“ Endlich keine Zöpfe mehr, für die sie seit dem ersten Schultag gehänselt wurde. Unpraktisch waren sie auch. Und der fransige, kinnlange Schnitt sieht sogar halbwegs cool aus.

„Aber jemand musste sie dir doch schneiden!“, protestiert Bine. „Weil deine saublöden Brüder sie mit Kaugummi verklebt haben.“

Ein typischer Streich von Paul. Aus Eifersucht, weil sein Zeugnis schlechter war als Carlas. So schlecht, dass er die halben Ferien auf die Nachprüfung lernen muss.

Natürlich hat Paul alles abgestritten. Und Sebastian hat abgestritten, dass er dabei zugesehen hat. Und natürlich hat Mutter den Buben geglaubt und sofort gesagt, Carla habe sich die Haare sicher selbst verklebt, um endlich ihre Zöpfe loszuwerden. Und so bekam sie eine saftige Ohrfeige für die verklebten Haare und eine zweite fürs Lügen. Das Schlimmste war, dass ihre Mutter versuchte, den Kaugummi mit Hilfe von Wundbenzin herauszulösen, um die Zöpfe zu erhalten.

Carla ist jetzt noch schlecht, wenn sie an den Gestank denkt. Zum Glück konnte sie flüchten. Sie vertraute sich Bines Mama an, einer gelernten Friseurin, die etwas Pfiffiges aus der Katastrophe machte und nicht einmal Geld dafür verlangte.

Carla war dankbar, ihre Mutter entsetzt. Wegen der Eigenmächtigkeit und auch, weil sie Bines Mama nicht leiden kann.

„Die mit ihrem Bankert", sagt sie immer, bloß weil Bine keinen Papa hat, der sich kümmert. „Lässt den Fratzen den ganzen Tag allein", sagt sie auch, weil Bines Mama zwei Jobs hat, um sich über Wasser zu halten. Dabei liebt sie Bine über alles.

Carla beneidet ihre Freundin jedenfalls. Einen nicht vorhandenen Vater findet sie weit besser als einen, der ständig säuft, randaliert und schlägt. Und von einer Mutter, der man alles sagen kann und die einem so viele Freiheiten lässt, kann sie sowieso nur träumen.

Bine schlägt vor, ins Freibad zu gehen. Aber Carlas Taschengeld reicht nicht.

„Und wenn ich dich einlade?", fragt Bine.

Carla schüttelt den Kopf. Sie hat ihren Stolz und sie will Bines Großzügigkeit nicht ausnützen. „Wir könnten ein bisschen in der Gegend herumradeln. Und gegen Abend versuchen wir, ob wir so reinkommen." Wenn die meisten Leüte schon gegangen sind, drückt Tobi, der Kassier, manchmal ein Auge zu.

Bine ist einverstanden. Und weil Carla ihr etwas zeigen muss, fahren sie zur ehemaligen Schrebergartensiedlung. In Omas Garten, der einst sauber gepflegt war, hat das Unkraut das Regiment übernommen. Reife Ribisel finden sie trotzdem, und als sie die meisten aufgegessen haben, rückt Carla den Schlüssel heraus.

„Wo hast du den her?"

„Gefunden. An Omas Schlüsselbrett. Sie musste damals zwar alle Schlüssel abgeben, aber einen hat sie wohl vergessen. Und weil sie gar nicht weiß, dass sie ihn hat, wird sie ihn auch nicht vermissen."

„Cool", sagt Bine.

„Ich hab mir gedacht, dass wir vielleicht ab und zu herkommen könnten." Deshalb hat Carla Verdünnsaft besorgt und zwei Gläser. Sie wieselt in die winzige Küche und öffnet den Schrank. Auch an Kaugummis hat sie gedacht und an eine Packung Chips.

„Gibt es denn Wasser?", fragt Bine und dreht den Hahn auf.

Aber er spuckt nur ein paar rostige Tropfen aus und gibt unangenehme Geräusche von sich. Kein Wasser. Carla dreht wieder zu. Mist, daran hat sie nicht gedacht.

„Dann organisieren wir eben Mineralwasser. Und einen Wasserkanister fürs Klo. Und Klopapier", sagt Bine, die praktisch veranlagt ist.

Sie schreiben eine Liste. Carla freut sich, weil sie jetzt ein gemeinsames Projekt für die Ferien haben. Ein geheimes Projekt. Niemand außer ihnen darf davon wissen, und bevor sie das Schrebergartenhaus aufsperren, müssen sie darauf achten, dass niemand sie sieht. Aber in diese öde Gegend verirrt sich höchstens ein überambiti-

onierter Jogger oder der ein oder andere Hundebesitzer. Also kein Problem.

Carla fällt noch etwas ein, das sie Bine zeigen muss. Voll Stolz fischt sie eine Zigarettenpackung heraus. „Hab ich von Sebastian geklaut." Zur Strafe für seinen Verrat.

„Er wird sich denken, dass du dahintersteckst", meint Bine.

„Hoffentlich", sagt Carla. „Er wird nicht so blöd sein und es unserer Mutter sagen." Seit er sechzehn ist, darf Sebastian zwar mehr als seine Geschwister, obwohl er nur ein Jahr älter ist als Paul und zwei Jahre älter als Carla – aber Rauchen gehört definitiv nicht dazu.

Carla klopft eine Zigarette aus der Packung und steckt sie an. Nimmt einen tiefen Zug. Prompt muss sie husten. Es schmeckt eklig, aber sie lässt es sich nicht anmerken. Der zweite Zug ist schon weniger schlimm. „Willst du auch mal?" Sie hält Bine die Zigarette hin, aber die zieht eine Grimasse.

„Iiih", sagt sie. „Wie das stinkt! Geh bloß weg mit dem Zeug."

Carla dämpft die Zigarette aus und versteckt die Packung in der Besteckschublade.

„Was sagst du deiner Mutter?", fragt Bine.

„Hä?"

„Die wird doch sofort riechen, dass du geraucht hast."

Carla lacht. „Meine Mutter?"

Bine schaut sie verwundert an.

„Du glaubst doch nicht im Ernst, dass sie mir so nahe kommt, um an mir zu riechen!"

„Aber ..." Bines Mund bleibt offen. „Küsst ihr euch denn nie? Bevor du schlafen gehst, zum Beispiel?"

Carla lacht und lacht. Laut und rau, als könnte sie gar nicht mehr aufhören. Sie kann jetzt wirklich nicht aufhören, weil sie die aufsteigenden Tränen weglachen muss. Die wären ihr peinlich, sogar vor ihrer allerbesten Freundin.

„Was machst du da?“ Das Lachen ist verebbt und sie bemerkt, dass Bine mit ihrem Zeigefinger etwas in die Staubschicht zeichnet, die den Küchentisch bedeckt. Nein, nicht irgendwas. Eindeutig ein Herz. „Bine!“

Bine zuckt zusammen. Sie verwischt das Herz, gleichzeitig wird sie neonpink im Gesicht.

Carla grinst. „Was denkst du gerade?“

Bine schaut ihr in die Augen. Die von Bine sind so braun wie ihre Haare. Gut möglich, dass ihr Papa ein Südländer ist, den Bines Mama im Urlaub kennengelernt hat, wie man sich erzählt. Wunderschöne Augen, denkt Carla, deren eigene einen schmutzigen Farbton haben und ziemlich klein sind. Aber sie mag Bine viel zu gern, um sie um ihr Aussehen zu beneiden.

„Ich bin verliebt“, sagt Bine offenherzig.

„Offensichtlich“, sagt Carla und wundert sich, dass sie es erst jetzt bemerkt. Dieses Strahlen von innen heraus. „Verrätst du mir, in wen?“

„Nur wenn du mich nicht auslachst.“

„Bestimmt nicht. Außerdem weiß ich es wahrscheinlich. Es ist Jacky, richtig?“

„Meinst du Jakob Weglehner? Aus der Parallelklasse?“

Carla nickt und ahnt, dass sie weit danebenliegt.

„Der ist ja noch ein Kind!“

„Dreizehneinhalb. Wie wir.“

„Eben“, sagt Bine und schüttelt den Kopf. Dann atmet sie tief durch und nuschelt etwas.

„Was?“, fragt Carla. Sie hat nur eine Silbe gehört, irgendwas mit einem e. Ben? Ken? Aber sie kennt keinen Ben und Ken, der Freund von Barbie, kommt ja eher nicht in Frage. „Wer?“

„Ed“, wiederholt Bine.

Ed! Nein, denkt Carla. „Edgar Schrettl?" Das ganze Blut, das Bines Gesicht zum Radieschen macht, scheint in ihrem eigenen zu fehlen.

„Wie viele Eds kennst du noch?"

„Ach der", flüstert sie. Eine seltsame Traurigkeit breitet sich in ihrem Inneren aus. Obwohl es Jungs gibt wie Sand am Meer, und obwohl Bine so hübsch ist, dass sie jeden haben kann, wenn sie ihn nur einmal anlächelt, muss sie sich ausgerechnet in Ed verlieben. In Sebastians Kumpel, der fast täglich bei ihnen ein und aus geht. Einer der wenigen, der Carla nie wegen ihrer Sommersprossen und roten Haare ausgelacht hat. Klar, Ed ist schon fast siebzehn, der steht über solchem Kinderkram. Aber die anderen Freunde von Sebastian behandeln sie wie Luft, während Ed sie immerhin schon zweimal gegrüßt hat. Und sie hat prompt von ihm geträumt, sogar mehrfach. Warum sie es Bine noch nicht erzählt hat, weiß sie eigentlich nicht. Vielleicht, weil sie sich ihre Gefühle selbst nicht eingestehen wollte? Jetzt kann sie es ihr nicht mehr erzählen.

„Und?", fragt Carla. „Habt ihr euch schon geküsst?"

„Bist du verrückt?" Selbst das knalligste Radieschen muss sich neben Bines Gesicht wie ein Albino vorkommen.

„Aber Ed ... ich meine, ist er auch in dich verliebt?"

„Woher soll ich das wissen? Er hat sich vorgestern auf der Liegewiese ganz in meine Nähe gesetzt. War aber bestimmt nur Zufall, weil er mich gar nicht richtig angesehen hat. Geredet haben wir sowieso nicht."

Carla atmet auf. Noch ist nichts entschieden, denkt sie. Und im nächsten Moment ärgert sie sich über diesen Gedanken. Bine ist ihre beste, ach was, ihre einzige Freundin. Immer ehrlich, immer verlässlich. Nach Oma Rosalba der wichtigste Mensch in ihrem Leben.

Du wirst dir Ed aus dem Kopf schlagen, nimmt sie sich vor. Nur weil er sie einmal gegrüßt hat, muss sie sich nichts einbilden. Und gegen Bine hat sie sowieso keine Chance. Das wäre auch das Letzte, was sie möchte. Mit Bine konkurrieren.

Es sticht ein bisschen, aber sie reißt sich zusammen. Du wirst nicht eifersüchtig sein, sagt sie. Du wirst es Bine gönnen. Bine und Ed, denkt sie und fragt: „Was?", weil sie offensichtlich etwas verpasst hat.

„Was du von ihm hältst, will ich wissen", sagt Bine.

„Was soll man von den idiotischen Freunden meines Bruders schon halten", sagt Carla, um Bine nicht auf die Idee zu bringen, ihr könnte auch etwas an Ed liegen.

„Aber er ist doch ganz anders als Sebastian!"

Carla merkt, dass sie übertrieben hat. Dass Bine auf einen ermunternden Kommentar wartet. „Stimmt. Ja, du hast recht." Ihr gelingt ein Lächeln. „Er ist nicht so arrogant. Vielleicht ist er sogar ganz witzig, weil Basti und er immer ziemlich viel lachen, wenn sie zusammen sind."

„Echt?" Bine freut sich und Carla weiß, dass sie das Richtige tut.

Sie hecken einen Plan aus. Wenn Bine Ed noch einmal auf der Liegewiese sieht, soll sie sich nicht nur in seine Nähe setzen, sondern ihn auch ansprechen. Gemeinsam überlegen sie, was sie sagen soll.

Bine blüht auf. Sie lacht. „Aber nur, wenn du mitkommst."

Carla verspricht es. Sich selbst verspricht sie, Bine nie zu verraten, dass sie Ed schon geküsst hat. In ihrem letzten Traum.

Ich habe ein Geheimnis vor meiner besten Freundin, der ich immer alles sagen wollte, denkt sie. Keine Lügen, keine Heimlichkeiten, das haben sie einander geschworen.

Allerdings haben sie damals nicht bedacht, wie verletzend die Wahrheit manchmal sein kann. Da ist es doch besser, sie nicht zu sagen, denkt Carla. Oder?

„Oder?“, fragte Sebastian.

„Was?“ Bukowski fühlte sich, als käme sie von einer weiten Reise zurück. Und so war es ja auch.

Ihr Bruder schloss die Terrassentür und brachte eine Welle von Schneeluft mit herein. Und Zigarettenrauch. „Ich habe dich gefragt, ob das Verhör beendet ist. Vermutlich ist es das, weil du schon minutenlang ins Narrenkastl schaust. Schwelgst du in Erinnerungen?“

„Es heißt Befragung, nicht Verhör“, sagte Bukowski. „Und es heißt nicht ins Narrenkastl schauen, sondern nachdenken.“ Sie beobachtete mit Genugtuung, dass der Anflug von Zynismus von Sebastians Gesichtszügen wich. „Was übrigens darauf abzielt, deinen Sohn zu finden. Wenn möglich lebend“, setzte sie noch eins drauf. Und sah am erschrockenen und schuldbewussten Blick ihres Bruders, dass es wirkte.

Und ja, er tat ihr leid. Aber all das Vergangene, das zwischen ihnen stand, vertrug es einfach nicht, dass sie ihm ihr Mitgefühl zeigte.

24

Auch ein dreifacher Espresso konnte nicht verhindern, dass sie ständig gähnen musste. Sie hatte die ganze Nacht gehustet und keinen Schlaf gefunden. Erst gegen Morgen war sie eingedöst und prompt von ihrem wiederkehrenden Albtraum heimgesucht worden. Diesmal hatte das Läuten des Weckers verhindert, dass Samuel von der Klippe gesprungen war.

Um auf andere Gedanken zu kommen, steckte sie sich die Kopfhörer ihres MP3-Players ins Ohr und hörte sich eine ihrer Lieblingskompositionen an: *Ionisation* von Edgar Varèse.

Sie drehte die Lautstärke auf gerade noch erträglich bis leicht schmerzhaft. Als die beiden Sirenen, das Löwengebrüll und die übrigen vierzig Schlaginstrumente verklungen waren, war sie wach und ihr Gehirn wieder funktionsfähig.

Um sich auf ihre Mission vorzubereiten, rekapitulierte sie ihr Gespräch mit Ricarda vom Vorabend.

Obwohl sie wieder keine erfreulichen Neuigkeiten für ihre Schwägerin gehabt hatte, war Ricarda nicht ungehalten gewesen, im Gegenteil. Sie war auf Bukowski zugegangen, hatte sie umarmt und lange festgehalten.

„Danke, Carla, dass du so viel für uns tust."

„Pscht, schon gut." Bukowski befreite sich. Es schmerzte sie, dass sie nicht einmal ein winziges Ergebnis präsentieren konnte, das Hoffnung verhieß. Je mehr Fakten sie zusammentrug, umso mehr Fragezeichen taten sich auf – so kam es ihr zumindest vor. Sie fragte Ricarda nach Daniels Ex-Freundin.

„Winnie? Aber das ist doch längst vorbei. Schon seit ..."

„Anscheinend hat Daniel sie aber immer noch sehr gern."

Ricarda nickte. „Stimmt. Sie war seine erste große Liebe. Er war fünfzehn, als er sie kennengelernt hat. Winnie war erst zwölf, aber irgendwie schon viel weiter als er. Alles hat ganz harmlos angefangen. Die beiden haben verletzte Tiere angeschleppt, haben sich nachts getroffen, heimlich, um eine Füchsin mit Jungen zu beobachten, die sich in einem alten Heustadel herumgetrieben hat. Oder um Kröten einzusammeln, damit sie nicht überfahren ..."

Bukowski versuchte, sich die Tochter von Bine und Ed vorzustellen. Es klappte nicht, bis Ricarda ihr Fotos zeigte.

„So ging es fast ein Jahr lang. Irgendwann ist aus der Freundschaft Liebe geworden, wir haben das zuerst gar nicht mitbekommen. Erst als Winnie immer öfter bei uns übernachtet hat, fast vierzehn war sie damals. Sie sagte, dass sie die Pille nimmt und ihre Mutter Bescheid weiß. Da habe ich nicht weiter nachgefragt. Ich dachte, es passt." Ricarda seufzte. „Ein Fehler."

„Was ist denn passiert?"

„Winnie hat gelogen. Sie hat ihrer Mutter weisgemacht, sie sei bei einer Freundin. Irgendwann ist der Schwindel aufgeflogen. Daraufhin hat Sabine Sebastian und mich zur Rede gestellt. Was uns eigentlich einfalle. Dass das eine Sauerei sei. Winnie sei noch ein Kind und unser Sohn solle gefälligst seine dreckigen Finger von ihr lassen – so ähnlich hat sie sich ausgedrückt."

„Was habt ihr geantwortet?"

„Ich finde zwar, dass sie überreagiert hat, aber irgendwie habe ich sie auch verstanden und mir Vorwürfe gemacht. Wenn du eine Tochter hättest, wärst du nicht so sorglos gewesen, hab ich mir gedacht. Du hättest nicht ..."

„Und Sebastian?“

Ricarda machte eine wegwerfende Bewegung. „Du kennst ihn ja. Er hat Sabines Auftritt ins Lächerliche gezogen. Was sie denn habe, hat er gesagt, sie sei doch früher auch kein Kind von Traurigkeit gewesen. Außerdem würde ein Verbot nichts bringen. Weil wo ein Wille, da ein Gebüsch. So in der Tonart.“

„Mit dem Gebüsch hat er nicht ganz unrecht“, warf Bukowski vorsichtig ein.

„Ein blöder Spruch ist es trotzdem und sein Tonfall ... Sabine ist jedenfalls fuchsteufelswild geworden.“

„Ja, der ist nicht unsere Stärke, der Tonfall. Das muss in der Familie liegen“, sagte Bukowski.

„Mir gegenüber hat Sebastian später behauptet, Sabines Wut habe nichts mit Winnies Alter zu tun, sondern mit einer alten Familienfehde.“

„Was? Eine Fehde? Blödsinn, das wüsste ich. Ich war mit Sabine befreundet.“ Mit der Betonung auf *war*, dachte Bukowski, und dass Freundschaften aufrechtzuerhalten auch nicht zu den Stärken der Familie Guggenbichler gehörte.

„Wie ist es danach weitergegangen?“

„Die beiden haben sich danach nicht mehr getroffen. Daniel hatte lange daran zu knabbern. Winnie ist wirklich ein liebenswertes Mädel, eine zum Pferdestehlen. Zum Glück hatte er genug Ablenkung. Er war in der Schule gefordert, hat sich im Maturajahr nicht gerade leichtgetan. Nach der Matura hat ihn das Biologiestudium absorbiert. Im letzten Jahr hat er sich ab und zu mit der ein oder anderen Studentin getroffen. Nichts Ernstes. Aber das kann ja noch kommen.“ An dieser Stelle lächelte Ricarda für einen Sekundenbruchteil, dann fror das Lächeln ein. „Wenn er ... wenn er nicht ...“

„Daniel lebt!“, hatte Bukowski viel zu laut und viel zu schnell gesagt.

Und jetzt, als sie ins Auto stieg, wiederholte sie die zwei Wörter noch einmal für sich selbst.

Daniel. Lebt.

Sie musste nicht weit fahren, nur ans gegenüberliegende Ende von Prumbach, wo Sabine Schrettl wohnte.

Es schneite nicht mehr. Der Himmel hatte aufgeklart und Bukowskis Nase juckte. Nein, keine Vorahnung. Nur noch immer der lästige Schnupfen.

„In fünfzig Metern links abbiegen“, verlangte das Navi. Bukowski gehorchte und fand sich in der Werner-Pirchner-Straße wieder. Die Schrettl-Villa war ein ehemals stattliches, in die Jahre gekommenes Einfamilienhaus aus den Siebzigern. Das ursprüngliche Weinrot der Fassade war stellenweise zu einem hellen Rosa ausgebleicht und von Efeu überwuchert.

Auf ihr Klingeln öffnete eine weißhaarige Dame, die sich aufrecht hielt, als wäre ihr Kopf künstlich nach oben gebunden. Es war die Frau im Mantel, die Bukowski kürzlich an Eds Grab gesehen hatte, beim Entzünden einer Kerze. Eds Mutter.

Ingrid Schrettl kniff die Augen zusammen und schirmte sie mit ihrer Rechten ab. Blinzelte gegen das blendende Weiß des Schnees. Kein Erkennen spiegelte sich in ihrem Blick.

„Guten Tag Frau Schrettl, entschuldigen Sie die Störung am Sonntag.“ Bukowski stellte sich vor und zückte ihren Dienstausweis. Auch mit ihrem Namen konnte die alte Frau nichts anfangen, was Bukowski nur recht war.

„Polizei?“ Ingrid Schrettl erschrak wie die meisten Menschen, auch die mit einem reinen Gewissen. „Ist etwas passiert?“

„Nein, nein. Machen Sie sich keine Sorgen. Ich möchte gern mit Ihrer Enkelin sprechen. Winnie."

„Hat sie was angestellt?"

„Im Gegenteil. Es geht nur um ein paar Auskünfte, mit denen sie mir und meinen Kollegen womöglich helfen kann. In einer wichtigen Sache."

„Aber sie wohnt nicht mehr hier, sondern bei ihrer anderen Oma." Frau Schrettls Schultern sackten nach vorne. Vorbei war es mit der aufrechten Haltung, als hätte jemand einen unsichtbaren Faden durchtrennt. „Kommt nur noch in den Ferien her."

„Ach so. Dann bitte ich Sie um Winnies Adresse. Und die Handynummer."

„Sie hat kein Handy mehr. Das hat ihr ihre Mama abgenommen. Die jungen Leute machen ja nur Unfug damit, statt sich auf die Schule zu konzentrieren." Die alte Dame schnaubte. Aus der Tasche ihrer Strickjacke zog sie ein nagelneues Smartphone. „Und unsereiner kann nicht viel damit anfangen." Konzentriert tippte sie mehrmals darauf, schüttelte den Kopf, kicherte und besann sich schließlich aufs Wischen. Dann las sie die Zahlen einer Salzburger Festnetznummer vor. Bukowski speicherte sie ein.

„Alles in Ordnung, Mama?", fragte eine Stimme aus dem Hintergrund, die Bukowski unter Tausenden erkannt hätte. Sie fragte sich, warum sie ihre Besitzerin so lange verdrängt hatte.

„Hallo Bine", sagte sie und lächelte.

„Die Kripo", sagte Ingrid Schrettl und trat beiseite, um Platz für ihre Schwiegertochter zu machen.

Dann standen sie sich gegenüber, Bukowski mit ihren storchenhaften eins fünfundachtzig und Sabine, die seit ihrem vierzehnten Lebensjahr nicht gewachsen zu sein schien. Sie wirkte aber nicht mehr zierlich, sondern durchtrainiert. Im Übrigen war sie unverändert, bis auf ein paar haarfeine Fältchen um Mund und Augen und einige Silberfäden, die ihren frechen Bob durchzogen.

Sabines Mund klappte auf, kurze Zeit war sie sprachlos. „Carla? Du?“

Später, als Bukowski Bär von der Begegnung erzählte, erinnerte sie sich nicht mehr daran, was sie Sabine geantwortet hatte. Irgendetwas Banales wie: „Long time, no see“, oder so ähnlich. Was sich aber unauslöschlich in ihr Gedächtnis eingebrannt hatte, war das Gesicht von Eds Mutter. Oder besser gesagt die Veränderung darin. Ingrid Schrettls Wangen waren so bleich geworden, dass Bukowski befürchtete, sie könnte jeden Moment in Ohnmacht fallen. Die alte Frau wankte. Sie musste sich an ihrer Schwiegertochter festhalten.

„Ist sie das?“, zischte sie durch zusammengebissene Zähne.

„Reg dich nicht auf, Mama. Komm, ich bringe dich ins Wohnzimmer.“

„Ob sie das ist?“ Ihre Stimme klang befehlsgewohnt und war mit ihrer plötzlichen Gebrechlichkeit nicht in Einklang zu bringen.

„Am besten, du legst dich aufs Sofa, bis der Schwindel vorbeigeht“, sagte Sabine ruhig.

„Ist das die Guggenbichler-Tochter?“ Frau Schrettl schrie fast. „Die meinen Ed ...“ Der Rest ging in Schluchzen unter. Sabine gelang es, die Finger ihrer Schwiegermutter vom Türrahmen zu lösen und sie bestimmt, aber liebevoll ins Innere zu führen.

Bukowski folgte den beiden, schloss die Tür und wartete wie bestellt und nicht abgeholt im Flur. Eine gefühlte Ewigkeit. Bis das Schluchzen endlich verklungen war und Sabine wiederkam.

„Was fehlt ihr?“, fragte Bukowski.

„Du bist gut!“ Bine schüttelte den Kopf. „Kommst einfach hierher und ... Was willst du eigentlich?“

„Und wenn ich dich besuchen wollte?“ Sie blickte forschend in Sabines Gesicht, aber das Licht im Flur war zu schummrig, um irgendwelche Regungen auszumachen. „Wäre das so unverständlich, nach all den Jahren?“

„... in denen du mich und Ed so erfolgreich vergessen hast“, vervollständigte Sabine den Satz.

„Stimmt, ich hätte mich früher melden können. Aber du hast ja anscheinend auch nicht ...“

„Melden?“, fragte Sabine. „Melden? Nach allem, was passiert ist? Du hast Nerven!“

Bevor Bukowski sagen konnte, dass sie bis vor Kurzem nichts von Eds tragischem Tod gewusst hatte, hörte man wieder lautes Weinen aus dem Wohnzimmer.

Sabine öffnete die Haustür. „Ich bitte dich, geh! Du hörst ja, wie meine Schwiegermutter sich über deinen Besuch aufregt.“

„Keine Angst“, antwortete Bukowski. „Ich belästige euch nicht länger. Ich wollte nur mit deiner Tochter sprechen.“

„Winnie wohnt hier nicht mehr.“

„So weit war ich schon, danke.“ Winnies Telefonnummer hatte sie bekommen, die Adresse ließ sich auch auf anderem Weg herausfinden.

„Was willst du von ihr?“, rief Bine ihr nach.

„Ist beruflich“, hatte Bukowski im Weggehen gesagt und sich noch Stunden danach gefragt, woher dieser Hass kam. Der Hass, den sie in den Augen von Eds Mutter gesehen hatte. Hass auf sie. Aber warum? Sie war nicht diejenige, die sich etwas vorzuwerfen hatte. Sie war immer nur das Opfer gewesen. Bis sie mit vierzehn die Flucht ergriffen und das Leben in einem Wiener Internat ihrem Elternhaus vorgezogen hatte. Ist es das, was sie mir vorwerfen? Dass ich aus dem beengenden Kaff ausgebrochen bin, während sie den Absprung nie geschafft haben?

Auch Bär hatte keine Antworten auf ihre Fragen. Sie besuchte ihn am Nachmittag und freute sich, dass es ihm schon viel besser ging. Jedenfalls gut genug, um sich heimlich aus dem Klinikgelände zu schleichen und in der Konditorei gegenüber herumzulungern. Dort traf Bukowski ihn bei Cappuccino und Torte.

„Diese Ingrid Schrettl wird halt eine verhärmte alte Schachtel sein. Womöglich ein bisschen dement. Sie hat ihren Sohn verloren und hasst jetzt alle aus seiner Vergangenheit, die noch putzmunter sind. Das muss gar nichts mit dir im Speziellen zu tun haben“, schlug er vor.

„Schon gut“, sagte Bukowski. „Ist auch nicht so wichtig.“

Er erkundigte sich nach dem Fall. Gab es Neuigkeiten? Hatten Wurz und Konsorten etwas zu bieten, das die Entwicklung vorantrieb?

„Allerdings. Es gibt jetzt doch eine heiße Spur.“

Bär zuckte zusammen. Das Stück Malakofftorte, das er gerade zum Mund führen wollte, fiel von der Gabel und platschte auf den Tisch. Ein Sahneklecks landete auf Bärs Bademantel, auf dem sich unzählige Donald Ducks tummelten, und blieb auf einem Entenschnabel liegen. „Und das sagst du erst jetzt?“ Er unterdrückte ein Rülpsen. „Leg los!“

„Es wird dir nicht gefallen.“ Sie schnappte sich Bärs Serviette und wischte damit den Sahnepatzer weg. „Die Spur führt zu meinem Bruder Paul.“

Bär verdrehte die Augen.

„Sie haben Pauls Konten überprüft. Am Donnerstag, dem Tag von Daniels Entführung, wurden hohe Geldbeträge auf seine beiden Firmenkonten und ein Privatkonto überwiesen, insgesamt in etwa fünfhunderttausend Euro. Das Geld kam von Sabber-Heinzi."

Bär runzelte die Stirn. „Ja, gut. Aber ich verstehe nicht, was das beweisen soll? Dass Paul den Sabberer kennt und sich vermutlich Geld von ihm geliehen hat, wussten wir ja schon."

„Findest du die Übereinstimmungen nicht auch bemerkenswert? Dass der Zeitpunkt der Entführung mit dem Geldfluss korreliert und der geflossene Betrag mit der ersten Lösegeldforderung?"

„Denkt Wurz, dass Sabber-Heinzi und Paul gemeinsam hinter der Entführung stecken und das Geld damit Pauls Anteil ist? Als Gegenleistung für wichtige Informationen über Daniels Gewohnheiten?"

„Genau. Und er vermutet, dass Paul den Lockvogel gespielt und sich mit Daniel verabredet hat. Paul ist Daniels Taufpate. Die beiden haben sich bisher recht gut verstanden und öfter etwas unternommen. Paul war der letzte, der mit Daniel vor der Entführung telefoniert hat. Er hat zugegeben, dass es um ein Treffen ging. Angeblich wollte er mit Daniel ins Kino gehen, aber Daniel hatte keine Zeit."

„Aber mein Ex-Kollege hat gesagt, dass sich der gute Heinzi nur noch als Wucherer betätigt. Offensichtlich hat er Kohle ohne Ende, wenn er sie großzügig verleihen kann. Warum sollte er das Risiko einer Entführung eingehen?"

„Zwei Informanten von Wurz haben unabhängig voneinander ausgeplaudert, dass der Sabberer etwas plant. Einen großen Coup, bevor er sich endgültig zur

Ruhe setzen will, irgendwo in der Karibik. Denn das Geschäft mit dem Geldverleih sei rückläufig, heißt es."

„So, so." Bär verschlang den Rest seiner Torte, trank den Cappuccino aus und lehnte sich zurück. Er schloss die Augen.

Bukowski fragte sich, ob er eingeschlafen war, als der Zuckerflash offensichtlich Wirkung zeigte. „Wenn er einen großen Coup plant, warum hat er dann anfangs so eine bescheidene Summe verlangt? Eine halbe Million! Und wieso hat er sie im Vorhinein auf Pauls Konten überwiesen? Noch bevor irgendein Lösegeld geflossen ist?"

„Die niedrige Erstforderung hatte wohl den Zweck, die Kripo im Glauben zu lassen, sie hätte es mit Amateuren zu tun. Damit sie die Situation unterschätzt. Wurz meint, dass es vielleicht nicht bei den zwei Millionen bleibt."

Bär versuchte, sich mit dem Stiel der Kuchengabel unter seinem Nasenverband zu kratzen. „Und du?", fragte er. „Was glaubst du?"

Bukowski legte den Finger an die Delle in ihrer Nase, die durch jahrelanges Nachdenken entstanden war. „Mein Kopf sagt: Ja, wäre möglich. Möglich, dass sich Paul in seiner Verzweiflung und auch aus Enttäuschung über die mangelnde Hilfsbereitschaft seines Bruders mit Kriminellen eingelassen hat. Wenn ja, bereut er es sicher schon."

„Und dein Gefühl?"

„Wie schön." Bukowski grinste. „Du traust mir Gefühle zu!" Sie wollte lachen, fand ihren Witz aber nicht einmal selbst lustig. „Meine Nase sagt: Nein." Sie trank ihren Espresso, der schon kalt war, in einem Schluck aus. „Aber frag mich nicht, warum. Jedenfalls nicht, weil ich Paul so gern habe. Oder weil Blut angeblich dicker ist als Wasser."

„Schon klar", sagte Bär. „Vielleicht sagt deine Nase das nur, weil sie verschnupft ist." Er schob ihr eine

Packung Papiertaschentücher zu, weil ihre Nase tatsächlich wieder zu rinnen begonnen hatte und sie die Taschentücher im Auto vergessen hatte.

„Wie geht's jetzt weiter?"

„Ich werde weiter versuchen, Winnie Schrettl zu erreichen." Bis jetzt hatte sie nur den Anrufbeantworter des Salzburger Festnetzanschlusses besprochen und Winnie um einen Rückruf gebeten. Wenn Sabines Mutter ähnliche Gefühle für Bukowski hegte wie Sabines Schwiegermutter, war allerdings fraglich, ob Winnie je davon erfahren würde.

„Soll ich das übernehmen?", fragte Bär.

Sie einigten sich darauf, dass sie es beide versuchen würden.

Bär war froh um jede Beschäftigung. Er musste noch drei, vier Tage in der Klinik bleiben und langweilte sich jetzt schon. Und vielleicht hatte er als Außenstehender tatsächlich bessere Chancen.

„Was machen eigentlich die Tiroler Kollegen?", fragte er.

„Wurz lässt Sabber-Heinzi rund um die Uhr beschatten und er hat Paul zu einer Befragung ins Präsidium geholt. Seit heute Vormittag knöpft er ihn sich vor, zusammen mit einer blutjungen Kollegin."

„Guter Bulle, böser Bulle?"

Bukowski nickte. „Wurz ist der Gute."

„Klar." Bär lachte. „Das gebietet schon seine Fistelstimme."

„Sie hoffen, dass Paul sich in Widersprüche verwickelt und bald einknickt. Möglichst vor Dienstag, wenn die zweite Übergabe ansteht."

„Übermorgen ist es also so weit." Bär pfiff leise. „Mensch, in Krankenhäusern verliert man total das Zeitgefühl." Zum Abschied bat er Bukowski, ihn auf dem

Laufenden zu halten. „Lass uns einfach immer telefonischen Kontakt halten. Okay?“

Bukowski nickte.

„Nicken reicht nicht. Versprichst du es mir?“

„Versprochen“, fauchte sie. „Reicht das jetzt oder müssen wir es mit Blut besiegeln?“

25

Auf der Rückfahrt nach Prumbach suchten Bukowski die Gespenster der Vergangenheit heim. Sie hatten Fragen im Gepäck. Unangenehme Fragen.

Warum hasst Eds Mutter dich so? Was hat dich wirklich die Schule abbrechen und nach Wien gehen lassen mit vierzehn? Und warum erinnerst du dich an so vieles nicht mehr?

Ohne dass Bukowski es beabsichtigt hatte, fand sie sich schließlich am Friedhof von Prumbach wieder. Vor Oma Rosalbas Grab. Eine Schicht aus schwerem, nassem Schnee bedeckte die Kränze. Auch der unlängst bei Denise gekaufte Strauß lag unter seiner Last begraben. Bukowski wischte den Schnee weg. Die Zitronen waren abgefallen, die Orchideen zerdrückt, die japanische Pfingstrose erfroren, und die blaue Vase hatte einen Sprung. Der Schönheit des Ganzen tat das keinen Abbruch.

Bukowski dachte, dass sie jetzt gern mit ihrer Oma gesprochen hätte. Vielleicht hätte sie Antworten auf einige ihrer Fragen gehabt. Sie fischte eine Zündholzschachtel aus ihrer Hosentasche, bückte sich zu einer der herumstehenden Kerzen und versuchte, sie zum Brennen zu bringen. Es gelang ihr nicht, weil der Docht feucht war. Dass ihr trotzdem ein Licht aufging, mochte am Ratschen des Zündholzes liegen, am für Sekundenbruchteile wahrnehmbaren Schwefelgeruch oder an der Anwesenheit von Omas Geist.

Februar 1987

Es dämmert schon, als Carla Omas Schrebergartenhaus erreicht. Endlich allein. Sie hat nur eine knappe Stunde, aber diese Auszeit braucht sie dringend. Sie nimmt sich eine Zigarette aus ihrem Vorrat und raucht sie an.

Das Sommersemester ist zwar erst eine Woche alt, aber die hatte es in sich. Schon am ersten Schultag hat sie mit Bine gestritten. Weil Bine herausbekommen hat, dass sie mit Ed im Kino war. Sie sprach von Vertrauensbruch. Und obwohl alles vollkommen harmlos war, vermutete sie, dass weiß Gott was dahintersteckte. Natürlich war Carla selbst schuld. Sie hätte es ihrer Freundin gleich sagen müssen. Damals, im Dezember.

„Ich weiß, dass ihr herumgeknutscht habt", warf Bine ihr an den Kopf.

„Woher willst du das wissen?", fragte Carla, obwohl sie schon ahnte, wer als Urheber der Intrige in Frage kam. „Von Sebastian?"

„Und wenn schon. Warum sollte er sowas erfinden?"

„Damit er bessere Chancen bei dir hat, zum Beispiel?" Vielleicht auch nur, um seiner kleinen Schwester eins auszuwischen.

„Lenk nicht ab! Gib wenigstens zu, dass du in Ed verschossen bist."

Es wäre eine Lüge gewesen, das abzustreiten. Aber darüber zu schweigen, musste erlaubt sein. „Wir waren im Kino. Weil Eds Bruder sein neues Auto ausprobiert hat. Und weil noch Platz war, hat Ed mich gefragt, ob ich mitkommen will. Einfach so. Weil ich zufällig gerade da war."

„Du bist im Kino neben ihm gesessen."

„Ich bin auch neben Sebastian gesessen, weil es sich so ergeben hat. Wir haben uns nicht berührt, nicht einmal zufällig. Außerdem ist es zwei Monate her und seither haben wir uns nicht mehr gesehen."

„Wenn es so harmlos war, warum hast du es dann nie erzählt?", fragte Bine, und darauf hatte Carla keine Antwort.

Das Ergebnis des Streits war, dass Bine in Tränen ausbrach und Carla sich mies fühlte. Seither sitzt Bine neben Anni und tut so, als wäre Carla Luft.

Zwei Tage später hat Carla Bine nach der Schule mit Sebastian tuscheln sehen. Sogar einen Kuss hat er von ihr bekommen, flüchtig nur und auf die Wange – immerhin.

Am selben Tag lauerte Sebastian Carla im Bad auf. Er hob ihr Pyjamaoberteil hoch und wollte ihre Brüste anfassen. Über ihre Ohrfeige lachte er nur.

„Du bist vielleicht verklemmt! Eine echte Spaßbremse. Vor Ed rennst du auch dauernd weg, obwohl du in ihn verknallt bist. Solltest dir lieber was von deiner Freundin abschauen, die ist vielleicht heiß."

„Schön für dich", fauchte Carla und rannte angewidert hinaus.

Es schüttelt sie jetzt noch, wenn sie daran denkt. Sie braucht dringend eine zweite Zigarette. Dann schüttet sie Wasser aus dem Plastikkanister in den Uralt-Wasserkocher, den Bine kürzlich am Flohmarkt gekauft hat. Als die Welt noch in Ordnung war.

Während sie ihren Pfefferminztee schlürft, raucht und über alles nachdenkt, was in ihrem Leben schiefläuft, hört sie ein metallisches Schnappen. Das Türschloss? Im ersten Moment ist sie erschrocken, dann freut sie sich. Bine kommt! Vielleicht hat sie endlich erkannt, dass Sebastian ein Lügner ist. Vielleicht können sie wieder normal miteinander reden.

Als nichts weiter passiert, geht sie in den Vorraum und stellt fest, dass sie sich getäuscht haben muss. Niemand ist gekommen. Aber vor der Tür hört sie Geräusche. Ein Rumpeln. Ein Schleifen. Schritte.

Ein Einbrecher? Vielleicht ein Obdachloser, der nach einem Dach über dem Kopf sucht. Oder nach Lebensmitteln.

Sie hat nicht abgesperrt, das macht sie nie, sondern nur den Schlüssel innen steckenlassen. Verdammt! Jetzt fällt es ihr erst auf: Der Schlüssel ist weg!

Mit einem Sprung ist sie bei der Haustür und will sie aufreißen. Abgesperrt! Jemand muss leise die Tür geöffnet, den Schlüssel abgezogen und sie eingesperrt haben.

Zornig rüttelt sie an der Klinke. „Hey!", schreit Carla, „Was soll das?" Sie hämmert mit ihren Fäusten gegen das massive Holz.

Draußen hört sie jemanden flüstern. Dann Gekicher.

Jetzt weiß sie, mit wem sie es zu tun hat. Der Flüsterer ist Sebastian, der Kicherer Paul. Natürlich. Wer sonst käme auf so eine Idee? Ob Bine auch dabei ist, weiß sie nicht. Auf alle Fälle muss Bine Carlas Brüdern das Versteck verraten haben, weil sie die einzige ist, die es kennt. Um Carla den Kinobesuch mit Ed heimzuzahlen wahrscheinlich. Dabei kann Bines Liebe zu Ed doch gar nicht so groß gewesen sein, wenn sie jetzt mit Sebastian herumknutscht.

„Lasst mich raus!", ruft Carla. Sie sollte langsam hier wegkommen, wenn sie einen Anschiss von ihrer Mutter vermeiden will. Doch darauf haben ihre Brüder es vermutlich angelegt.

Sie verhandelt, aber niemand antwortet ihr. Nach einiger Zeit geht sie davon aus, dass Paul und Sebastian gegangen sind.

Sie versucht, gegen die Tür zu treten. Sinnlos. Das Holz ist massiv. Auch aus den Fenstern gibt es kein Entrinnen, denn sie sind von außen mit Brettern vernagelt, seit Oma das Haus an die Baufirma verkauft hat. Sie hat keine andere Wahl, als zu warten, bis ihre Brüder sie wieder herauslassen. Nach dem Abendessen werden sie wohl zurückkommen. Oder?

Carlas Magen knurrt. Sie friert. Es ist stockfinster. Sie hat zwar eine alte Taschenlampe, aber sie hat sie ausge-

knipst, um die Batterie zu schonen. Wer weiß, wie lange sie noch hier ausharren muss. Im Winter ist sie noch nie länger als eine Stunde im ungeheizten Schrebergartenhaus geblieben. Sie hüpft auf der Stelle, reibt ihre Arme, isst alle Kekse auf und wartet.

Sie wartet und raucht. Als sie die letzte Zigarette ansteckt, ist es einundzwanzig Uhr dreißig. Ihr dämmert, dass ihre Brüder heute nicht mehr kommen werden. Diese verdammten Idioten haben geplant, sie die ganze Nacht hier schmoren zu lassen. Morgen vor der Schule werden sie aufsperren. Aber bis dahin ist sie vielleicht erfroren. Sie spürt jetzt schon ein Kratzen im Hals.

„Denk nach", sagt sie in die Stille. Und da fällt ihr die Dachluke ein, eine viereckige Öffnung in der Decke. Sie springt auf, rennt in den hintersten und kleinsten der drei Räume, den Oma früher als Schlafzimmer genutzt hat, wenn sie übers Wochenende im Garten geblieben ist. In der Ecke hinter der Tür findet sie die lange Stange mit dem Haken am Ende, mit der sich der Lukendeckel öffnen lässt. Zuerst klemmt der Verriegelungsmechanismus, und sie muss fest rütteln, bis ihr der Deckel samt ausklappbarer Leiter entgegenfällt. Eine Wolke Staub vermischt mit Spinnweben regnet auf sie herab. Sie niest, aber für Zimperlichkeiten ist jetzt keine Zeit. Sie holt die Taschenlampe und steigt hinauf. Modergeruch schlägt ihr entgegen. Sie staunt darüber, was hier noch alles herumsteht. Als hätte Oma vergessen, den Dachboden auszuräumen. Vielleicht hat sie auch keine Verwendung mehr für die Sachen gehabt und gedacht, dass sich die Baufirma gefälligst um die Entrümpelung kümmern soll.

Carla findet eine uralte Seemannskiste, die müffelnde Stoffballen und alte Männerkleidung enthält, vermutlich von Opa. Daneben steht eine Kiste voller Gaskartuschen, wie Oma sie im Sommer zum Grillen verwendet hat. In einer weiteren Kiste sind leere Einmachgläser. Einige volle sind auch dabei. „Ribisel, 1973", hat Oma in ihrer schön geschwungenen Schrift auf das Etikett geschrieben. Und auf einem anderen steht: „Marille, 1972" – da war Carla noch gar nicht geboren.

Verhungern müsste ich nicht, denkt sie, freut sich aber weit mehr über den Inhalt der dritten Kiste: Gartenwerkzeug, zwar alt und verrostet, aber besser als nichts. Sie findet eine kleine Harke, eine Heckenschere und – eine rostige Axt.

Schwer liegt der Griff in ihrer Hand, als sie sich damit über das Dachbodenfenster hermacht. Zum Glück ist es nicht mit Brettern vernagelt, sie muss nur die Glasscheibe zerschlagen. Mit dem Rücken der Axt entfernt sie die Scherben so gut wie möglich.

Dann klettert sie auf die Seemannskiste und schlüpft durch die Luke aufs Dach. Ganz ohne Kratzer geht es nicht ab, ein paar spitze Scherben stechen durch ihre Hose. Aber sie schafft es hinaus. Jetzt muss sie nur noch die Dachrinne erreichen und sich an ihr hinunterhangeln. Dummerweise liegt auf den Dachziegeln eine hauchdünne Schicht Raureif. Schon beim ersten Schritt rutschen Carlas Füße weg, sie fällt hintenüber und schlittert auf dem Hintern übers Dach. Der Versuch, nach der Dachrinne zu greifen, geht ins Leere. Mit einem Schrei landet sie ausgerechnet in Omas Berberitze.

Sie erschrak. Hatte sie wirklich geschrien oder nur in ihrer Erinnerung? Sie bemerkte, dass sie am Boden hockte, am Fuß des Guggenbichlerschen Familiengrabes. Als sie sich aufrichtete, waren ihre Füße eingeschlafen. Und sie blutete, weil sie ohne es zu merken eine erfrorene Rose umklammert hatte.

Der kleine Film aus ihrer Vergangenheit war zu Ende, aber sie wusste, wie es weitergegangen war. Wie sie nach Hause geschlichen war, blutend, humpelnd, mit zerrissener Jacke, aber froh über die wiedergewonnene Freiheit. Und glücklich, dass zu Hause alle schliefen und sie von niemandem zur Rede gestellt wurde. In der Nacht bekam sie hohes Fieber. Eine Lungenentzündung. Sie musste im Bett bleiben und erfuhr erst Tage später von dem Drama: Omas Schrebergartenhaus war abgebrannt. Es hatte eine Explosion gegeben. Und Ed, ausgerechnet Ed war im Haus gewesen und hatte schwere Verbrennungen davongetragen. Er lag wochenlang in der Intensivstation der Innsbrucker Klinik, und es war lange nicht klar, ob er es schaffen würde.

Natürlich wurde der Brand untersucht, aber soviel Carla wusste, nur sehr oberflächlich. Keine Brandstiftung, hieß es. Carla hatte später gedacht, dass es wohl an den guten Beziehungen der Familie Guggenbichler zur Exekutive lag. Der älteste Bruder von Carlas Vater war damals ein hohes Tier bei der Gendarmerie gewesen.

Als Carla von dem Brand erfuhr, war ihr klar, dass ihre Brüder das Feuer gelegt haben mussten. Nur mit Glück war sie entkommen. Der Gedanke, dass sie ihren Tod wirklich in Kauf genommen hatten, schockierte sie. Dass Ed sich auch daran beteiligt hatte, war vielleicht die bitterste Enttäuschung. Damals packte sie ihre Sachen und zog zu Oma Rosalba. Die überredete sie, die Schule zu wechseln und nach Wien zu gehen. Mit viel Hartnäckigkeit überzeugte sie Carlas Eltern davon und setzte durch, dass Carla einen Platz in einem Meidlinger Gymnasium bekam, mitten im Semester. Allerdings musste Carla nochmals in die dritte Klasse gehen und in einem baufälligen Internat wohnen. Aufgrund ihres

Tiroler Dialekts hatte sie einen schweren Stand bei den Mitschülern. Aber das legte sich nach ein paar Wochen. Im Nachhinein betrachtet war es die beste Entscheidung in Carlas Leben gewesen.

Bukowski fröstelte. „Du hast mich nicht im Stich gelassen. Es war gut, dass ich weggegangen bin." Noch einmal versuchte sie, die Kerze zum Brennen zu bringen. Es gelang. „Danke, Oma", sagte sie und verließ den Friedhof.

26

Ihm ist heiß. Aber er weiß, dass er sich täuscht. Dass er sich auf keinen Fall ausziehen darf, weil er in Nullkommanichts erfrieren würde.

Einerseits hat er das Gefühl, dass die Zeit stehengeblieben ist, dass sie zu einem Stück Ewigkeit gefroren ist oder sich in Nichts aufgelöst hat und also gar nicht mehr existiert, andererseits denkt er, dass jetzt alles immer schneller geht. Die Wellen von Schmerz und Taubheit folgen schneller aufeinander, die euphorischen und die depressiven Stimmungen. Manchmal glaubt er, zwei Personen zu sein: Da ist Dani, der nie aufgibt, der aus jeder Situation etwas Positives macht und sich immer wieder ins Licht zurückkämpft. Und auch Inad ist da, der Schwere, Dunkle, der die Erde und die Nacht liebt. Dani will sich aufraffen und fliegen, Inad will sich fallen lassen und Dani mitziehen, sich auf ihn draufhocken, bis alles Licht verloschen ist.

Einer von beiden ist verrückt.

„Wir haben viel geschafft", sagt Dani. Und er hat recht, denn die Handfessel ist durchgenagt, die Fußfessel mit einem scharfkantigen Stein in mühevoller Arbeit zerhackt worden. Sogar der schlimmste Durst ist gestillt, weil das ferne Glucksen doch ein Einsehen hatte und sich finden ließ – eine flache Mulde im Felsboden, in die von oben Wasser tropft. Er hat sie ausgetrunken.

„Ein Tropfen auf dem heißen Stein", sagt Inad. „Es hat unseren Durst noch größer gemacht, und es wird Tage dauern, bis sich wieder ein Maul voll Wasser gesammelt hat."

„Halt die Klappe", sagt Dani. „Bis dahin sind wir frei."

Inad lacht. Das Lachen klingt furchtbar, sogar in Danis Ohren, und es geht in einen trockenen Husten über.

„Wir haben den Ausgang gefunden. Wir öffnen das Tor und gehen“, sagt Dani.

„Wir sind müde“, sagt Inad. „Wir können das Tor nicht öffnen, weil es zugesperrt ist. Wir können uns höchstens an ihm den Schädel einschlagen.“

Und er hat recht, denn seit Stunden – Tagen? – haben sie versucht, ein Loch in das Tor zu schlagen. Mit großen, kleinen, runden, spitzen, scharfen, harten, kantigen Steinen. Aussichtslos.

„Am besten wir ziehen uns aus und schlafen ein“, sagt Inad.

„Wir machen eine Pause, damit wir zu Kräften kommen. Und um nicht einzuschlafen, denken wir uns eine Geschichte aus“, sagt Dani.

„Von mir aus. Eine Gute-Nacht-Geschichte“, sagt Inad. „Und danach ziehen wir uns aus.“

Und Dani kontert: „Einen Blogeintrag, den wir posten, wenn wir wieder zu Hause sind.“

Kreucht, fleucht, pirscht, hirscht … Daniels tierischer Blog

Flauschige Fledermäuse – Irgendwann im Februar 2018

Was braucht der erfolgreiche Wissenschaftler? Die Grundvoraussetzungen sind: umfassendes Wissen, Kombinationsgabe, Spürsinn, Fleiß und Ausdauer. Dazu sollte sich Glück gesellen. Am besten eine riesengroße Portion davon, wie sie mir unlängst zuteilwurde, als mich jemand niederschlug und in einen dunklen Keller sperrte. Und später in einen noch dunkleren Berg! Jawohl, ihr habt richtig gehört. In den Stollen eines verlassenen Bergwerks. Nein. Eher in einen ehemaligen Bunker, in dem nach dem Krieg vermutlich eine Zeit lang Champignons gezüchtet wurden. Zumindest roch es so. Zum Glück dieser – für einen Fledermausforscher – inspirierenden Örtlichkeit kam noch das Glück der massenhaft vorhandenen Zeit, weil ich wertvolle Stunden nicht mit Essen, Trinken, Schlafen oder dem Handy vergeuden musste. Und was ergibt Glück mal Glück? Glück zum Quadrat natürlich. Und deshalb – tataa! – habe ich eine neue Fledermausart entdeckt.

Es handelt sich um einen Vertreter der Gattung Mausohren, der somit zur Familie der Glattnasen gehört. Ich habe mir erlaubt, ihm den Namen Gigantisches Winterplüschohr (Myotis Guggenbichleri) zu geben, im Hinblick auf drei seiner vielen Besonderheiten. Denn mit einer Flügelspannweite von einem Meter achtzig ist er nicht nur weit größer als die Australische Gespenstfledermaus, die bisher als größte Fledermaus der Welt galt, er stellt auch den Indischen Riesenflughund in den Schatten. Winterplüschohr deshalb, weil der Gute keinen Winterschlaf hält. Wozu auch? Seine riesigen Flügel sind mit dichtem, graubraunem Pelz in mehreren kreuzweise angeordneten Lagen bedeckt. Man muss sich das ein bisschen wie eine wattierte Jacke vorstellen. Auch die XXL-Ohren sind innen wie außen dicht bepelzt – quasi kanzlertaugliche Löffel in frostharter Plüschedition. Am erstaunlichsten sind freilich die Fressgewohnheiten von Myotis G. Das Kerlchen ist Vegetarier! Seine Vorliebe gilt den Weintrauben, vor allem wenn sie getrocknet und in Mehlspeisen wie Topfenstrudel, Semmelauflauf oder Kaiserschmarrn eingearbeitet sind.

Zur vegetarischen Ernährungsweise passt die pazifistische Einstellung. „Insekten sind Freunde", scheint das Motto des Gigantischen Winterplüschohrs zu sein.

Einzig das Paarungsverhalten ist noch weitgehend unerforscht, was an der Tatsache liegen mag, dass im

Bunker nur zwei Männchen angetroffen wurden, die einander nicht gerade mit Freundlichkeiten überschütteten.

Betrachtet man das Verhältnis von der Groß- zu den benachbarten Zehen, so lässt sich daraus ableiten, dass das Gigantische Winterplüschohr monogam ist und bereit, notfalls sehr lange auf die eine und einzige Gigantische Winterplüschohrin zu warten, der es gelingt, sein Herz auf ewig zu erobern.

In diesem Sinne: Der Plüsch und die Liebe, sie leben hoch...

... hofft euer Daniel

„War's das?", fragt Inad. „Können wir uns jetzt endlich fallen lassen?"

Aber Dani rafft sich noch einmal auf. Seine Hände umklammern einen großen, schweren Stein, mit dem er gegen das Tor anrennt. Er schlägt mit dem Stein auf das Metall ein, wieder und wieder, bis er mit blutigen Händen zusammenbricht. Reine Energieverschwendung, sinnlos, Inad spendet höhnischen Applaus.

Doch seltsam. Genau in dem Moment, in dem Dani seinen Wahnsinn einsieht und endlich bereit ist, sich seinem Zwilling unterzuordnen, passiert etwas.

Ein Raunen geht durch das Tor, als würde es erwachen. Es knackt und klirrt und scheppert. Und mit einem grässlichen Quietschen wird einer der beiden Flügel aufgestoßen.

Grelles Sonnenlicht, vom Schnee reflektiert, sticht in Daniels Augen. Schnell hält er seine Hände vor.

Als er sie langsam wegzieht, sieht er immer noch das grelle Weiß und davor einen schwarzen Schemen, von dem farbige Spiralen ausgehen.

Daniel blinzelt. Er kann es nicht fassen. Jetzt ist er also vollkommen verrückt. Oder tot? Denn wie es aussieht, ist sein Scherz Realität geworden. Das Gigantische Winterplüschohr steht vor ihm, die Flügel gespreizt, das Maul geöffnet.

Er senkt den Kopf. Erwartet, für seinen Frevel bestraft zu werden. Aber das Gigantische Winterplüschohr tut ihm nichts. Es versucht nur, zu kommunizieren. Es singt! Singt mit einer hohen Kinderstimme – Daniel versteht nicht, was. Erst als er sich vom ersten Schock erholt hat, erkennt er den Text: „... and learn to see, all your life – you were only waiting for this moment to be free. Blackbird fly ..."

Daniel kann nicht länger hinsehen, er muss die Augen vor dem grellen Licht schützen.

Als er sie wieder öffnet, ist der Schemen verschwunden, der Spuk vorbei.

„Du hast Fieber", sagt Inad. „Bildest dir Dinge ein."

„Aber so schau doch hin", sagt Dani. „Das Tor ist offen. Wir müssen nur die Flügel ausbreiten und losfliegen." Er hebt die Arme, bewegt sie wild auf und ab. „Take these broken wings and learn to fly", singt der, der verrückt ist.

„Forget these broken wings and learn to die", antwortet Inad. Immer will er das letzte Wort haben.

27

„Bist du sicher, dass du schon aussteigen willst?", fragt der Busfahrer.

Ich nicke.

„Aber sonst fährst du doch immer bis zur Endstation. Und heute wirklich nicht?"

Der Nachplapperer in meinem Kopf übernimmt. „Wirklich nicht", sagt er, damit der Busfahrer zufrieden ist. Ich könnte ihm erzählen, dass heute zwar Spürdichtag ist, dass ich aber nicht zu Spürdich gehe, weil es dieses Wort gibt, das Lilli mir erklärt hat: schwänzen. Lilli meint damit die Schule und dass sie auf den Mathetest verzichtet, aber ihre Eltern dürfen es nicht wissen, damit sie ihr kein Computerverbot aufbrummen.

Ich mag Mathe. Ich verzichte auf das achtmiese Lächeln und das Schulterngetätscheltätschel von Spürdich, und der Busfahrer darf es nicht wissen, damit er es Lassdas nicht verrät.

Von der dritten Bushaltestelle aus ist es noch ein ziemliches Stück zu gehen. Den Weg kann ich aufzeichnen, weil ich ihn mit Lassdas gegangen bin, damals, als ich noch klein war und das Auto kaputt, und wir mussten die Pilze füttern.

„Du hast ein Elefantengedächtnis", sagt der Lehrer Wilhelm immer, weil ich mir alles ganz genau merke, auch wenn es schon lange her ist und unwichtig. Aber ich verstehe nicht, was er mit unwichtig meint.

Ich zähle die Kreuzungen. Es sind acht, und acht ist mies, Kies, fies wie Brei aus Grieß, deshalb gehe ich noch einmal um eine Kreuzung zurück. Neun, zehn, zähle ich, und zehn ist nicht so gut wie sieben, aber okay. Als ich den Parkplatz überquere, sehe ich am anderen Ende das Angstmonster. Es schlenkert seine

Zottelarme und kommt näher. Es ruft etwas, aber ich habe die braunbärbraunen Ohrwärmer von Lassdas auf, die sind so plüschig, dass ich nicht hören muss, was das Angstmonster ruft. Meine Hand klammert sich um das Asthmaspray und ich beginne zu summen.

Ich summe das nachtblaue Lied von der verbotenen CD, Lassdas hat sie weggeworfen, aber ich habe sie aus der Mülltonne gerettet, damit sie in meinem Schrankversteck wohnen kann. Ich summe das nachtblaue Lied nur, wenn Lassdas gemein ist, weil ich sie damit zum Weinen bringe. Sie ist dann traurig und fühlt sich so achtmies, wie wenn bei mir Knallrot-Krawallrot und Matschspaghetti und Schultergetätscheltätschel an einem Tag zusammenkommen.

Ich finde das nachtblaue Lied siebenschön. Wenn ich es summe, werde ich mit jedem Ton größer, und das Angstmonster schrumpft, und aus meinen Schulterblättern wachsen großmächtige Flügel, die mir Luft zufächeln, so viel Luft, dass ich das Asthmaspray gar nicht brauche.

Diesmal ist Summen aber nicht genug, ich muss das nachtblaue Lied richtig singen. Ich singe es zum ersten Mal durch, während ich über den Parkplatz gehe, dann in den Wald, zum zweiten, dritten Mal, dann den Hügel hinauf, zum vierten, fünften Mal, bis vor die Felswand, zum sechsten Mal, bis vor das Maul des Tiefseefisches, das geschlossen ist, geschlossen und versperrt und verriegelt, aber ich habe den Schlüssel und singe das nachtblaue Lied zum siebten Mal, und meine Flügel sind wundergroßmächtig. Und dann geht alles wie von selbst.

Danach laufe ich. Ich laufe zurück, so schnell ich kann, ohne zu zählen, und der Bus ist pünktlich. Zu Hause wundert sich die Guglhüpferin nur, dass ich so schwitze, und sie macht mir Kakao mit Doppelhonig, weil ich vielleicht krank werde.

Und weil ich vielleicht krank werde, steckt Lassdas mich lange vor dem Müde-bin-ich-Känguru ins Bett.

Aber das ist siebengut, weil mir die Guglhüpferin noch zwei Schokobananen zusteckt, nagelneue Schokobananen, die sie erst heute gekauft hat, und es ist siebengut, weil mich der Filzkopf in Ruhe lässt und weil alle mich in Ruhe lassen und ich siebenhundertsiebenundsiebzigmal „Meisenwaisen" flüstern kann, ohne mich zu verzählen, und weil ich mir nach der siebenhundertsiebenundsiebzigsten Meisenwaise einen langlangen Wunsch wünsche: und zwar, dass der Meisenwaisenmann noch viele Meisenwaisen mit zermatschten Würmern füttern wird, und dass der Filzkopf kein Geld für ihn bekommt und allein dorthin fliegen muss, wo die Zigarren wachsen, und dass er nieniewieder zurückkommt, und dass ich hier bleibe mit Lassdas und der Guglhüpferin, und ab und zu kann meinetwegen Mirwurscht zu Besuch kommen, und dass alles so bleibt wie immer, und dass nieniewieder etwas Beunruhigendes passiert und ich mich nieniewieder achtmies, Kies, fies wie Brei aus Grieß fühlen muss.

28

Die Aufregung war groß am Dienstagmorgen.

Bukowski, die sich am Vorabend mit zwei Schlaftabletten in den Zwangs-Chill-Modus hinuntergefahren hatte, um ein paar Stunden Schlaf abzubekommen, begann schon um halb sechs mit ihrer Morgengymnastik: Sie bewältigte die Treppe abwärts plus fünf Schritte in den Garten, um zwei Aufwachzigaretten zu rauchen. Über Nacht war es kälter geworden, der Schnee knirschte unter ihren Füßen. Kreisky, der ihr gefolgt war, drehte gleich wieder um, um es sich vor dem Kamin gemütlich zu machen.

Nach dem ersten Nikotinschub begab sie sich in die Hightechküche, um den Kaffeevollautomaten anzuwerfen, aber der arbeitete bereits auf Hochtouren. Ricarda war schon wach. Nicht schon, noch, dachte Bukowski. So wie sie aussieht, ist sie gar nicht schlafen gegangen. Sie ließ sich einen doppelten Espresso herunter, setzte sich zu ihrer Schwägerin und prostete ihr zu. „Auf Daniel! Und darauf, dass du ihn noch heute umarmen kannst."

„Glaubst du, es klappt?"

„Ganz bestimmt."

„Und wenn sie sich einfach nicht mehr melden? Was machen wir dann?"

Sekundenlang fiel Bukowski nichts ein, was sie darauf antworten konnte. Als sie endlich den Mund öffnete, hatte sich die Antwort erübrigt. Ricardas Handy klingelte. Obwohl es unmittelbar vor ihr auf dem Tisch lag, war Ricarda in einer Art Schockstarre gefangen. Sie reagierte nicht.

Nach dem dritten Klingeln stupste Bukowski sie an. „Ricarda?"

Nach dem vierten Klingeln stürzte Sebastian herein. Er war noch nicht fertig angezogen und hatte Rasierschaum am linken Ohr. „Ricci! Geh dran!“, rief er, wartete aber nicht ab, sondern packte das Handy, wischte über das Display und hielt es an ihr Ohr.

In dem Moment, als die bekannte Mickymaus-Stimme zu hören war, fiel die Starre von Ricarda ab.

„Haben Sie das Geld?“

„Zwei Millionen in Fünfhundert-Euro-Scheinen, in einem schwarzen Aktenkoffer. Wie Sie es wollten. Wie geht es Daniel?“

„Um Punkt elf Uhr wird Ihr Mann sich mit dem Geldkoffer in seinen Porsche setzen und auf die Autobahn Richtung Kufstein fahren. Allein. Er soll sein Mobiltelefon mitnehmen und auf weitere Anweisungen warten.“

„Ja, natürlich. Kann ich mit Daniel sprechen?“

„Keine Polizei! Sie wissen, was sonst passiert.“

Der Anruf war zu Ende, da half es auch nicht, dass Ricarda Sebastian das Handy wegnahm, um es noch fester an ihr Ohr zu pressen.

Ricarda begann zu rotieren, vermutlich um ihre Nervosität zu bekämpfen. Sie holte den Koffer, der seit gestern Nachmittag bereitstand, und zählte den Betrag noch einmal nach. Ihre Hände zitterten, aber sie tat es vollkommen emotionslos. Das Geld – Bukowski hatte noch nie so viel auf einem Haufen gesehen – interessierte Ricarda nicht, sie zählte es nur, um sich zu vergewissern, dass alles seine Ordnung hatte. Dass sie jeden Punkt der Anweisungen genau befolgt und Daniels wohlbehaltener Rückkehr nichts in den Weg gelegt hatte.

Dann klappte sie den Kofferdeckel zu, überprüfte die Schlösser und strich mehrmals über das nagelneue Leder. „Versprichst du mir, dass du dich genau an die

Anweisungen hältst?“, fragte sie Sebastian, der sich inzwischen fertig angezogen und rasiert hatte.

Er nickte. Ein grimmiger Zug um seinen Mund verriet Entschlossenheit. „Diesmal wird nichts schiefgehen, dafür sorge ich.“ Er klopfte mit der Hand auf seine Hüfte, über der sich der beige Kaschmirpulli leicht ausbeulte.

Bukowski runzelte die Stirn. „Was hast du da?“

„Kleine Versicherung“, murmelte er in ihre Richtung, aber Ricarda war es nicht entgangen.

„Was für eine Versicherung?“

Er verdrehte die Augen und hob den Pulli an. Ein Holster mit einer Pistole blitzte hervor.

„Bist du verrückt?“, fragte Bukowski.

Ricarda stöhnte auf. „Was fällt dir ein? Willst du Daniel umbringen?“

„Verdammt, nein. Ich will mich schützen.“

„Zum Schutz hast du doch die kugelsichere Weste von Wurz.“

„Eine Waffe ist immer noch der potenteste Schutz. Und wenn nötig, werde ich die Entführer zwingen, Daniel freizulassen.“

Ricarda sprang auf. „Kommt nicht in Frage! Gib sie her!“

Bukowski versuchte, zu deeskalieren. „Ricci hat recht. Das ist Wahnsinn. Wenn sie die Waffe entdecken, gefährdest du Daniels Leben und deins. Kannst du überhaupt mit Waffen umgehen?“

„Was ist so schwer daran, eine geladene Pistole auf jemanden zu richten?“

„Nichts“, sagte Bukowski trocken. „Du bist tot, bevor du sie in Anschlag bringen kannst.“

Der Sebastianeffekt trat ein. Er wurde rot im Gesicht und begann zu schreien. Vermutlich, weil er selbst erkannte, wie naiv er gewesen war. „Dann macht doch euren Krempel selbst!“, schrie er, nahm das Holster ab, schmiss es auf den Küchentisch und stürmte in den Garten hinaus. Wenig später sah man hinter dem verschneiten Holunder ein Rauchwölkchen aufsteigen.

Ricarda begann zu weinen.

Bukowski strich ihr unbeholfen über die Haare. „Der kriegt sich schon wieder ein.“

„Er macht alles ... kaputt“, schluchzte Ricarda. „Mit seiner verdammten Sturheit!“

Ja, dachte Bukowski, die Sturheit. Auch so eine Eigenschaft, die alle Guggenbichlers im Übermaß mitbekommen hatten. „Wenn du willst, überbringe ich das Geld.“

Ricarda schnäuzte sich und reichte ihre Taschentuchpackung an Bukowski weiter, deren Nase auch schon wieder lief. „Aber sie haben doch extra verlangt, dass es Sebastian macht.“

„Ich bin gleich groß wie er. Mit seinem Hut und Mantel wird es auf die Entfernung gar nicht auffallen. Meine Stimme kommt dank Erkältung auch ganz gut hin. Und es geht ja nur darum, den Anweisungen zu folgen und den Koffer am richtigen Ort abzustellen. Sobald sie das Geld haben, ist ihnen alles andere unwichtig, darauf wette ich.“

„Du bist viel dünner als Sebastian.“

„Dann stopfe ich mich eben aus.“

„Hm“, sagte Ricarda, die allmählich Gefallen an der Idee fand. „Und die Haare könnten wir färben.“

Bukowski hielt das für übertrieben, da unter Sebastians Hut nicht viel von ihren kurzen Haaren zu sehen sein würde. Aber wenn es ihre Schwägerin beruhigte, warum nicht. „So machen wir es.“

„Ich helfe dir. Ich fahre rasch zum Drogeriemarkt und besorge die richtige Farbe.“

Gesagt, getan. Bukowski gesellte sich inzwischen zu ihrem Bruder auf die Terrasse, um ihn von dem neuen Plan zu unterrichten. Sie rechnete mit Widerstand, aber Sebastian war erleichtert. Er hatte tatsächlich Schiss gehabt! Was sie noch mehr erstaunte, war, dass er es ihr gegenüber zugab.

„Ich bin nicht mutig“, sagte er. „War ich noch nie.“

Sie nahm die Zigarette, die er ihr anbot, ließ sich Feuer geben und inhalierte gierig. „Ich weiß. Deshalb hast du dich auch bis heute nicht bei mir entschuldigt.“

Er hob die Brauen. „Wofür?“

„Für die Sache in Omas Schrebergartenhaus.“

„Ach komm, Carla! Wir waren Kinder! Es war ein harmloser Streich! Bist du wirklich so nachtragend?“

„Du warst sechzehn, Ed siebzehn. Fast erwachsen. Ihr habt mich eingesperrt und Feuer gelegt. Das nennst du harmlos? Ich hätte draufgehen können! Wolltet ihr das?“

„Was?“ Sebastians Pupillen weiteten sich. „Bist du von allen guten Geistern verlassen?“ Er imitierte einen Scheibenwischer. „Hast du wirklich alles verdrängt oder nach deinem Gutdünken zurechtgebogen?“

„Was denn zurechtgebogen?“

„Du weißt nicht, warum es gebrannt hat? Hat Mama dir das nie gesagt?“

„Unsere Mutter war heilfroh, dass sie mich endlich losgeworden ist. Dass Oma mich nach Wien geschickt hat. Seither haben wir nicht mehr besonders viel miteinander gesprochen. Vorher genau genommen auch nicht. Aber es war mir auch so klar, wie es gewesen sein muss.“

Sebastian lachte leise. Er sah sie an, mit diesen schönen, dunklen Augen, die er von Oma Rosalba geerbt hatte. „Wach auf, Schwesterherz. Wach auf!“

Und dann erzählte er seine Version der Ereignisse. Er hatte von Bine erfahren, wo Carla abhing, wenn sie allein sein wollte. Zusammen mit Paul hatte er sich einen Streich ausgedacht. Es ging darum, Carla einzusperren, damit sie ordentlich frieren und sich fürchten sollte. Und von den Eltern bestraft werden. Nach Mitternacht wollten sie sie befreien, deshalb hatte Sebastian sich einen Wecker gestellt. Als er sich auf den Weg machen wollte, entdeckte er Carlas dreckige Schuhe und ihr Rad, und er begriff, dass sie schon zu Hause war. Erst am nächsten Tag erfuhr er von dem Brand.

„Und Ed?"

„Er wusste, was wir vorhatten, und fand es nicht lustig. Er wollte es uns sogar ausreden."

„Wieso war er dann im Haus und wieso hat es gebrannt?", fragte Bukowski.

„Das musste ich mir auch erst zusammenreimen. Vermutlich wollte Ed nachsehen, wie es dir ging und dich rauslassen. Als er die Flammen sah, verständigte er die Feuerwehr, ging aber trotz ihrer Warnung selbst ins Haus. Der Schlüssel steckte ja außen, und Ed war sicher, dass du noch drin bist. Kurz darauf explodierten die Gaskartuschen, die Oma gebunkert hatte. Ed wurde von einem herumfliegenden Teil getroffen, verlor das Bewusstsein und erlitt schwere Verbrennungen und eine Rauchgasvergiftung. Er wäre fast gestorben, weil er dich retten wollte." Sebastians Kehlkopf hüpfte auf und ab. „Und ja, ich habe den Kontakt zu ihm aus Feigheit abgebrochen, weil ich ihm nicht mehr in die Augen sehen konnte."

Bukowski wollte an ihrer Zigarette ziehen und bemerkte erst jetzt, dass sie ihr aus der Hand gefallen und im Schnee verglommen war.

„Die Brandermittler fanden heraus, dass das Feuer vom Küchentisch ausgegangen ist. Es ist durch die offenstehende Dachluke nach oben gezogen, wo es haufenweise Nahrung fand. Wahrscheinliche Brandursache: eine vergessene oder schlecht ausgedämpfte Zigarette. Hilft dir das auf die Sprünge?"

Bukowski war erstarrt, aber in ihrem Gehirn ratterten die Räder. Bilder, Erinnerungen, Wortfetzen wirbelten durcheinander. War es so gewesen? Hatte sie ihre Zigarette vergessen? Aber sie hatte doch überhaupt keine Anzeichen von einem Brand bemerkt, als sie abgehauen war.

„Ich ... ich weiß es nicht. Ich wollte einfach nur raus. Und als ich es endlich geschafft hatte, bin ich nichts wie weg. Da war kein Feuer."

„Du meinst, du hast kein Feuer bemerkt, weil du andere Sorgen hattest. Klar. Niemand ist schuld. Und Vorwürfe machen Ed nicht mehr lebendig. Er war einfach zur falschen Zeit am falschen Ort. Nenn es Schicksal oder Zufall oder Vorsehung ..."

„Seine Mutter sieht das anders. Sie hasst mich. Und Bine denkt ..."

Sebastian lachte leise. „Bine denkt, dass du mit Ed im Schrebergartenhaus verabredet warst. Dass ihr dort Sex hattet und danach eingeschlafen seid. Dass deine Zigarette den Brand auslöste und du mit Glück davongekommen bist. Ed leider nicht."

„Was? Aber ..."

„Eine Lüge, ich weiß." Sebastian zuckte mit den Schultern. „Ich habe dieses Date erfunden, weil ich eifersüchtig war. Weil Bine nur Augen für Ed hatte und ich maßlos auf sie stand. Damals. Es hat sogar funktioniert, allerdings nur kurz."

„Aber irgendwann wird Ed ihr doch die Wahrheit gesagt haben."

„Das konnte er nicht. Er litt aufgrund seiner schweren Kopfverletzung an einer Amnesie und hatte keinerlei Erinnerung mehr an den Tag des Unglücks. Gut möglich, dass er es selbst geglaubt hat. Ed mochte dich nämlich sehr, auch wenn du es nie bemerkt hast."

Bukowski schluckte. „Wem hast du die Geschichte noch erzählt?"

„Nur unseren Eltern. Und ja, dafür hätte ich mich längst bei dir entschuldigen müssen. Jetzt also ganz hochoffiziell: Es tut mir leid, Carla. Aber wenn ich die Wahrheit gesagt hätte, hätte Papa mich halbtot geprügelt. Und dir hat es nicht geschadet, weil du das sinkende Schiff bereits verlassen hattest."

Sie stand da, keuchend und mit rasendem Herzklopfen, als wäre sie gerannt. Oder gerade von ihrem wiederkehrenden Albtraum erwacht. Und irgendwie war es ja auch ein Erwachen. Aus einem anderen Albtraum.

„Es war für alle das Beste. Du warst aus der Schusslinie und hast dich in Wien viel wohler gefühlt als bei uns. Die Polizei hat dich nicht belästigt, weil Papas Bruder das so geritzt hat. Und weil du krank warst und angeblich unter Schock standest. Und Eds Familie hat immerhin eine hohe Entschädigung bekommen. Die Baufirma, die die Schrebergartensiedlung aufgekauft hat, war ja gut versichert."

Bukowski war wie vor den Kopf geschlagen. Erst als Ricarda sie rief, fiel die Starre von ihr ab. Und sie bemerkte, dass ihre Rechte unwillkürlich die Zigarettenpackung zerknüllt hatte. So zerknüllt, dass nur noch Krümel herausrieselten.

„Kommst du Haare färben?", fragte Ricarda.

„Ja", sagte Bukowski mit Automatenstimme. Mit steifen Schritten ging sie ins Haus und war froh, dass die bevorstehende Geldübergabe ihr keine Zeit zum Grübeln lassen würde.

29

Obwohl Bär zum Wüstenfoto an der Wand blickte, sah er keine Düne vor sich, sondern ein weich geschnittenes Gesicht mit seelenvollen Augen. Seine Gedanken formierten sich zu etwas, das einem Seufzer nahekam, einem unhörbaren Seufzer, als die Tür aufgerissen wurde.

Schwester Britta platzte herein und warf einen Kontrollblick in die Runde. „Na, Jungs? Braucht ihr was?"

Ben, Bärs Bettnachbar zur Linken, hatte Kopfhörer auf und war so in die Übertragung eines Skirennens vertieft, dass er nichts mitbekam.

„Ein Packerl Tschick und ein Weißbier", sagte Mike, Bärs Nachbar zur Rechten.

„Kamillentee hätt ich zu bieten. Kommt farblich auch hin", erwiderte Britta.

Mike schielte auf den Plastikbeutel, der seitlich an seinem Bett hinunterhing. „Da wüsst ich noch was, was farblich hinkommt."

Bär blendete das Geplänkel aus und widmete sich wieder dem Gedanken an das seelenvolle Gesicht. Viereinhalb Tage waren vergangen, seit er es zum ersten Mal gesehen hatte. Viereinhalb Tage oder einhundertundacht Stunden – und kein Anruf.

„War ja klar", murmelte er tonlos in seinen Dreitagebart – an dem Carla schuld war, die alles Mögliche aus seiner Wohnung mitgebracht hatte, nur nicht sein Rasierzeug. Einen Augenblick überlegte er, ob er der passiven Warterei auf Dennis Anruf etwas Aktives entgegensetzen sollte. Quasi selbst anrufen. Was war denn schon dabei? Nur fragen, wie es ihr ging. Ganz unverbindlich. Ihm würde schon keine Perle aus der Krone fallen.

„Schmarrn!“, sagte er laut.

„Schmarrn gibt’s morgen Mittag“, sagte Schwester Britta. Sie hob das Zusatzkissen auf, das aus seinem Bett gefallen war, legte es auf den Besuchersessel und verpasste ihm einen Handkantenschlag. „Wenn sonst alles passt, geh ich wieder.“

„Tschüss“, sagte er und dachte, dass er schön die Finger vom Handy lassen würde. Weil ihm zwar keine Perle herausfallen, aber dafür die ganze Krone kaputtgehen würde. Nein. Eine Denise, die man nicht anrief, konnte einem auch keine Abfuhr erteilen. Und um nicht mehr ständig an sie zu denken, sollte er sich ablenken. Am besten durch Arbeit. Recherche!

Kaum stand das Wort Recherche vor seinem inneren Auge, stellte sich eine Idee ein.

„Britta?“

Sie war gerade über die Schwelle getreten, kam aber gleich wieder zurück. „Ja, mein Schatz?“

„Darf ich dich was Persönliches fragen?“

Da es ihm bisher nicht gelungen war, Winnie telefonisch zu erreichen und mehr über ihr Verhältnis zu Daniel herauszufinden, konnte er zumindest versuchen, mehr über ihre Mutter zu erfahren. Von Carla wusste er, dass sie Krankenschwester war, und er befand sich genau am richtigen Ort, um ein bisschen nachzubohren.

„Kennst du eine gewisse Sabine Schrettl?“

„Nie gehört“, sagte Britta. „Wer soll das sein?“

„Eine Kollegin von dir.

„Hier an der Klinik?“

„Ich weiß nicht, wo sie arbeitet.“

„Herzilein, du bist lustig. Glaubst du, ich kenne alle Krankenschwestern dieser Erde?“

„Eine Tirolerin. Aus Prumbach. Früher hat sie Kaserer geheißen. Bine Kaserer. In deinem Alter.“

„Hört, hört. Wie alt bin ich denn?“, fragte sie keck und wackelte mit ihren mütterlichen Hüften.

Auweia, da war es schon, das Fettnäpfchen: so unübersehbar wie unausweichlich. Er seufzte. „Fünfundvierzig“, sagte er. So alt war Carla. Sabine als ihre Schulfreundin konnte nicht weit daneben liegen.

Brittas Strahlen erfüllte den Raum. Glück gehabt! Sie war also deutlich älter und fühlte sich geschmeichelt. Leider änderte das nichts daran, dass sie Bine nicht kannte. Sie versprach aber, sich in der Kollegenschaft umzuhören.

Nach Brittas Abgang war es Zeit für die Visite. Anschließend wurde Bärs Rucksackverband erneuert, und zwar von der blutjungen Gabi, die das zum ersten Mal machte und sich daher nicht traute, ihn nur annähernd so fest zu spannen wie Britta gestern. Bär atmete auf. Ein halbherzig gespannter Rucksackverband mochte zwar die Heilung seiner Claviculafraktur nicht ganz so effizient unterstützen, für ihn bedeutete es aber ein Stück Lebensqualität. Zu guter Letzt nahm ihm Gabi noch den futuristischen Nasenverband ab, der Major Kottan vor Neid erblassen hätte lassen, und ersetzte ihn durch ein simples Pflaster.

Er war also in Hochstimmung, als Carla anrief.

„Gleich geht's los“, sagte sie. „Ich wollte dich nur auf dem Laufenden halten, wie versprochen.“

„Wer wird das Lösegeld übergeben? Dein Bruder?“

„So war's geplant. Aber nach reiflicher Überlegung sind wir übereingekommen, dass ...“

„Nein, sei still. Sag nicht, dass du dich angeboten hast.“

Bär lauschte, aber er hörte nur leise Musik im Hintergrund. Irgendetwas Atonales.

„Hallo? Warum redest du nicht weiter?“

„Du hast gesagt, ich soll still sein.“

„Mensch Carla, du hast doch schon das Menschenmögliche getan!“

„Hat bisher leider nichts gebracht.“

„Die werden doch sofort merken, dass du nicht Sebastian bist!“

„Du hast ja keine Ahnung! Schade, dass du mich nicht sehen kannst. Da Sebastian dicker ist als ich, haben sie mich unter seinem Mantel und unter der kugelsicheren Weste, die uns das LKA geliehen hat, ziemlich ausgestopft. Ricci hat mir die Sommersprossen weggeschminkt, die Haare gefärbt und mit viel Gel zurückgekämmt. Darüber kommt noch Sebastians Hut. Die Verwandlung ist ehrlich gesagt erschütternd.“ Sie lachte.

„Das ist überhaupt nicht lustig. Warum gerade du?“

„Du bist ja nur neidisch! Ich darf den heiligen Geldkoffer mit dem heiligen Porsche durch die Gegend kutschieren. Ganz schön schwer, übrigens. Hast du gewusst, dass zwei Millionen in Fünfhundertern fast viereinhalb Kilo wiegen?“

„Danke. Ich werde Krafttraining machen, bevor ich die nächste Bank überfalle. Weiß Wurz Bescheid?“

„Der ist in heller Aufregung. Sabber-Heinzi wurde abgehört, er hat etwas von einem großen Tag gesagt. Und vor zehn Minuten ist er mit zwei seiner Bodyguards aufgebrochen. Für Wurz ist das wie eine Bestätigung. Er hat seine erfahrensten Leute zur Verfolgung bereitgestellt. Diesmal bleiben sie hoffentlich unbemerkt.“

„Und wer folgt dir?“

„Niemand. Das hat sich meine Schwägerin ausbedungen, und ich kann sie verstehen. Aber über die Handyortung wissen sie natürlich, wo ich umgehe.“

Solange dir niemand das Handy abnimmt, dachte Bär und stöhnte innerlich auf.

„Ich muss los. Drück mir die Daumen, ja? Ciao, Bär.“

„Melde dich!", rief er schnell, aber sie hatte das Telefonat schon beendet.

Teufel. Er hatte ein ganz mieses Gefühl. Wenn er nur irgendwie helfen könnte! Wenigstens hinterherfahren. Sein Hirn funktionierte wieder einigermaßen, er erinnerte sich zwar nach wie vor nicht an seinen Sturz, aber die Kopfschmerzen waren weitgehend verschwunden. Und die angeknacksten Rippen und das gebrochene Schlüsselbein schmerzten zwar, aber mit Tabletten und Rucksackverband käme er schon über die Runden. Zum Autofahren müsste es reichen. Nur zu blöd, dass er noch bis übermorgen hierbleiben musste. Er war quasi ans Bett gefesselt.

Trottel, schimpfte er sich im nächsten Moment. Siehst du irgendwo eine Fessel? Nein? Also tu gefälligst, was ein Bär tun muss.

So edel die Absicht war, so sehr haperte es mit der Umsetzung. Er hatte es gleich mit drei feindlichen Mächten zu tun, als er in seine Hose schlüpfen wollte: mit seinem Kardinalschnittenspoiler, dem Morbus Parkinson und dem – trotz weniger fester Spannung – bewegungseinschränkenden Rucksackverband. Seine Zimmergenossen waren frisch operiert und noch unbeweglicher als er, die konnte er nicht um Hilfe bitten. Immerhin feuerte Mike ihn mit seinem Gelächter an. Als er schon aufgeben wollte, wurde die Tür aufgerissen. Schwester Britta rauschte herein.

„Hoppla, mein Herzblatt, wo soll die Reise denn hingehen?"

Er kam sich vor wie ein Schulbub, der beim Abschreiben ertappt wurde. „Nur ... ähm ... in die Cafeteria", log er.

„Na dann lass mich mal machen. So wird das nämlich nichts."

Mit ihren löwinnenhaften Pranken war das Anziehproblem im Nu gelöst.

„Danke, Britta!"

„Ja, ich weiß, ich bin die Beste. Und schau – sie wedelte mit einem Fresszettel vor seiner Nase herum – da steht die Handynummer von Rainer drauf. Rainer Zelenka, der kennt die Kollegin, nach der du mich gefragt hast. Die haben zusammen auf der Sonderstation Kardiologie gearbeitet."

„Britta, danke, das ist ..."

„Großartig beschreibt es nicht annähernd, das finde ich auch." Sie zwinkerte und klopfte ihm tatsächlich auf den Hintern. Mütterlich natürlich. „Dann ab ins Vergnügen, und bring mir einen Krapfen mit, ja?"

Als sie gegangen war, steckte er den Blister mit den Medikamenten, Geld, Papiere, Schlüssel und sein Handy ein. Die Reisetasche mit dem Rest würde er später holen.

Die Ernüchterung folgte noch im Lift. Sein Auto! Das stand noch immer auf dem Parkplatz der Große-Gugel-Bahn. Falls es nicht abgeschleppt worden war.

Du hast zwei Möglichkeiten, dachte er. Einen Freund anrufen oder ein Taxi nehmen. Aber das Taxi konnte er sich eigentlich nicht leisten.

Zum Glück erwischte er Hubsi sofort und zum Glück hatte Hubsi einen guten Tag. „Klar kannst du mein Auto haben. Wie lange brauchst du es denn?"

„Hoffentlich nicht länger als ein paar Stunden. Vielleicht den ganzen Tag. Kannst du es mir in die Klinik bringen?"

„Geht in Ordnung. Aber erst in einer halben Stunde. Ich habe noch zwei Kunden da, die Passfotos brauchen. Danach fahre ich los."

Eine Sorge weniger, dachte Bär. In der Wartezeit würde er seinen Blutzuckerspiegel in der Cafeteria auf

Vordermann bringen. Zucker kurbelt jedes Gehirn an, dachte er. Ein erschüttertes erst recht. Er verschlang zwei Topfengolatschen, trank einen Cappuccino und versuchte zweimal, Zelenka zu erreichen. Vergeblich. Er kaufte einen Vanillekrapfen und sorgte dafür, dass die Azubikellnerin ihn in den dritten Stock zu Schwester Britta brachte. Mit einem herzlichen Gruß.

„Soll ich ihr sonst was ausrichten?"

„Sag, dass es nicht an ihrem Charme liegt."

„Was denn?"

„Das wird sie dann schon kapieren."

Kurz bevor die halbe Stunde um war, rief er Carla an. „Wo bist du?"

„Diese Idioten lassen mich im Kreis fahren!" Sie klang wütend. „A 12 von Prumbach Richtung Kufstein war die erste Anweisung, bei Wörgl abfahren die zweite, dann hieß es: gleich wieder auf die Autobahn, zurück Richtung Innsbruck. Bis zur Ausfahrt Jenbach. Entweder sind das Chaoten, die nicht wissen, was sie tun, oder ..."

„Oder sie wissen es ganz genau", sagte Bär. „Melde dich, wenn du neue Instruktionen bekommen hast."

„Ich drücke dich weg, es sind nur noch siebenhundert Meter bis Jenbach."

Mensch Hubsi, mach vorwärts, dachte er.

Sein Handy vibrierte auf dem Kaffeetischchen.

„Carla?"

„Rainer Zelenka mein Name. Sie haben versucht, mich zu erreichen." Die Stimme des Krankenpflegers, der ein Kollege von Sabine Schrettl-Kaserer war, konnte man nur als krächzendes Flüstern bezeichnen. Es stellte sich heraus, dass er mit schwerer Angina im Bett lag und sich offenbar langweilte. Denn obwohl er sich mit dem Reden schwertat, plauderte er gern über „die Bine", nachdem Bär ihm verdeutlicht hatte, worum es ging.

„Die Bine ist wahrscheinlich die tüchtigste Kollegin ever“, sagte Zelenka. „Die packt an, ist total verlässlich, hell in der Birne und der beste Kumpel, den man sich vorstellen kann.“

Bär hörte heraus, dass Zelenka sich durchaus mehr mit Bine vorstellen konnte, außer ihr Kumpel zu sein.

„Und wie die ihr Schicksal gemeistert hat, das muss ihr erst jemand nachmachen. Da kann ich nur sagen: Fetter Respekt!“

„Sie meinen den Tod ihres Mannes?“

„Was heißt Tod? Krepiert ist der Ed. Krepiert! Eine arme Sau war das. Entstellt durch Brandnarben und ein körperliches Wrack wegen der Medikamente. Musste Schmerzmittel in Hochdosis nehmen, jahrelang. Schmerzen hat er aber trotzdem immer gehabt. Zum Schluss haben die Nieren versagt. Bine hat ihm eine gespendet, aber die hat sein Körper nach ein paar Monaten abgestoßen, und für eine zweite Transplantation war er dann schon zu schwach.“

„Hat sie ihn gepflegt?“

„Aufopfernd. Neben der Tochter und dem Job. Zum Schluss hat sie gekündigt und ist mit ihm nach Wien gezogen, weil es dort bessere Therapiemöglichkeiten gab. Das hat ihm aber auch nichts genützt.“

„Und nach seinem Tod ist sie zurückgekommen?“

„Nicht gleich. Anfangs war sie vollkommen fertig. Burnout, Trauer, Wut. Und eine schwierige Schwangerschaft.“

„Wie? Sie hat noch ein zweites Kind?“

„Einen Jungen. Max heißt er. Ist Ed wie aus dem Gesicht geschnitten. Aber während die Tochter, die Winnie, ein richtiger Sonnenschein ist, war der Max immer schon schwierig. Schwangerschaft schwierig, Geburt schwierig, erste drei, vier Jahre schwierig. Und dann die Diagnose Autismus natürlich erst recht schwierig – obwohl es angeblich eine milde Form von Autismus ist. Aber die Bine meistert jede Herausforderung. Sie liebt ihre Kinder. Und wenn sie die Kinder nicht gehabt hätte, wäre sie wahrscheinlich bis heute nicht aus dem Loch gekrabbelt, in das sie nach Eds Tod gefallen ist. Ein Jahr danach ist sie jedenfalls mit Winnie und Max wieder nach Tirol gezogen. Sie hat bis vor Kurzem in der Kardiologie gearbeitet und bei Eds Mutter gewohnt."

„Wieso hat? Was macht sie denn jetzt?"

„Sagen Sie, wofür brauchen Sie die ganzen Infos überhaupt?"

„Für meine Freundin Carla. Sie ist eine alte Schulkollegin von Bine. Die beiden haben sich aus den Augen verloren und ich wollte ein Treffen arrangieren, zu Carlas fünfundvierzigstem Geburtstag. Als Überraschung." Bär freute sich diebisch, weil er kaum lügen musste.

„Schöne Idee. Wird aber nicht billig, fürchte ich." Zelenkas Lachen mündete in einen Hustenanfall, der röchelnd ausklang.

„Teuer? Wieso?"

Es dauerte eine Weile, bis Zelenka wieder bei Atem war und weitererzählen konnte. Und als er endlich ausgeredet hatte, war es Bär, dem vor Überraschung die Luft wegblieb. „Sind Sie ganz sicher?", japste er.

„Hundertpro", versicherte Zelenka, und Bär hatte es plötzlich eilig, das Gespräch zu beenden und Carla über die bahnbrechenden Neuigkeiten ins Bild zu setzen. Sofort.

Doch es tutete ins Leere.

Vielleicht spricht sie gerade auf dem Handy ihres Bruders und kann deshalb nicht drangehen, dachte er. Er probierte es im Minutentakt. Nach dem fünften vergeblichen Versuch gab er auf.

Jemand hupte. Endlich, Hubsi war da. Und Hubsi erwies sich als wahrer Freund. Er überließ Bär seinen Honda – ohne große Umstände und vor allem ohne lästige Fragerei.

„Du hast was gut“, sagte Bär.

„Passt schon“, sagte Hubsi und nahm sich ein Taxi nach Hause.

30

Sakradi! Bukowski verdrehte genervt die Augen. Der Anruf des Entführers hatte sie keine dreihundert Meter vor der Abfahrt Jenbach erreicht. Nicht abfahren, hatte er befohlen. Auf der A 12 bleiben, Richtung Innsbruck.

Diesmal war der Anrufer ein Mann gewesen, der es nicht mehr für nötig hielt, seine Stimme künstlich zu verzerren. Jedenfalls ein anderer Anrufer als heute Morgen. Er sprach zwar gut Deutsch, hatte aber einen auffälligen Akzent, den sie nicht einordnen konnte. Außerdem war er ein Lispler, seine S klangen eher wie Sch. War das Sabber-Heinzi? Nach den Hintergrundgeräuschen zu urteilen, befand sich der Typ jedenfalls selbst in einem Auto.

Kurz vor Vomp klingelte Sebastians Handy erneut. Jetzt von der Autobahn abfahren, hieß es. Den nächsten Kreisverkehr bei der ersten Möglichkeit verlassen und in die Vomper Landesstraße fahren, dann rechts abbiegen in einen Weg namens „Dorf". Hinter dem am Fahrbahnrand abgestellten weinroten Chevrolet halten, den Motor abstellen und die Hände im Nacken verschränken.

Aha, dachte Bukowski, genau so ein Wagen hatte sie doch erst vor Kurzem überholt.

Sie tat wie geheißen. Da der Chevy getönte Scheiben hatte, konnte sie nicht erkennen, ob jemand drinsaß oder nicht. Als sie den Motor abwürgte, bemerkte sie, dass ihre Finger zitterten. Fünf doppelte Espressi und anderthalb Päckchen Zigaretten waren vielleicht doch nicht die beste Vorbereitung auf eine Aufgabe, die einen kühlen Kopf und ruhiges Blut erforderte.

„Macht nichts", murmelte sie. Kam bei den Entführern wahrscheinlich besser an, wenn sie nicht zu cool wirkte.

Bevor sie die Hände im Nacken verschränkte, nahm sie ihr Handy und steckte es in die Gesäßtasche. Das von Sebastian ließ sie am Beifahrersitz liegen.

Kurz darauf öffnete sich die Fahrertür des Chevy. Ein Mann stieg aus und sah sich um. Er war groß und kräftig, aber kein Muskelprotz, trug einen blauen Anorak, eine hellblaue Kunststoffbrille und ein Basecap über seinen Dreadlocks. Wie ein Bodyguard sah er nicht aus. Und Sabber-Heinzi selbst konnte es auch nicht sein, dafür war der Typ zu jung.

Seine Rechte hatte er in der Tasche des Anoraks vergraben.

Er hat also eine Waffe, dachte sie. Klar, damit war zu rechnen.

Er deutete ihr, das Fenster zu öffnen, und ließ sie einen Blick auf die Pistole werfen. Keine Spielzeugpistole, stellte sie fest, die Marke erkannte sie nicht. War auch egal.

„Herr Guggebichel?"

Sie nickte. Von Sabbern keine Spur, dachte sie, und dass es sich um den Mann handelte, mit dem sie telefoniert hatte. Er hatte Schwierigkeiten mit Sebastians Nachnamen.

„Wo ist Daniel?", fragte sie.

Der Typ antwortete nicht. Er öffnete den Koffer, murmelte: „Jeetje!", und schloss ihn wieder.

Jessas, dachte Bukowski. War das nicht holländisch? Jedenfalls hatte der Mann auch noch nie zuvor so viel Geld auf einem Haufen gesehen. Leider dachte er nicht daran, es zu nehmen und zu verschwinden. Sie musste mitkommen. Nur Sebastians Handy und der Porsche würden in Vomp zurückbleiben.

Er legte ihr Handschellen an und befahl ihr, sich in den Laderaum des Chevy zu legen. Die Handschellen befestigte er an einer im Boden eingelassenen Metallöse. „Wir fahren jetzt zu Ihrem Sohn."

Sie war überzeugt davon, dass der Holländer kein Bekannter ihres Bruders oder ihrer Schwägerin war. Er war einfach ein Krimineller, der es auf Ricardas Geld abgesehen hatte. Gut, dachte sie. Die Hoffnung, dass Daniel lebte und auch wieder freikam, wuchs. Bald würde sie mehr wissen.

Keine zehn Minuten nachdem der Chevy Fahrt aufgenommen hatte, vibrierte plötzlich das Handy in ihrer Hosentasche. Sie war nicht mehr dazugekommen, es auf stumm zu schalten. Jetzt konnte sie nur hoffen, dass der Holländer es nicht hörte. Zur Sicherheit hustete sie, um das Vibrieren zu übertönen. Dank ihrer Bronchitis fiel es ihr nicht schwer. Trotzdem war es vergeblich.

„God verdomme!", fluchte ihr Entführer. Er blinkte und hielt an. Die Tür zum Laderaum wurde aufgerissen.

„Her mit dem Handy!"

Hubsis Honda war klein, flott und bis zum Anschlag betankt. Bär dachte voll Dankbarkeit an seinen Freund und nahm sich vor, ihn vom Feinsten zu bekochen. Wenn alles vorbei war. Lachscarpaccio, Lasagne al Orso – sein ganz persönliches Spezialrezept – und zum Dessert Erdbeertiramisu. Die Bilder in seinem Kopf lösten ein sanftes Grollen aus, das ihn wohl auf ein beginnendes Hüngerchen hinweisen sollte.

„Zuerst wird gearbeitet", ließ er seinen Magen wissen.

Hubsis Navi fand die Werner-Pirchner-Straße in Prumbach auf Anhieb. Schöne Gegend, dachte Bär. Idyllisch. Hier war also die Höhle der Löwin. Zumindest war er nach dem Telefonat mit Zelenka davon überzeugt. Denn der gesprächige Krankenpfleger hatte ihm verraten, dass Sabine gekündigt hatte, schon im

November. Wegen einer Urlaubsliebe, hatte er gesagt und ziemlich enttäuscht geklungen. Jedenfalls plante die Gute einen Neuanfang in Kuba, am einunddreißigsten Januar war ihr letzter Arbeitstag gewesen.

„Eigentlich wollte sie letzte Woche schon fliegen“, so Zelenka. „Aber vor ein paar Tagen ist sie mir zufällig in der Apotheke begegnet. Sie hat erzählt, dass ihre Schwiegermutter krank geworden ist und sie deshalb die Tickets stornieren und den Flug um eine Woche verschieben musste. Heute oder morgen müsste es so weit sein.“

Das passt wie die Faust aufs Auge, dachte Bär. Erster Flugtermin wegen missglückter Geldübergabe storniert, zweiter Termin heute, mit einem Sümmchen von zwei Millionen im Gepäck. Kuba, das hieß Sonne, bester Kaffee und feinste Kakaobohnen – von Zigarren und Rum abgesehen, auf die Bär nicht so sehr stand. So war ein Neuanfang jedenfalls eine feine Sache.

Er parkte den Wagen am Gehsteig gegenüber und dachte nach. Eine Strategie musste her! Irgendeine Idee, die es ihm ermöglichte, sich im Haus umzusehen und vielleicht herauszufinden, wo Daniel festgehalten wurde. Er durchsuchte das Auto. Im Handschuhfach fand er zwei CDs. Als er sie sich näher ansah, blieb ihm vor Überraschung die Luft weg. Gleich zweimal Gunther Acajou, der ultrarechte Volks-Hip-Hopper. Bär war entsetzt. Er hätte nie erwartet, dass einer seiner ältesten Freunde diese Gesinnung teilte. Kein Erdbeertiramisu, beschloss er. Und Lasagne nur, wenn Hubsi eine gute Erklärung dafür hatte.

Für sein Vorhaben spielte das natürlich keine Rolle. Er nahm die CDs, betrat das Grundstück der Familie Schrettl und läutete.

Eine Frau öffnete, die in Carlas Alter sein konnte, obwohl sie jünger aussah. Attraktiv, aber gestresst und besorgt. Sie hatte einen Stapel Unterhosen unter dem Arm und ein Asthmaspray in der Hand.

„Ja?“, sagte sie und versuchte, ihn anzusehen, ohne auf seine Nase zu starren.

„Guten Tag, mein Name ist Ferdinand Bär. Frau Schrettl? Sabine?“

„Ich kaufe nichts und ich spende nichts. Ich habe überhaupt keine Zeit.“

Er schüttelte den Kopf. „Entschuldigen Sie die Störung, aber ich bin ein Freund von Rainer. Rainer Zelenka, Ihrem Kollegen.“

„Was ist mit ihm?“

„Krank ist er. Nichts Schlimmes, bloß Angina. Aber wenn man ein paar Tage zuhause bleiben muss, langweilt man sich, und der gute Rainer hat das genutzt, um ein bisschen aufzuräumen. Dabei hat er zwei CDs gefunden, die Ihnen gehören.“ Bär überreichte sie. „Und weil Sie demnächst nach Havanna fliegen, hat er mich gebeten, sie Ihnen zurückzugeben. Mit der Post nach Kuba, das ist bestimmt teuer, und womöglich kommt das Paket nie an, und ich war sowieso auf dem Weg nach Prumbach, also hat Rainer gedacht ...“

„Gunther Acajou?“, las Sabine und runzelte die Stirn. Bär freute es, dass sie auch ein bisschen angewidert schaute. „Die gehören mir nicht! Da täuscht er sich, der Rainer.“

Bär begann zu zappeln. „Es ist wohl schon länger her, vielleicht haben Sie es vergessen?“

„Nein, das wüsste ich. Wundert mich ja, dass Rainer sowas hört. Tja. Tut mir leid, dass Sie den Weg umsonst gemacht haben, aber ich muss jetzt wirklich ...“

Bär zappelte noch mehr. Er verlagerte das Gewicht von einem Fuß auf den anderen. „Mei, das ist mir jetzt wahnsinnig peinlich, Frau Schrettl. Aber ich muss ganz dringend aufs Klo. Darf ich bei Ihnen ...?"

„Was? Aber ..."

„Wissen Sie, ich habe Parkinson. Da geht es manchmal extrem schnell. Und ich möchte ja ungern in Ihren Garten ... Wie ein Hund ..."

„Na gut, kommen Sie herein." Sie trat zur Seite. „Im ersten Stock, die erste Tür links."

„Herzlichen Dank auch. Ich beeile mich."

Zuerst tat er wie geheißen. Im ersten Stock nahm er die erste Tür links, öffnete sie geräuschvoll, schaute kurz ins Bad, ohne es zu betreten, und schloss die Tür ebenso geräuschvoll. Auf Zehenspitzen schlich er weiter. Nur ein bisschen umsehen. Vielleicht entdeckte er etwas, das auf Daniels Anwesenheit schließen ließ. Die Tür des nächsten Zimmers stand offen, niemand war zu sehen. Auf dem Bett lag ein aufgeklappter Koffer, halbvoll mit Kleidern. Die Schubladen der Kommode gegenüber waren aufgezogen und gähnend leer. Bär ging weiter. Leise drückte er die Klinke des dritten Raumes nach unten. Eine Art Gästezimmer, das offenbar wenige Gäste erlebt hatte. Über dem Schlafsofa lag eine Tagesdecke, die Bücher im Regal sahen alt, aber ungelesen aus, ein verstaubter Hometrainer stand herum. Auf dem wird fast so viel gefahren wie auf meinem, dachte Bär, als er hinter sich ein Geräusch hörte.

Er schaffte eine halbe Drehung, erblickte ein grimmiges Dörrzwetschkengesicht und eine erhobene Krücke, die rasend schnell auf ihn zusauste.

Er ließ die CDs fallen, kam aber nicht mehr dazu, die Hand schützend vor sein Gesicht zu halten.

Dann: Schlag, Schmerz, Verlust des Gleichgewichts, Sturz.

Was folgte, hätte man am ehesten mit weißem Rauschen beschreiben können.

Das Vibrieren hatte aufgehört. Der Holländer hatte Bukowskis Handy aus ihrer Gesäßtasche gefischt, ohne ihre Handschellen aufzuschließen oder sie aussteigen zu lassen. Sie erkannte, dass er auf dem Pannenstreifen der Autobahn angehalten hatte. Die Warnblinkanlage war an, und ständig zischten Fahrzeuge an ihnen vorbei. Aber niemand interessierte sich für sie. Niemand verlangsamte die Fahrt oder blieb stehen.

Noch während er überlegte, was er mit dem Handy anfangen sollte, vibrierte es aufs Neue. Er wischte darüber und hielt es Bukowski ans Ohr.

„Carla?“ Noch nie hatte die Fistelstimme von Wurz so schrill geklungen.

Die Lippen des Holländers formten ein *Ja*, seine Pistole zeigte auf ihren Kopf.

„Ja“, sagte sie.

„Bist du noch unterwegs?“

Innsbruck, formten die Lippen.

„Ich fahre Richtung Innsbruck.“ Sie sprach abgehackt und doppelt so langsam wie sonst, in der Hoffnung, Wurz würde es auffallen.

„Ich wollte dich nur informieren, dass die Spur zu Sabber-Heinzi leider eine Sackgasse war. Wir sind ihm zu einem ehemaligen Hotel am Achensee gefolgt, das er kürzlich gekauft hat. Er hat dort mindestens fünfzig Automaten aufstellen lassen. Wollte offensichtlich ganz groß ins illegale Glücksspiel einsteigen. Na, daraus wird jetzt nichts. Aber mit der Entführung hat er jedenfalls nichts zu tun. Wie sieht's bei dir aus? Wie lautet die letzte Anweisung?“

Stubai, formten die Lippen.

„Ich soll ins Stubaital fahren“, sagte Bukowski.

„Ich schicke dir ein Team hinterher. Natürlich werden wir auf Distanz bleiben, versprochen. Halte mich auf dem Laufenden“, fistelte Wurz.

Verfluchter Mist. Er hatte nichts bemerkt.

Der Holländer beendete das Gespräch. Er wartete eine Weile, dann schleuderte er das Handy in hohem Bogen auf die Gegenfahrbahn. Bukowski konnte nicht sehen, wo es gelandet war. Vielleicht hatte er es auf einen Lkw-Anhänger geworfen, wie das von Daniel, und nun fuhr es Richtung Innsbruck. Vielleicht war es auch im Straßengraben gelandet. Egal, die Entführer hatten dadurch Zeit gewonnen.

Jetzt wandte sich der Typ ihr zu und musterte sie genauer. „Gute Verkleidung“, sagte er. „Carla also. Eine Polizistin.“

„Ich bin Sebastians Schwester. Ich vertrete ihn, weil ...“

Aber der Holländer war nicht scharf auf eine Erklärung. Er hatte es wohl eilig, die neuen Erkenntnisse weiterzugeben, und zückte sein eigenes Mobiltelefon. Allerdings kam er nicht dazu, etwas zu sagen, weil sein Gesprächspartner offenbar selbst etwas Aufregendes zu berichten hatte.

Bukowski spitzte die Ohren.

„Sie haben ... was?“ Er nahm die Basecap ab, warf sie auf den Boden und schüttelte seine Dreadlocks. „Wie ist das möglich?“ Nervös trat er von einem Bein aufs andere und sagte immer wieder: „God verdomme!“

Bukowski war sich nicht sicher, ob sie sich vorsichtig freuen durfte. Etwas war schiefgegangen bei den Entführern. Aber das musste nicht heißen, dass es sich positiv für Daniel oder sie auswirken würde.

„Bist du sicher? Keine – wie sagt man – Verwisselung?“

Bukowski überlegte. Verwisselung musste Verwechslung heißen. War Daniel entkommen? Aber warum sprach er dann von einer Verwechslung? Daniel hätte doch bestimmt gesagt, wer er war. Etwas Eisiges legte sich um ihr Herz. Daniel war tot. Sie hatten seine Leiche gefunden. Nur so ergab das Gesagte einen Sinn.

Der Holländer erkundigte sich, wie es weitergehen sollte. „Das Geld ist da, aber nicht der Guggebichel hat es gebracht, sondern eine Polizistin. Soll ich sie irgendwo absetzen?"

Negativ, dachte Bukowski. Denn schon wurde sie grob zu Boden gedrückt, die Laderaumtür wurde geschlossen und die Fahrt ging weiter. Garantiert nicht Richtung Innsbruck, wie Wurz nun glaubte, sondern weiter ins Unterinntal. Irgendwann würde der Schwindel auffliegen, doch bis dahin konnte noch viel Wasser innabwärts fließen. Furchtbar viel Wasser.

Bukowski versuchte, eine erträgliche Position zu finden, und malte sich aus, was weiter passieren würde. Was hatten die Entführer mit ihr vor? Falls man wirklich Daniels Leiche gefunden hatte, wurde sie vermutlich als Geisel gebraucht, bis die Entführer samt Geld in Sicherheit waren. Dann würden sie sie wohl freilassen.

Ihre Nase kitzelte. Sie musste niesen. Vermutlich lag es am Staub. Am Staub oder an ihrer Erkältung.

Oder an einer Vorahnung, dass alles viel schlimmer kommen würde, als sie es sich auch nur ansatzweise vorstellen konnte.

Als Bär erwachte, fühlte sich sein Kopf an wie in den ersten Stunden nach seinem Skiunfall. Jemand schien durch sein rechtes Ohr Luft in sein Gehirn zu pumpen, heiße Luft, bis sein Schädel platzte. Er war schon kurz davor.

Aber interessant: Seine Erinnerung war zurückgekehrt. Er erinnerte sich plötzlich haargenau an seinen Skiunfall, sah ihn wie einen Film ablaufen. Und auch was in der Villa Schrettl passiert war, wusste er noch. Die weißhaarige Dörrzwetschke, die ihn niedergeschlagen hatte, musste Eds Mutter sein. Die Frau, die Carla so außerordentlich hasste. Ihretwegen und wegen seines Rucksackverbandes lag er so hilflos am Rücken wie Kafkas verwandelter Gregor Samsa. Als er knapp neben seinem malträtierten Ohr Stimmen hörte, fürchtete er, wahnsinnig geworden zu sein. Zum Glück erkannte er rasch, dass es sich um reale Stimmen handelte, und verbot sich, zu stöhnen, zu blinzeln oder überhaupt irgendetwas zu tun.

„Mama, was hast du getan?", sagte die jüngere Stimme. Sabine.

„Der hat hier rumgeschnüffelt! Ausgerechnet jetzt! Wieso hast du ihn hereingelassen, und wer ist das überhaupt? Ein Bulle?"

„Nein. Die stellen bestimmt keine Parkinsonkranken ein."

„Woher willst du wissen, dass er krank ist?"

„Das sieht man. An der eingefrorenen Mimik und an den Trippelschritten. Ist er tot?"

„Hoffentlich", sagte die alte Schrettl.

Bär war so schockiert, dass er sich fast verraten hätte. Er hörte, wie sich jemand hinkniete und über ihn beugte, und bemühte sich, den Atem so flach wie möglich zu halten. Doch die Person griff nach seinem Handgelenk und fühlte den Puls.

„Nein, der ist nur ohnmächtig."

Wie dumm von mir, dachte er. Eine Krankenschwester kannst du nicht täuschen.

„Was machen wir mit ihm?"

„Wir lassen ihn da und sperren zu. Was sonst?"

„Du musst ihn erschießen. Und dann verfrachten wir ihn in den Bunker."

Bine lachte auf. „Den willst du verfrachten? Nicht mal, wenn Henk uns hilft. Der wiegt doch bestimmt anderthalb Zentner."

Frechheit, dachte Bär. Er hatte im Herbst zwei Kilo abgenommen und brachte nur noch einhunderteinunddreißig auf die Waage.

„Dann lassen wir seine Leiche hier."

„Erstens kann ich ihn nicht erschießen, weil Henk die Pistole hat. Außerdem ist er sowieso ein armes Schwein."

Danke für die Blumen, dachte Bär. Immerhin hatte Sabine Schrettl noch einen Funken Menschlichkeit in sich, zum Unterschied von ihrer verbitterten Schwiegermutter. Trotzdem hasste er sich für seinen dicken, ungelenken Körper, der es nicht einmal mit einer alten Megäre aufnehmen konnte, noch weniger mit einer alten und einer mittleren.

„Nein, ich weiß was Besseres. Wir nehmen ihm das Handy weg, sperren ihn ein und gut ist's."

Schon durchstöberte Sabine seine Taschen. Es kitzelte. Reiß dich zusammen, dachte er. Zum Glück wurde sie rasch fündig. Es knirschte, offensichtlich trampelte sie auf seinem Handy herum. Dann öffnete sie das Fenster. Auch ohne es zu sehen, wusste er, dass sie es in den tief verschneiten Garten warf.

„Was tust du da? Warum hast du es nicht einfach mitgenommen?"

„Damit uns die Polizei orten kann? Bis ihn hier jemand findet, sind wir längst über alle Berge."

„Und wenn er aus dem Fenster um Hilfe ruft?"

„Lass ihn rufen, bis er heiser ist. Wer soll ihn hören? Die alte Huberin ist stocktaub und die Familie Brunner auf Skiurlaub."

„Und wenn er springt?"

„Bricht er sich beide Beine. Aber keine Angst, er wird sich hüten."

Gut zu wissen. Er nahm sich vor, seine ganze Energie auf das Zertrümmern der Zimmertür zu richten, sobald er allein war. Wenn er nur wüsste, wo dieser Bunker war, den sie erwähnt hatten. Daniel musste dort sein, und nicht, wie er vermutet hatte, in diesem Haus.

Endlich entfernten sich die Schritte, der Schlüssel drehte sich im Schloss. Bär betastete seinen Kopf und erlaubte sich ein Stöhnen. Er strampelte mit den Beinen und schaffte es, sich aufzusetzen. So blieb er, bis der Schwindel sich legte.

Zum Glück hatte die Alte ihn seitlich erwischt und nicht dort, wo er vor wenigen Tagen mit dem Baum kollidiert war. Ihm war ein bisschen übel. Zucker wäre gut, dachte er. Ein Krapfen oder ein Schokomuffin oder ein klitzekleines Marzipankartöffelchen. Und – oh Wunder – der Gedanke an diese Köstlichkeiten evozierte Bilder, diese Bilder führten zu einer Geschmackserinnerung, und der wiederum gelang es, ihm das nötige Energieplus zu verleihen, das ihn auf die Füße brachte.

Er trat ans Fenster, ging hinter dem dunkelgrünen Seitenteil des Vorhangs in Deckung und spähte durch das weiße Netz der Stores. Sabine hatte ihr Auto – einen gelben Opel – in der Ausfahrt geparkt und hievte gerade einen Koffer in den Kofferraum. Ein zweiter Koffer und zwei Rucksäcke waren bereits drin. Sie schloss den Kofferraumdeckel und drehte sich um.

Bär zuckte zurück, aber sie hatte nicht in seine Richtung gesehen, sondern zur Haustür.

„Mama? Max?“, rief sie.

Alte Fenster, dachte Bär. Er konnte sie gut hören.

Jetzt rückte die alte Frau Schrettl ins Blickfeld. Sie zog einen Jungen mit sich, der sich sträubte.

Aha, dachte Bär. Da haben wir also Max, von dem Zelenka gesprochen hatte. Wie hatte er ihn genannt? Ein schwieriges Kind? Ein Autist und Asthmatiker, dachte Bär. Vielleicht zehn, elf Jahre alt.

Max riss sich von der Hand der Oma los und rannte zu seiner Mutter, die versuchte, ihn zum Einsteigen zu bewegen. Aber Max ließ sich einfach in den Schnee fallen. Sein Oberkörper pendelte rhythmisch vor und zurück, bei jeder Bewegung sagte er etwas. Ein und dasselbe Wort, immer wieder.

Bär konnte es nicht verstehen.

„Das ist zu groß zum Mitnehmen“, sagte Sabine. Sie versuchte, ihn an den Armen hochzuziehen, aber er schrie nur noch mehr.

„Also gut.“

Die Pendelbewegung wurde kleiner, der Junge beruhigte sich.

„Dann geh in dein Zimmer und hol es.“

„Soll ich mitkommen?“, fragte die Dörrzwetschke, aber Sabine winkte ab und Max war schon davongeflitzt. Vermutlich hatte er sein Lieblingsplüschtier vergessen.

Bär verließ seinen Aussichtsplatz am Fenster nicht. Er sah, wie Bine ihr Handy hervorholte und telefonierte. Sie wirkte dabei aufgeregt. Fahrig. Es waren keine erfreulichen Nachrichten, die sie zu berichten hatte. Die Dörrzwetschke nahm am Beifahrersitz Platz.

Als sich kurz darauf der Schlüssel im Schloss seines Gefängnisses drehte, war Bär überrumpelt. Schon wurde die Klinke nach unten gedrückt und die Tür vorsichtig geöffnet. Dann stand ihm der Junge gegenüber. Er hielt ein uraltes Radio unterm Arm, starrte haarscharf an Bär vorbei und murmelte etwas Unverständliches. Nein, er sang.

„Hallo, Max!“, sagte Bär. „Keine Angst, ich tu dir nichts.“

Aber die Augen des Jungen wirkten nicht ängstlich, sondern hellwach und klug. Nur den direkten Blickkontakt mied er. Er sang weiter, leise, ein bisschen schief, aber eine bekannte Melodie. War das nicht ein Jazzstandard? Den Text verstand Bär nicht. Es hörte sich an wie „Silvio, lass Ari weg“. Sinnlose Wörter. „Drei, zehn, Silvio, lass Ari weg!“

Bär schielte aus dem Fenster, sah, dass Sabine langsam nervös wurde und nach ihrem Sohn rief. Gleich würde sie ihm hinterherkommen.

„Ich glaube, die Mami ruft dich. Solltest lieber wieder runtergehen“, sagte Bär. „Damit sie nicht böse wird.“

Der Gesang brach ab. Für einen Sekundenbruchteil trafen sich ihre Blicke. In den großen blauen Augen des Jungen stand eine Bitte. Als hätte er etwas auf dem Herzen, das er nicht auszusprechen wagte.

Bär lächelte ermutigend. Ein hauchzartes Lächeln flog auch über die Lippen des Jungen und war so schnell vorbei, dass Bär es sich vielleicht nur eingebildet hatte.

Wie ein kleiner Roboter drehte Max sich um, schloss die Tür, ohne sie wieder abzusperren, und lief hinunter. Keinen Augenblick zu früh.

Bär beobachtete, wie Max samt Radio auf die Rückbank des Wagens kletterte. Sabine startete den Motor.

„Schnell!“, spornte er sich selbst an. Er musste hinterher, zum Bunker, denn bestimmt war Daniel dort gefangen.

Aber so sehr er sich beeilte, der gelbe Opel war bereits außer Sicht, als er endlich in Hubsis Honda saß. Er hatte keine Ahnung, wohin er sich wenden sollte. Schade, dass der Junge nichts gesagt hatte. Irgendwie war es ihm so vorgekommen, als hätte Max ihn absichtlich befreit. Als erwarte er, dass Bär etwas für ihn tat.

Der will nicht weg aus seiner gewohnten Umgebung und hofft, dass ich seine Mutter aufhalten kann, dachte Bär. „Warum hast du nicht gesagt, wo ihr hinfahrt, anstatt irgendwas Sinnloses zu singen?“ Er haute wütend aufs Lenkrad. „Silvio, lass Ari weg, so ein Schmarrn!“

Plötzlich erstarrte er. Was, wenn es gar kein Schmarrn war? Wenn er hier der Begriffsstutzige war?

Einen Versuch war es wert. Er fuhr rechts ran und gab ins Navi ein: *silvio la...* Das genügte. Schon konnte er im Pull-down-Menü lesen: *Prumbach, Sylvio-Lazzari-Weg.*

Das Navi fragte nach einer Hausnummer.

Drei oder zehn? *Dreizehn*, tippte er.

„Mensch, Max, du bist ein Genie.“

31

Endlich kam der Wagen zum Stillstand. Keinen Augenblick zu früh, sonst hätte Bukowski sich doch noch übergeben müssen, wegen des Benzingeruchs und der vielen Kurven im letzten Streckenabschnitt – und weil sie starke Kopfschmerzen hatte. Am Morgen hatten sie sich angepirscht und zwischen den Augenbrauen Stellung bezogen, um den günstigsten Ausbruchsmoment abzuwarten.

Der Holländer stieg aus. Sie konnte zwar nicht hinaussehen, hörte aber, wie die Autotür eines anderen Autos geöffnet und wieder zugeschlagen wurde, wie zwei Menschen sich küssten und dann leise miteinander sprachen.

„Wie konnte das passieren?"

„Keine Ahnung. Ich habe zugesperrt und den Schlüssel in meine Handtasche getan. Das weiß ich genau. Aber als ich vorhin nachgesehen habe, war er nicht mehr da. Das Tor stand offen und der Schlüssel steckte außen."

Bukowski kannte die Stimme. Kannte sie gut. Sie hatte sie erst kürzlich gehört, nach vielen Jahren der Abwesenheit. Ihr Hirn weigerte sich aber, den Namen der Frau zu denken.

„Potverdorie! Das gibt's doch nicht!"

„Ich kann's mir auch nicht erklären. Er muss mir nach meinem letzten Kontrollbesuch aus der Tasche gefallen sein, als ich das Asthmaspray für Max herausgekramt habe. Allerdings frage ich mich, wer ihn an die Tür gesteckt und aufgesperrt hat. Hier kommt doch niemand her! Niemand weiß von diesem Bunker."

„Vielleicht hast du doch nicht zugesperrt? Weil Max einen Anfall hatte?"

„Hm, vielleicht. Ist jetzt auch schon egal. Er ist jedenfalls weg. Er muss ziemlich neben der Spur gewesen sein, weil er auf die Autobahn gelaufen ist. Er wurde angefahren, letzte Nacht."

Verdammt, dachte Bukowski. Daniel, du sagenhafter Unglücksrabe!

„Lebt er?"

„Noch. Ist aber fraglich, ob er durchkommt. Oder ob er aus dem Koma aufwacht. Sagen kann er nichts, und bisher wissen sie nicht, wer er ist. Um ein Uhr haben sie im Regionalsender ein Bild von ihm gezeigt. *Wer kennt diesen Mann?* Sie haben ihn auf Ende dreißig geschätzt. Sein Gesicht ist so schwer verletzt, dass er eigentlich nicht zu erkennen ist."

„Trotzdem. Wir verschwinden sofort."

„Gleich. Zuerst will ich mir die Polizistin vorknöpfen." Die Stimme der Frau, an deren Namen Bukowskis Gehirn nicht denken wollte, wurde lauter. Als wollte sie von Bukowski gehört werden.

„Wozu? Wir verfrachten sie in dein Auto und fesseln sie ans Lenkrad. Ihr drei steigt um in den Chevy. In zwei Stunden sind wir am Münchner Flughafen. Hauptsache, wir haben das Geld. Damit können wir ..."

„Geld, Geld! Immer geht's bei dir nur ums Geld, Henk! Mir geht's darum, meine Familie zu schützen. Vor allem Winnie."

„Winnie ist in Salzburg bei deiner Mamsch gut ... wie sagt man ... bewahrt?"

„Sie ist gut aufgehoben, ja. Aber Mamsch kann nicht so auf sie aufpassen, wie ich es mir vorstelle. Und ich habe das Gefühl, ich lasse Winnie im Stich, verstehst du?"

„Tust du nicht! Winnie könnte doch mitkommen nach Kuba, aber sie will ja nicht."

„Sie soll zuerst die Schule fertig machen. Aber danach …“

„Wenn sie herausfindet, was du mit ihrem Schatz gemacht hast, wird sie nie mehr zu dir kommen. Du hast ihn fast totgeschlagen.“

„Ich hatte keine Wahl! Ich musste dafür sorgen, dass er sie in Ruhe lässt. Ein für alle Mal!“ Die Frau schrie jetzt.

Und da war er, der Name. Als hätte ihn jemand mit roten Lettern in Bukowskis Gehirn gesprüht: *SABINE*.

„In den Weihnachtsferien hat sie sich mit ihm getroffen, trotz meines Verbots. Ich habe ihr das Handy weggenommen. Aber Mamsch hat ihr ein Wertkartenhandy gekauft. Und prompt hat sie sich in den Semesterferien wieder mit Daniel verabredet. Also habe ich sie nach Salzburg zurückgeschickt und bin an ihrer Stelle hingegangen. Ich wollte nur mit ihm reden, aber er …“ Die Stimme kippte in ein hysterisches Register. „Er hat nur gelacht. Da habe ich zugeschlagen. Ja und? Hätte ich zuschauen sollen, wie die nächste Guggenbichler-Generation unser Leben zerstört?“

Die Frau, die einmal Bine und Bukowskis beste Freundin gewesen war, kreischte. Sie hatte Daniel fast umgebracht. Vielleicht im Affekt und ungeplant. Aber sie freute sich darüber, dass er vermutlich sterben würde. Und warum? Weil er ihre Tochter liebte und ihre Tochter ihn?

Bukowski fröstelte. So viel Hass war unbegreiflich.

„Was passiert ist, ist passiert, Bijtje. Jetzt kann er Winnie nichts mehr tun. Warum bist du nicht zufrieden damit, und wir hauen ab, solange es geht?“

„Weil ich einen Schlussstrich ziehen will. Ich will abrechnen. Mit Daniel und mit seinem Vater. Und wenn sein Vater kneift, muss es eben seine Tante ausbaden.“

„Du bist verrückt mit deiner Rache! Komm, lass es!“

Henk verlor die Geduld und wurde ebenfalls lauter. Er hatte es eilig, wegzukommen. Wollte sofort losfahren. Auf keinen Fall wolle er noch einmal in den Knast, sagte er.

„Dann fahr doch!", schrie Sabine. „Nimm dein Geld und nimm Max und Ingrid mit. Hau schon ab! Ich komme nach."

Henk schimpfte auf Holländisch vor sich hin, tat aber, was sie verlangte. Er öffnete die Hecktür, machte die Handschellen von der Metallöse der Bodenplatte los und zerrte Bukowski aus dem Wagen.

Dann wurden die Koffer vom gelben Opel in den Chevy umgeladen, die alte Frau Schrettl setzte sich auf den Beifahrersitz, nicht ohne Bukowski vorher ins Gesicht zu spucken. Der Junge machte einen Mordszirkus. Max. Bukowski hatte nicht gewusst, dass Sabine auch einen Sohn hatte. Sie schätzte ihn auf zehn Jahre, er verhielt sich aber wie ein trotziges Kleinkind. Er warf sich auf den Boden, umklammerte Sabines Schuhe und schrie ununterbrochen: „Nein, lass das! Lass das, nein!", wie ein Aufziehvogel.

Es war unglaublich, wie sehr er Ed glich. Und Bukowski fragte sich, was ihm fehlte.

Obwohl Sabine alles Mögliche versuchte, gelang es ihr nicht, ihn zu beruhigen. Erst als Henk ohne ihn wegfuhr, nur mit dem Gepäck und der alten Frau Schrettl, hörte das Geschrei des seltsamen Jungen auf.

Sabine überzeugte ihn davon, in den gelben Opel einzusteigen. „Du bleibst hier sitzen, bis ich zurückkomme." Sie gab ihm einen MP3-Player. Brav steckte er die Ohrstöpsel in seine Ohren.

„Du kommst mir auf keinen Fall nach, verstanden?", fragte Sabine. „Nicht wie letztes Mal, ja?"

Max nickte, aber er sah seine Mutter nicht an. Die Augen des Jungen – Eds Augen – suchten Bukowski, und für einen Sekundenbruchteil trafen sich ihre Blicke. Ein seltsames, ein nicht zu benennendes Gefühl stieg in ihr auf. Und Max sah so schnell weg, als hätte er sich verbrannt.

Sabine schloss die Beifahrertür und wandte sich Bukowski zu.

Wenn es ein Film wäre, käme der Showdown, dachte Bukowski. Sie fragte: „Was willst du jetzt machen?“, um der Situation die Spannung zu nehmen.

„Das wirst du früh genug sehen“, sagte Sabine.

Erst jetzt bemerkte Bukowski die Pistole in ihrer Hand. Henk musste sie ihr gegeben haben.

„Los, geh. Der Fußspur nach.“

„Wozu?“, fragte Bukowski. „Wenn du mich erschießen willst, kannst du es hier tun.“

Sabine antwortete nicht. Sie wedelte mit der Pistole und scheuchte Bukowski durch das Wäldchen, das an den Parkplatz grenzte, und weiter, einen kurzen, steilen Hang hinauf, bis zu einer Lichtung. Dort, hinter einer Gruppe verschneiter Sträucher, befand sich eine Öffnung in der Felswand. Ein Tor, das offenstand, dahinter Schwärze.

Da war er also: der Bunker, von dem sie gesprochen hatten. Aus dem Daniel geflohen war.

Sabine trieb Bukowski hinein. Es handelte sich um einen niedrigen, breiten Gang, der in die Felswand gesprengt worden war und sich nach dreißig oder mehr Metern verzweigte und im Dunkel verlor. Es war kalt und feucht und stank nach Schimmel und Exkrementen.

„Was ist das?“, fragte Bukowski. Sie hatte Kopfschmerzen und ihr Nacken war verspannt. So verspannt, dass sie sich nach einer Badewanne sehnte, randvoll mit dampfendem Schaumbad.

„Eine Bunkeranlage“, sagte Sabine. „Aus dem Zweiten Weltkrieg. Ed hat sie mit dem Geld gekauft, das ihm die Versicherung gezahlt hat. Er hat hier einige Jahre lang Pilze gezüchtet. Solange er gesundheitlich dazu in der Lage war, ist er gern hergekommen. Vermutlich weil es dunkel war und niemand sein entstelltes Gesicht sehen konnte. Als ich nach Eds Tod wieder nach Tirol gezogen bin, wollte ich in seinem Sinn weitermachen. Ich habe mit Champignons begonnen. Aber neben den Kindern und dem Job habe ich nicht lange durchgehalten. Die Champignons sind eingegangen.“ Sabine lachte leise, als säßen sie bei Kaffee und Kuchen und erzählten sich anmutige Anekdoten aus der Vergangenheit.

Bukowski war froh über ihre Redelaune. In einem offenen Kampf wärst du ihr unterlegen, dachte sie, wegen der Handschellen und weil sie eine Waffe hat. Aber es gab immer eine Chance, man musste sie nur nutzen. Ihre Chance war, auf einen günstigen Moment zu warten, in dem sie Sabine überrumpeln konnte.

„Sie sind eingegangen wie Ed.“ Sabine warf ihr einen giftigen Blick zu.

„Du siehst mich an, als wäre ich an Eds Tod schuld“, sagte Bukowski. „Aber das stimmt nicht.“

„Ach nein? War es nicht deine Zigarette, die den Brand verursacht hat?“

„Ich war halb erfroren und in Panik, weil ich eingesperrt war. Stundenlang. Als ich endlich einen Fluchtweg durchs Dachfenster gefunden habe, war ich erleichtert und wollte nur nach Hause. Zu dem Zeitpunkt hat es noch nicht gebrannt.“

„Du hast es nur nicht bemerkt. Aber Ed. Er hat die Flammen gesehen und ist fast draufgegangen, weil er dich retten wollte.“

Bukowski schluckte. „Das tut mir unendlich leid. Und bis vor Kurzem wusste ich nichts davon. Ich dachte, meine Brüder hätten das Feuer gelegt und Ed hätte ihnen geholfen. Deshalb habe ich auch den Kontakt abgebrochen."

Sabine lachte. Diesmal laut und hysterisch. „Absurd, nicht? Und ich dachte bis vor Kurzem, dass du mit Ed im Schrebergartenhaus verabredet warst und dass ihr es miteinander getrieben habt."

„Eine Intrige von Sebastian, um dich rumzukriegen. In Wahrheit war nie was zwischen Ed und mir."

„Das weiß ich inzwischen. Weißt du, woher?"

Bukowski schüttelte den Kopf.

„Weil ich mich hier gründlich umgesehen habe, bevor wir Daniel hergebracht haben. Und stell dir vor: Ich habe ein Tagebuch von Ed gefunden. All die Jahre ist es unentdeckt geblieben." Sabine senkte die Stimme, als spräche sie über etwas Heiliges. „Da steht alles drin. Ed konnte sich nämlich doch erinnern, wie es passiert ist. Er hat es nur niemandem anvertraut." Sie trat näher an Bukowski heran, sah ihr in die Augen. „So habe ich erfahren, dass Sebastian der Hauptschuldige an Eds Unglück war. Deshalb wollte ich mit ihm abrechnen, ihn zu Daniel in den Bunker sperren und beide verrotten lassen. Aber Daniel ist entwischt. Und du musstest mir meine Rache kaputtmachen, so wie du mir Ed weggenommen hast."

„Was? Aber ich habe dir Ed nicht weggenommen. Ich dachte, das hättest du inzwischen begriffen."

„Du bist die, die nichts begreift." Sabine spuckte ihr die Worte ins Gesicht. „Ob etwas zwischen euch war oder nicht, spielt keine Rolle. Ed hat dich sein Leben lang nicht vergessen. Ich habe mir den Arsch für ihn aufgerissen, habe seine Kinder zur Welt gebracht, ihn gepflegt, ihm eine Niere gespendet. Und er war dankbar. So wahnsinnig dankbar. Aber geliebt ...", sie zielte mit der Pistole auf Bukowskis Herz, „... hat er nur dich. Auch das steht in seinem Tagebuch."

„Grandios", sagte Bukowski. Die Heftigkeit ihrer Kopfschmerzen nahm ihr ganzes Fühlen in Beschlag. Vielleicht hatte sie deshalb keine Angst. „Dann ist es ja gut, dass ich an Sebastians Stelle hier bin. Worauf wartest du noch? Komm, drück ab!"

Die Waffe in Sabines Hand zitterte. Sie zog sie nach oben, zielte auf Bukowskis Schläfe. Plötzlich ließ sie die Pistole sinken. „Nein", sagte sie mit einem Lächeln. „Das wäre ja eine Erlösung. Ich möchte aber, dass du noch möglichst lange lebst und an deine Lieben denkst. Wie lange ist es her, dass Gregor und Samuel verbrannt sind? Ich glaube, am zwanzigsten Mai werden es elf Jahre, richtig?"

Bukowski erstarrte. „Woher weißt du das?" Woher kannte sie das Datum und ihre Namen? Und woher wusste sie von dem Brand?

Sabine lachte. In ihren Augen funkelte etwas, das Bukowski bisher nicht gesehen hatte: blanker Wahnsinn. „Ich bin die einzige, die es ganz genau weiß. Ich war dabei."

Eine neuerliche Schmerzwelle rollte über Bukowski hinweg. Der Druck in ihrem Schädel nahm zu und verlagerte sich auf die Augen. Es fühlte sich an, als würden ihre Augäpfel nach außen gedrückt. Sie japste nach Luft, weil sie offenbar vergessen hatte zu atmen. Sagen konnte sie nichts.

Dafür redete Sabine umso mehr. Sie konnte gar nicht mehr aufhören zu erzählen. Wie sie – schwanger mit Max – mit dem todkranken Ed und der sechsjährigen Winnie nach Wien gezogen war, weil sie auf eine wundersame neue Therapie gesetzt hatten. Mehr Zeit für Ed sei das Ziel gewesen, wenigstens die Geburt von Max sollte er erleben. Aber für Ed gab es kein Wunder, er starb wenige Wochen später – im Januar war das gewesen – und Sabine stürzte nach seinem Tod in ein tiefes Loch. Und dann, ganz unten, am Boden des Lochs, begegnete ihr Carla, an einem eisigen Wintermorgen, als sie die Zeitung aufschlug. Carla hatte eine Auszeichnung erhalten und lächelte in die Kamera. Sabine konnte nicht anders, sie begann, Informationen zu sammeln. Fand heraus, wie gut Carla in ihrem Job als Kripobeamtin war, dass sie eine Familie hatte, einen attraktiven Mann, einen süßen Sohn. Und sie war neidisch. Ausgerechnet Carla, die an ihrem Lebensdrama schuld war. Es war nicht in Ordnung, dass es Carla gut ging, während ihr Leben in Scherben lag. Und noch viel weniger war in Ordnung, dass Carla ihr Glück mit Füßen trat. Denn auch das fand Sabine heraus: dass Carla ihren Mann, den wunderbaren Gregor, betrogen hatte.

„Du hast Gregor gekannt?"

„Natürlich. Ich habe herausgefunden, welche Spielplätze er mit Samuel besucht, und bin mit Winnie hingegangen." Immer weiter plauderte Sabine. Wie Winnie in ihrer sonnigen Art auf Carlas schüchternen Sohn zugegangen war. Wie die beiden sich anfreundeten und wie gut auch sie, Sabine, sich mit Gregor verstand, so gut, dass sie ab und zu etwas zu viert unternahmen. Einen Ausflug ins Hallenbad. Oder in den Prater, im Frühjahr.

Bukowski war noch immer sprachlos. Sie hatte genug damit zu tun, hin und wieder zu atmen und ihre Kopfschmerzen auszuhalten.

Sabine fuhr fort. Wie Gregor ihr nach und nach von sich erzählte und auch von Carla, von ihrer Anfangszeit, ihrem Ehealltag, sogar von Carlas Seitensprung, an dem er sich selbst die Schuld gab, und der Trennung auf Probe. „Eines Tages – es war Anfang Mai – erzählte er, dass ihr miteinander geredet hättet. Dass ihr es noch einmal versuchen wolltet. Einen Neustart, sagte er, weil Samuel so sehr unter der Trennung litt. Und weil ihr beide herausgefunden hättet, dass euch eure Beziehung viel zu wichtig sei, um sie einfach aufzugeben."

Bukowski wollte etwas erwidern, aber ihre Kehle gab keinen Laut her.

„Ich habe versucht, ihn zu warnen. Einmal untreu, immer untreu, habe ich gesagt. Aber ich bin auf taube Ohren gestoßen. Ich konnte den Gedanken nicht ertragen, dass ihr bald wieder glücklich vereint sein würdet. Eine kleine, feine Familie. Ich wollte, dass du leidest. So leidest wie ich. Da wusste ich, dass es Zeit ist, zu handeln. Einen Plan hatte ich schon, ich musste ihn nur umsetzen."

„Du hast ... was?"

„Es war so einfach. Ich habe Gregor eines Nachmittags besucht, sozusagen spontan, weil ich angeblich gerade in der Nähe war. Ich habe ihn gebeten, mir ein Buch zu leihen, über das wir uns einmal unterhalten haben. In meiner Tasche hatte ich pulverisierte Schlaftabletten, die noch von Ed übrig waren. Während Gregor das Buch suchte, löste ich den kleineren Teil in Samuels Kakao auf, den größeren in Gregors Kaffee. Als Samuel plötzlich umkippte, war Gregor alarmiert. Aber zu dem Zeitpunkt war er schon nicht mehr in der Lage, sich zu wehren. Den Benzinkanister hatte ich im Wagen. Dass mich niemand gesehen hat, war reines Glück. Mein erstes Glück seit Langem."

Bukowski konnte es nicht fassen. Sabine log, um sie zu provozieren.

„Unter den Dingen, die Gregor mir von sich erzählt hatte, waren auch die Depressionen seines Vaters und dass er selbst als Teenager in psychiatrischer Behandlung gewesen war. Darauf habe ich gesetzt."

„Mein Gott", flüsterte Bukowski, obwohl sie längst nicht mehr an eine solche Instanz glaubte. Sabine log nicht, sie hatte es wirklich getan. Anders ließ sich ihr detailliertes Wissen nicht erklären. Sie hatte zwei arglose Menschen betäubt und angezündet – einen Mann, der ihr nichts getan hatte, und einen sechsjährigen Jungen. Ließ es wie einen erweiterten Suizid aussehen. Und niemand zweifelte daran. Obwohl es kein Motiv für Gregors Tat gab, waren alle überzeugt, dass seine juvenile Depression wieder aufgeflammt war. Die Gene des schwermütigen Vaters. Seine Mutter hatte es geglaubt, sein Hausarzt, seine Freunde und auch Bukowski selbst. Sie hatte ihrem Mann den Mord an seinem eigenen Sohn zugetraut, ohne je daran zu zweifeln. Weil sie mit Selbstzweifeln beschäftigt war. Mit Selbstvorwürfen.

Sie zitterte. Wut kochte hoch. Plötzlich war da kein Kopfschmerz mehr, nur noch Zorn. Zorn, der ihren ganzen Körper ausfüllte. Sie konnte nicht mehr auf einen günstigen Moment warten, sie musste sich sofort auf die feige Mörderin stürzen.

Jetzt.

32

Bär fuhr, wohin die nette Frauenstimme von Hubsis Navi ihn lotste. Er angelte in der Brusttasche nach seinem Handy, um Wurz zu informieren.

Teufel! Er hatte keins! Das geschrottete Teil lag noch im Garten der Schrettl-Villa im Schnee. Und er hatte keine Zeit, anzuhalten und jemanden zu bitten, ob er ihm sein Handy leihen würde. Der Vorsprung der beiden Furien war schon beträchtlich. Ob es ihm passte oder nicht, er musste die Verfolgung allein aufnehmen. Leider scherten sich die anderen Verkehrsteilnehmer nicht darum, dass er es eilig hatte. Da schlief jemand vor einer grünen Ampel, da parkte jemand rückwärts ein, und er musste warten. Es half auch nicht, dass er auf Hubsis Hupe drückte. Und natürlich waren sämtliche Ampeln rot.

Als er endlich freie Fahrt hatte, gab er Gas und fuhr absichtlich zu schnell. Falls er eine Polizeistreife auf sich aufmerksam machen würde, sollte es ihm nur recht sein. Aber wenn man die Ex-Kollegen einmal brauchte, waren sie sonst wo.

Der Sylvio-Lazzari-Weg befand sich außerhalb des Ortes, am Fuß des Grummushügels, eines Ausläufers des Karwendels. Er war lang und kaum besiedelt. Das Haus mit der Nummer dreizehn war das letzte vor der Autobahnauffahrt Prumbach West. Dem vergilbten Schild *Möbel nach Maß* zufolge musste es sich um eine ehemalige Tischlerwerkstatt handeln, die offenbar seit Längerem leer stand. Ein Zettel *Zu vermieten* mit einer Telefonnummer klebte an der Tür. Von einem Bunker keine Spur. War vielleicht die verlassene Werkstatt gemeint? Aber wo war dann Sabine Schrettls Wagen?

Bär hielt an und konnte sich nicht erklären, was er hier sollte. Hatte er sich verhört? Oder hatte der Junge doch nur Unsinn gebrabbelt?

Fast hätte er übersehen, dass die Einfahrt nicht nur in den Hof der Tischlerei führte, sondern in einen Weg mündete. *Zufahrt zum Tennisplatz*, stand auf einem Schild. Der Tennisplatz hielt einen winterbedingten Dornröschenschlaf, der Zufahrtsweg führte drum herum und endete in einem von Sträuchern gesäumten Karree, dem dazugehörigen Parkplatz. Auf den ersten Blick wirkte er verlassen, bei näherem Hinsehen entdeckte Bär ein vertrautes Gelb, das sein Herz höherschlagen ließ.

„Danke, Max“, flüsterte er.

Um sich nicht zu verraten, fuhr er zurück, parkte Hubsis Wagen direkt vor der Tischlerwerkstatt und ging zu Fuß weiter. Obwohl es bis zum Parkplatz keine hundert Meter waren, musste er drei Pausen machen und hätte sich eine Gehhilfe gewünscht.

Er duckte sich hinter die Hecke, die den Parkplatz säumte, und sah sich um. Im gelben Auto saß nur Max. Er hatte Ohrstöpsel in den Ohren und wippte mit dem Oberkörper vor und zurück. Sonst war niemand zu sehen.

Bär folgte den Fußspuren, von denen es einige gab. Aber alle führten in dieselbe Richtung – in das Wäldchen hinein und bergauf. Sogar ziemlich steil bergauf, für seine Verhältnisse. Er keuchte. Stellte sich vor, er säße in einem seiner Lieblingscafés, ließe Karamellcreme auf seiner Zunge zerfließen und röche Kaffeeduft. Stattdessen roch er seinen eigenen Schweiß. Seine Rippen schmerzten, weil er so heftig gegen seinen Rucksackverband anatmete, und sein misshandelter Kopf dröhnte. Und er dachte an Carla und ihren Neffen. Dass vielleicht beide in Bedrängnis waren. Dass er ihnen verdammt noch mal helfen musste und nicht das Weichei heraushängen lassen sollte.

Wenn es hier einen Bunker gab, waren sie bestimmt dort. Und um das herauszufinden, würde er diesen lächerlichen Hang bewältigen. Er unterdrückte einen Fluch, als sein Schal in einem dornigen Strauch hängenblieb, ließ ihn nach vergeblichem Rupfen hängen und stapfte weiter. Wäre beinahe ausgerutscht und fragte sich, wie er hier wieder hinunterkommen sollte.

„Runter kommt man immer", fiel ihm ein. „Wofür hast du einen gut gepolsterten Hintern?"

Einen Wimpernschlag später atmete er auf. Das Wäldchen lichtete sich und gab den Blick auf ein kleines Plateau frei, an dessen Ende die Felswand des Grummushügels jäh in die Höhe ragte. Dorthin führten die Fußspuren, und dort gähnte – hinter Sträuchern verborgen – ein schwarzes Loch. Der Bunker, von dem die beiden Schrettl-Hyänen gesprochen hatten. Ein ehemaliger Luftschutzstollen vermutlich. Oder eine dieser Anlagen, in denen die Nazis an ihrer Geheimwaffe gearbeitet hatten.

Ein Torflügel stand offen. Er trachtete danach, in Deckung zu bleiben, und näherte sich in einem weiten Bogen. Als er nah genug war, hörte er Stimmen. Zwei Frauenstimmen, die sich stritten. Sabine und ihre Schwiegermutter?

Teufel, nein! Das war Carla. Und es klang nicht nach Streit, sondern nach Kampf.

Ihr Plan war simpel. Sabine anspringen und ihr die Pistole aus der Hand schlagen. Vor Wut hatte sie leider vergessen, dass es da noch immer die Handschellen gab. Der Schlag, der von oben auf Sabines rechten Unterarm zielte, verlor dadurch an Schwung.

Sabine kreischte auf. Es gelang ihr, den Schlag zu parieren. Ihre Finger schlossen sich fester um die Waffe.

Als Bukowski daraufhin den Lauf der Pistole packte, staunte sie über Sabines heftige Gegenwehr. Über die Kraft, die sie entwickelte.

Bukowski war zwar viel größer, aber nicht so muskulös. Sie war noch immer von der Grippe geschwächt, und ihre Hände hatten zu wenig Bewegungsspielraum. Im Grunde war sie chancenlos. Zum Glück war ihr Reaktionsvermögen eins a. Genauso ihr Instinkt. Der gebot ihr, sich blitzschnell zu ducken – schon krachte der Schuss.

Der Knall war ohrenbetäubend. Danach hörte Bukowski nichts mehr, sie sah nur, wie Sabine Mund und Augen aufriss. Sah, wie ihre Lippen ein Wort formten: *Nein!* Sah das Entsetzen in ihren Augen.

Bukowski drehte sich in die Richtung dieses Entsetzens und ...

Da war der Junge, Max. Plötzlich. Wie aus dem Nichts. Vielleicht hatte er Angst bekommen, allein im Auto, vielleicht war ihm langweilig geworden. Jetzt stand er da, höchstens drei Meter von seiner Mutter entfernt, bewegungslos, als wäre er mitten im Sprung eingefroren. Er sah an sich herunter. Der Reißverschluss seiner Jacke stand offen. Auf dem hellgrauen Norwegerpullover, den er darunter trug, gab es einen kleinen, dunklen Fleck.

Max presste seine Rechte darauf, aber der Fleck wuchs über den Umriss seiner Kinderhand hinaus. Er wuchs rasch.

Als Bukowskis Ohren wieder funktionierten, hörte sie den Jungen etwas murmeln: „Lass das", immer wieder, wie eine Beschwörung. Dazwischen schrie Sabine. Nein, das war kein Schreien, eher ein Röhren.

Die Waffe hatte sie fallen lassen. Sie lief zu ihrem Sohn, der im selben Moment wie in Zeitlupe nach hinten kippte. Sabine fing ihn auf, fiel auf die Knie, zog seinen Oberkörper auf ihre Schenkel und wiegte ihn.

„Gib mir dein Handy!“, schrie Bukowski sie an. „Schnell!“

Aber Sabine hörte nichts. Sie schloss ihre Augen, wiegte ihr Kind und summte ein Schlaflied.

Verzweifelt sah Bukowski sich um. Entdeckte eine vertraute Silhouette am Eingang des Bunkers. „Bär!“

Mit Trippelschritten stolperte er herein, der Schock stand ihm ins Gesicht geschrieben.

„Ruf den Notarzt!“, befahl Bukowski.

„Hab kein Handy.“

„Nimm ihres!“

Aber es war zu spät. Der Blick des Jungen wurde glasig. Brach.

Sabine ließ den Oberkörper ihres Sohnes langsam zu Boden gleiten. Sie stand auf, scheinbar ruhig, wich drei Schritte zurück, dorthin, wo sie die Pistole hatte fallen lassen.

Bukowski, die noch immer darauf fixiert war, Hilfe zu holen und das Leben eines Kindes zu retten, reagierte zu spät.

Sabine hob die Waffe auf. „Du verfluchte Hexe!“, sagte sie, immer noch ruhig. „Du hast meinen Sohn auf dem Gewissen!“

Bukowski war schockstarr. Handlungsunfähig. Das Kind, das Eds Augen hatte, lebte nicht mehr. War an einer Kugel gestorben, die ihr gegolten hatte.

Im Angesicht des FURCHTBAREN hatte sie dem Hass der Mutter nichts entgegenzusetzen. Sie konnte nicht einmal schützend die Arme heben. Vielleicht wollte sie das auch nicht.

Sabine musste nicht zielen. Sie zog nur ihren Finger durch.

Dann passierte alles gleichzeitig.

Es knallte, Bukowski fiel. Ihr Hinterkopf prallte auf dem Felsboden auf. Alles zugleich, weil Zeit nicht mehr existierte. Zeit war Schmerz geworden.

Der Schmerz war ein kugelförmiger Raum, der sich nach allen Seiten ausbreitete, in einem rasch ansteigenden Crescendo.

Und auf dem Höhepunkt knipste er das Licht aus.

33

„Ja? Ferdinand Bär spricht ...“

„Hallo. Hier ist Denni ... ähm ... (räuspert sich) Denise Walchshofer. Erinnerst du dich noch an mich? Ich ...“

„... gar nicht. Ich bin hier nämlich nur die Mailbox, weil der echte Bär gerade wahnsinnig beschäftigt ist. Vielleicht trinkt er auch bloß Kaffee. Aber nur Mut. Reden Sie was drauf, gut möglich, dass er zurückruft. (Piep)“

„Jetzt hast du mich drangekriegt ... (lacht) Ja, also ich wollte dich fragen, ob du ... also nur falls du Lust hast, natürlich. Weil vielleicht hast du dich ja deshalb nicht mehr gemeldet, weil ich unlängst im *Trinkfein* einen schlechten Eindruck hinterlassen habe. Ich hab dich vollgelabert und viel zu viel getrunken und war so tieftraurig und jammerig, und du denkst vielleicht, dass ich immer so bin und immer so viel trinke und ... (stöhnt) Verdammte Mailbox! Entschuldigung. Ja, also ich wollte dir bloß sagen, dass ich sonst ganz anders bin. Netter ... (kichert) Und nüchterner. Und ich wollte dich fragen, ob du einmal mit mir Kaffeetrinken gehst. In Prumbach gibt es eine ziemlich altmodische Konditorei, die machen eine oberfeine Eierlikörtorte. Magst du Eierlikörtorte? ... (schnauft) Na, ich glaube schon. Ich bin mir sogar sicher. Also, Bär, ruf doch bitte zurück, falls du ... ähm ... Ruf mich einfach an. Ja? Ich würde mich freuen. Ja? ... (kichert) Ja!“

„(Piep)“

34

„Nein!“, schrie Bär. Er sah Carla fallen wie zuvor den Jungen, und wie zuvor konnte er nicht glauben, was er sah. Er wollte zu ihr, aber seine Krankheit ließ ihn nicht, sie warf ihm Prügel vor die Füße, über die er stolperte. Klar, es haperte mit seinem Dopaminspiegel, er war mit der Medikamenteneinnahme mindestens drei Stunden im Rückstand.

Als er endlich bei ihr war, bückte er sich, um sie zu untersuchen. Er entdeckte kein Blut, aber das hieß nichts. Vielleicht blutete es nach innen? Getroffen hatte die Kugel bestimmt.

„Carla!“ Mit der flachen Hand verpasste er ihr leichte Klapse auf die Wangen. So durfte dieser Albtraum nicht enden. Er nahm seine Brille ab und hielt sie ihr vor den Mund.

Als er das beschlagene Glas sah, war er unglaublich erleichtert. Gleichzeitig fiel ihm ein, was sie ihm über ihre Verkleidung gesagt hatte. Und über die beschusshemmende Kevlarweste, die sie darunter trug.

Mitten in seine Erleichterung hinein krachte es.

Bevor er begriff, was passiert war, wurde ihm warm.

Und im nächsten Augenblick kalt.

Eiskalt.

Er atmete ein, aber es tat sich nichts. Keine Luft.

Er atmete noch einmal, so tief er konnte – nichts. Als hätte jemand den Hahn abgedreht. Etwas gurgelte, und er ahnte, dass es aus ihm selbst kam. Dass er getroffen war, tödlich getroffen.

Jetzt beißt du ins Gras, dachte er und wunderte sich, dass er keine Angst hatte.

Da war nur diese Leichtigkeit. Leicht wie ein Blatt Papier fühlte er sich. Keine Krankheit mehr, kein Übergewicht, der ganze Ballast – einfach abgestreift. So leicht war er, dass er flog.

Wohin?

Nirgendwohin.

Nur ins Licht, das plötzlich überall war.

Als Bukowski zu sich kam, bemerkte sie zuerst den Druck auf ihrer Brust. Sie konnte kaum atmen. Der Schuss fiel ihr ein. Sie wusste, dass ein Schuss schmerzte, auch wenn man eine Schutzweste trug. Dass es so wehtat, hätte sie aber nicht gedacht.

Dann bemerkte sie, dass ihre Atemnot nichts mit dem Schuss zu tun hatte. Etwas lag auf ihr, und es war außerordentlich schwer.

Sie blinzelte und sah Bärs Gesicht vor sich. Die weit aufgerissenen Augen, die sie überrascht anstarrten. Überrascht und leblos.

Nein. Nicht Bär. Bitte nicht Bär.

Sie fasste an seinen Hals, konnte aber kein noch so leichtes Flattern ertasten. Keinen Puls.

Bärs Herz schlug nicht mehr. Bär war tot.

Die Wut darüber verlieh ihr die nötige Kraft, ihn so weit von sich zu schieben, dass sie aufstehen konnte. Sie sah, dass die Kugel ihn in den Rücken getroffen hatte.

Erst jetzt wurde ihr bewusst, dass Sabine immer noch mit einer Waffe herumlief. Wo war sie überhaupt? Zielte sie schon auf Bukowskis Kopf?

Aber Sabine kümmerte sich nicht um sie. Sie hatte ihren toten Sohn hinausgetragen und vor dem Eingang des Bunkers in den Schnee gelegt. Jetzt war sie auf dem Rückweg, um ihr Werk zu vollenden.

Wo war die Pistole? Bukowski sah sie ein Stück hinter sich am Boden liegen. Ohne nachzudenken, sprang sie auf und sprintete zur Waffe.

Ein kapitaler Fehler. Denn Sabine dachte nicht daran, Bukowski zu erschießen. Wozu auch? Sie schloss einfach das Tor.

Als Bukowski begriff, war es zu spät. Der Schlüssel hatte sich bereits im Schloss gedreht.

35

Der Westkurier, Donnerstag, 29. Februar 2018

Entführungsdrama in Prumbach

Wie die Polizei bereits gestern bestätigte, handelt es sich bei dem jungen Mann, der in der Nacht auf Dienstag auf der A 12 kurz nach der Autobahnauffahrt Prumbach West von einem Kleinwagen angefahren wurde, um Daniel G., 20 Jahre, Biologiestudent und Sohn von Baulöwin Ricarda G. Er wurde mit lebensgefährlichen Verletzungen in die Innsbrucker Klinik eingeliefert. Die behandelnden Ärzte bezeichnen seinen Zustand als kritisch, aber stabil.

In einer gestern einberufenen Pressekonferenz gab Major Anton Wurz, stellvertretender Leiter des LKA Tirol, bekannt, dass Daniel G. entführt und elf Tage lang festgehalten worden war. Ob und wie viel Lösegeld bezahlt worden war, wurde aus Rücksicht auf die laufenden Ermittlungen nicht genannt. Da der gesundheitliche Zustand des Studenten bisher keine Befragung erlaubte, tappt die Kriminalpolizei über die Umstände von Daniel G.s Gefangenschaft sowie über seine Freilassung nach wie vor im Dunkeln.

„Wir ermitteln auf Hochtouren", versicherte LKA-Chef Wurz. Obwohl mehrere Indizien darauf hindeuten, dass die fünfundvierzigjährige Krankenschwester Sabine S. in die Entführung involviert war, wollte Wurz das derzeit nicht bestätigen. Sabine S. war in der Nacht auf Mittwoch auf der B 171 bei Kundl in eine Verkehrskontrolle geraten. Sie überfuhr den 59-jährigen Polizeibeamten Hanspeter M., der sie zum Anhalten aufgefordert hatte. M. erlitt dabei schwerste Verletzungen. Als M.s Kollege die Flüchtige durch Schüsse auf die Reifen auf-

halten wollte, wurde Sabine S. von einem Querschläger im Kopfbereich getroffen. Auf dem Transport ins Bezirkskrankenhaus Kufstein erlag S. ihren Verletzungen. Tragisches Detail: Auf dem Rücksitz ihres Wagens fand man die Leiche ihres zehnjährigen Sohnes. Max S. war zu diesem Zeitpunkt seit mindestens vierundzwanzig Stunden tot, auch er starb an einer Schussverletzung. Die näheren Umstände, die zu seinem Tod geführt haben, sind ebenfalls Teil der Ermittlungen.

Gruppeninspektor Hanspeter M. befindet sich laut Auskunft des Bezirkskrankenhauses Kufstein bereits auf dem Weg der Besserung.

Weiterhin jede Spur fehlt von Bezirksinspektorin Carla B., Ermittlerin am LKA Wien West und Tante des Entführungsopfers Daniel G. Major Wurz bestätigte, dass B. am Dienstag im Auftrag der Familie G. in einem roten Porsche unterwegs war. Der Sportwagen wurde in Vomp gefunden, wo der Kontakt zu B. gegen 15:30 Uhr abbrach.

Die Polizei bittet die Bevölkerung um Mithilfe. Zweckdienliche Hinweise nimmt das LKA Tirol unter der Telefonnummer 0713/137137 entgegen.

(wazo)

36

„Hurerei!“ Nowak sprang auf und warf dabei den Sessel um. Er hätte die Wand hochgehen können. Aus der Haut fahren. „Was heißt denn da, er weiß es nicht? Lächerlich! Und ob der das weiß!“

„Ja mei“, sagte Sepp Weinreich flapsig. „Sagen tut er es halt nicht. Ist doch wurscht, ob er es nicht sagt, weil er nicht kann oder nicht will.“ Er hatte alle Zigaretten aus der Packung auf den Tisch geschüttet und spielte mit ihnen Mikado.

„Was ist das? Wurscht?“ Nowak spürte, wie sein ganzes Blut in den Kopf gepumpt wurde. Wie das Blut sein Gesicht auf das doppelte Volumen aufblies und von innen gegen die Schläfen drückte. Er hatte ganz leise gesprochen. So leise, dass die vollzählig versammelte SoKo Daniel inklusive Major Wurz verstummt war und ihn erwartungsvoll anstarrte. „Es ist Ihnen also wurscht, dass eine Kollegin – nein, nicht irgendeine Kollegin, sondern meine allerbeste Ermittlerin – einfach verschwunden ist? Wie vom Erdboden verschluckt? Das ist Ihnen ... WURSCHT?“ Das letzte „Wurscht“ brüllte er, froh, dass der Druck endlich ein Ventil gefunden hatte, aus dem er hinauspfeifen konnte.

Weinreich haute mit der Faust auf den Zigarettenhaufen vor sich. „Natürlich nicht!“, schrie er zurück. „Aber was sollen wir denn tun? Den Typ foltern? Macht ihr es so in der Bundeshauptstadt?“

Wurz erhob sich und klatschte dreimal in die Hände. „Sepp, bitte! Mäßige dich!“ Dann wandte er sich Nowak zu. „Verehrter Kollege, ich habe größtes Verständnis, dass Sie besorgt sind. Spricht für Sie, dass Ihnen Ihre Mitarbeiterin so am Herzen liegt. Auch wir haben Carla Bukowski schätzen gelernt, trotz ihrer … nun ja, ihrer … ähm … spröden und manchmal … ähm … besserwisserischen Art." Er räusperte sich. „Sie hat sich diesem Fall mit vollem Elan gewidmet, weil sie selbst als Verwandte betroffen war. Und weil Blut eben dicker ist als Wasser. Ich habe größten Respekt vor ihrem Mut und ihrem Pflichtbewusstsein."

Pathos klingt irgendwie armselig, wenn es mit Fistelstimme vorgetragen wird, dachte Nowak.

„Aber ich muss auch sagen, dass uns die Hände gebunden waren", fuhr Wurz fort. Die Familie, insbesondere Frau Guggenbichler, hat darauf bestanden, die Lösegeldübergabe ohne uns durchzuziehen. Wir waren außen vor. Und Carla wollte zwar immer Kontakt halten, hat ihn aber am Samstag gegen halb vier abgebrochen. Bei unserem letzten Telefonat kurz zuvor hat sie behauptet, in der Nähe von Hall zu sein. Inzwischen müssen wir davon ausgehen, dass sie gelogen und Vomp nicht verlassen hat. Ihr Handy war zuletzt dort eingeloggt, obwohl wir es nicht gefunden haben. Gefunden haben wir nur den Porsche und das Handy von Sebastian Guggenbichler."

„Wenn sie gelogen hat, dann weil sie dazu gezwungen wurde."

„Vermutlich, ja", sagte Wurz. „Aber das wäre nicht passiert, wenn sie sich mit einem zusätzlichen Peilsender ausrüsten hätte lassen, wie ich …"

„Papperlapapp", unterbrach Nowak ihn. Den hätten ihr die Entführer genauso abgenommen, wie sie es vermutlich mit dem Handy gemacht haben." Er atmete tief durch. Die Wut und die Verzweiflung waren mit ihm durchgegangen. Aber Wurz hatte recht. Emotionen waren kontraproduktiv. Sachlich bleiben, lautete die Devise. „Im Grunde kann sie überall sein. Deshalb bestehe ich darauf, dass wir die Suche ausweiten und uns nicht nur auf Vomp beschränken."

„Wir haben nicht das Personal, um überall zu suchen. Was wir brauchen, ist ein Hinweis. Irgendein noch so kleines Indiz. Aber bisher ..."

„Bisher haben Sie versagt", zischte Nowak. Sachlich bleiben war schön und gut – in Anbetracht der Tatsachen war es aber unmöglich. „Sie müssen sich den Autohändler, diesen Gerd Wildgruber, noch einmal vorknöpfen. Richtig vorknöpfen." Er wandte sich an Sepp Weinreich. „Und ich rede keineswegs von Folter."

Aufgebrachtes Gemurmel war die Folge seiner Anschuldigungen.

„Bitte", sagte Wurz. „Nur zu. Ihr Zeuge, verehrter Major Nowak. Wir lassen uns gern von unseren Wiener Kollegen zeigen, wie der Hase läuft."

Na bravo. Jetzt war Wurz eingeschnappt. Dass Kriminalbeamte aus den westlichen Bundesländern ihre Probleme mit Wiener Kollegen hatten, war Nowak nicht neu. Noch dazu, wenn es sich um einen dienstälteren Wiener Kollegen handelte. Aber er würde es diesen Bauernschädeln schon zeigen.

Drei Stunden später war er schweißgebadet. Gerd Wildgruber, Besitzer einer Autowerkstatt und mehrfach wegen Betruges vorbestraft, hatte sich nichts anderes entlocken lassen als das, was er schon Wurz gegenüber behauptet hatte: „Keine Ahnung, wer mir das Auto verkauft hat. Hab dem Typen vierhundert auf die Kralle gegeben. Ob der den Honda gestohlen hat oder nicht, kann ich nicht sagen."

„Sie wissen genau, dass er ihn gestohlen hat. Der Wagen wäre das Drei- bis Vierfache wert gewesen. Es geht uns aber nicht darum, Sie wegen Hehlerei zu verklagen. Es geht um Beihilfe zu Menschenraub, Erpressung und Mord, wenn Sie weiter schweigen."

Den Wagen, einen Honda Logo, der auf einen gewissen Hubert Lorenz zugelassen war, hatte ein pfiffiger Polizeibeamter bei einer Routinekontrolle der Innsbrucker Autowerkstatt entdeckt. Hubert Lorenz hatte ihn am Dienstag seinem alten Spezi Ferdinand Bär geliehen, einem frühpensionierten Kriminalbeamten und aktiven Privatdetektiv. Da Bär ein guter Freund von Carla und ebenso verschwunden war wie sie, konnte man davon ausgehen, dass es einen Zusammenhang gab. Ach was, Nowak hätte seinen Arsch darauf verwettet!

Der Honda war die heißeste Spur, die sie hatten. Aber entweder Gerd Wildgruber verriet den Namen des Autodiebes nicht, oder er kannte ihn nicht. Seine Personenbeschreibung – mittelalt, mittelgroß, mitteldick, Jeans, schwarze Haare – konnte man in der Pfeife rauchen. Somit ließ sich auch nicht eruieren, *wo* der Wagen geklaut wurde. Darum ging es Nowak eigentlich. Denn dort hatte sich Ferdinand Bär vermutlich kurz vor seinem Verschwinden aufgehalten. Dort fand sich vielleicht auch ein Hinweis auf seinen jetzigen Aufenthaltsort. Und auf Carlas.

Aber dieser Wildgruber war nicht stur, sondern verstockt.

Nowak hatte schließlich klein beigegeben und sich bei Wurz entschuldigt. Danach fuhr er nach Prumbach und sah sich noch einmal im Haus der Schrettls um. Zusammen mit den Tiroler Kollegen hatte er es schon gestern unter die Lupe genommen.

In der Garage parkte Daniel Guggenbichlers Vespa. Und im Keller gab es einen fensterlosen Raum, der vor Kurzem gründlich gereinigt worden war. Trotzdem hatten sie genetisches Material von Daniel entdeckt. Wurz schloss daraus, dass der Student hier festgehalten worden war. Nowak verstand nur nicht, wie er von hier auf die Autobahn bei Prumbach West gekommen sein sollte. Die Entfernung betrug fast neun Kilometer, die Daniel in seinem Zustand niemals bewältigen hätte können.

Wurz ging davon aus, dass ihn jemand mit dem Auto mitgenommen und dort abgesetzt hatte. Aber wer? Die Entführer? Sie hätten ihn bestimmt nicht vor der Lösegeldübergabe freigelassen, die erst am Tag nach Daniels Autobahneskapade über die Bühne gegangen war. Und jeder andere Mensch, der ihn aufgelesen hätte, wäre umgehend mit ihm ins nächste Krankenhaus gefahren.

Nein. Nowak war überzeugt davon, dass Daniel hierhergelockt und niedergeschlagen worden war. Dass er aber nur kurze Zeit im Keller der Schrettls eingesperrt gewesen war. Dann hatten sie ihn an einen anderen Ort gebracht. Aber wohin? Von einer weiteren Inspektion der Villa erhoffte er sich einen Hinweis auf diesen Ort, irgendetwas Winziges, Banales, das sie gestern übersehen hatten.

Er öffnete jede Schublade, leuchtete in jede Ritze, schaute unter die Matratzen und oben auf den Schränken. Aber er fand nichts. Es war zum Haareraufen.

Im Kopf ging er noch einmal die Fakten durch, die sie bisher ermittelt hatten: In Sabine Schrettls gelbem Opel hatten sie das nicht registrierte Prepaid-Handy gefunden, das die Entführer für ihre Anrufe bei Ricarda Guggenbichler benutzt hatten. Die Auswertung der Mails von Sabine Schrettl hatte ergeben, dass sie vier Flugtickets von München nach Havanna für den Dienstag des ersten Lösegeldübergabeversuchs gebucht und wieder storniert hatte. Und neuerlich gebucht für den frieren. Letzte Nacht waren die Temperaturen auf minus dreizehn Grad gefallen, und in den nächsten Tagen sollte es noch kälter werden.

„Uns läuft die Zeit davon“, murmelte er und tigerte in der Schrettl-Villa auf und ab. Was konnte er noch tun? Wie sollte er in das Innsbrucker Hotelzimmer zurückkehren, in dem seine Frau Kim – Carlas beste Freundin – händeringend auf positive Nachrichten wartete?

Später, als er im Auto saß und keinen Schritt weitergekommen war, rief Manni an.

„Wie sieht's aus, Hanno? Habt ihr sie?“

„Leider nein.“

„Habt ihr wenigstens eine heiße Spur?“

„Nicht einmal eine lauwarme“, krächzte Nowak. Seine Stimme ließ ihn im Stich. Sein Hals schmerzte. Hoffentlich wird das keine Angina, dachte er. „Wie läuft's bei euch? Gibt's was Neues?“

Manni sagte, das endgültige Obduktionsergebnis im Fall Johanna Cramer sei gekommen.

„Irgendwelche Überraschungen?“ Bloß nicht, dachte Nowak. Die Frau hatte als Reaktion auf ihre Brustkrebsdiagnose Selbstmord begangen. Der Fall war abgeschlossen.

„Allerdings“, sagte Manni. „Die Gute hat sich vollkommen umsonst umgebracht.“

„Wie bitte?“

„Das Mammografieergebnis war falsch-positiv. Johanna Cramer war vollkommen gesund.“

„Verdammtes Wirtshaus.“ Nowak blieb kurz die Luft weg. Er musste an den Schreck denken, den die Fotos der toten Frau Cramer ihm eingejagt hatten, weil sie Carla wie aus dem Gesicht geschnitten war. Im Nachhinein kam es ihm wie ein böses Omen vor.

„Wie hat Nadja das aufgenommen?“

„Sie weiß es nicht. Und ich hoffe ...“

„Gut“, sagte Nowak. „Von mir erfährt sie es bestimmt nicht.“

„Glaubst du, dass Carla ...“, sagte Manni, schaffte es aber nicht, den Satz zu beenden.

„Sie lebt“, sagte Nowak. „Und wir finden sie.“

„Und ob wir sie finden“, sagte er später zu sich selbst, als er das Auto in der Hotelgarage geparkt hatte. Es klang heiser und wenig überzeugend.

„UND OB WIR SIE FINDEN!“, schrie er, als er im Lift nach oben fuhr. Danach versagte auch noch der letzte Rest seiner Stimme. Was blieb, waren Halsweh und eine Wut, die zu nichts führte.

0

Der Frost ist ein guter Liebhaber.

Zärtlich kriecht er unter meine Kleider. Er umkost meine Brüste, bis die Nippel kieselhart werden, saugt gierig an meinen Lippen, bis sie aufplatzen, legt sich um den Hals wie Hände, die sanft sind, aber auch ein bisschen rau, und die etwas vom Zupacken verstehen.

Der Frost ist ein guter Liebhaber mit einem schlechten Timing.

Ist das Spiel wirklich aus? Gerade jetzt, wo ich Antworten bekommen habe? Antworten auf alle Fragen: auf die jüngsten, die noch grün hinter den Ohren sind; auf die lange verdrängten, die schon Patina angesetzt haben.

Die Frage, was damals in Omas Schrebergartenhaus genau passiert ist, zum Beispiel. Ich hatte es lange verdrängt, und dann war ich mir so sicher, zu wissen, wer es angezündet hat. Habe mein Urteil nie hinterfragt. Wenn ich könnte, würde ich mich dafür entschuldigen, Ed, Paul und Sebastian, dass ich euch falsch verdächtigt habe. Wenn ich die Zeit zurückdrehen könnte, würde ich dich nicht aus den Augen verlieren, Ed. Ach was, Unsinn! Wenn ich die Zeit zurückdrehen könnte, hätte ich die Zigarette abgetötet und Wasser in den Aschenbecher gegossen. Oder gar nicht erst angefangen zu rauchen.

Die letzte Antwort auf eine Frage, die ich nie gestellt habe, hat mich von den Füßen gerissen. Vor allem die Erkenntnis, dass ich nicht auf die Idee gekommen bin, Gregors erweiterten Selbstmord anzuzweifeln. Habe ich die Liebe meines Lebens so wenig gekannt?

Das Wissen, dass er nicht den Lebensmut verloren hat, befreit mich von den jahrelangen Selbstvorwürfen, ich hätte seine Depressionen übersehen. Aber die Befreiung ist trügerisch. Denn Samuel und Gregor sind meinetwegen gestorben. Weil mich meine Vergangenheit eingeholt hat.

Klar, ich könnte sagen: Sabine war's. Sie ganz allein. Sabine – die Mörderin. Samuel, Gregor und ich – die Opfer. Und der Mist, den ich damals mit der vergessenen Zigarette gebaut habe, war nur ein verdammtes Unglück.

Aber ist es wirklich so einfach, die Rollen zu verteilen? Schuld und Unschuld? Weiß und schwarz?

Teuer waren sie, die Antworten. Sie haben unschuldiges Blut gekostet, und während ich von einer Schuld befreit wurde, habe ich eine andere auf mich geladen. Eine Mitschuld nur, aber macht diese Einschränkung sie erträglicher?

Eine Tatsache bleibt: Ich habe Unglück über die gebracht, die mir etwas bedeutet haben. Gregor und Samuel, Leon und Bär sind tot. Nicht zu vergessen: Ed und Max.

Und Sabine? Wenn sie nicht tot ist, geht sie durch die Hölle.

Ich weiß nicht, wie viele Tage vergangen sind. Drei? Vier? Dass ich friere und Hunger habe, spüre ich nicht mehr. Nicht einmal der Durst quält mich besonders. Eigentlich fühle ich nichts, außer Müdigkeit.

Ich weiß, wie es weitergeht, und ich habe keine Angst davor.

Ich fürchte nur, ich könnte vorher den Verstand verlieren. Könnte aus einem absurden Überlebensdrang heraus versuchen, Bär aufzuessen. Wie die Überlebenden des Flugzeugabsturzes in den Anden, ein Jahr vor meiner Geburt.

Zum Glück gibt es noch eine andere Möglichkeit: Sabines Waffe. Eine Glock 26. Wie meine Dienstwaffe, nur kleiner. Das Magazin ist zehnschüssig. Drei Patronen hat Sabine verbraucht, sechs habe ich verschossen, im vergeblichen Versuch, den Stahl der Bunkertür zu zerstören.

Eine einzige ist noch übrig. Aber eine genügt natürlich.

Ich warte noch ein wenig. Nicht darauf, dass Rettung kommt. Wenn Daniel oder Sabine oder der Holländer bis jetzt nicht verraten haben, wo ich zu finden bin, dann werden sie es nicht mehr tun. Vielleicht können sie es nicht.

Ich warte auf den Frost, der vielleicht doch kein allzu schlechtes Timing hat?

Still ist es hier. So still, dass ich das Blut in meinen Ohren rauschen höre. Und ist das nicht die passende Schlussmusik: Stille hinter zirkulierendem Blut und tröpfelnden letzten Gedanken? Schuld, Unschuld. Opfer, Täter. Sind wir alle beides und bemerken es nicht?

Und wenn wir es bemerken, wie halten wir es aus? Im Vertrauen auf das Vergessen, das gnädig Gras über alles wachsen lässt?

Ich denke: Vergessen. Und: gnädig.

Und ich weiß, dass ich nicht mehr lange warten muss.

Nachwort

Dieses Buch ist ein Roman. Alle darin geschilderten Handlungen sind ebenso frei erfunden wie die handelnden Personen. Ähnlichkeiten mit realen Menschen (ob tot oder lebendig) sind gegebenenfalls zufällig, keinesfalls beabsichtigt.

Auch Prumbach, eine Kleinstadt im Tiroler Unterinntal, ist zu hundert Prozent ein Produkt der Autorinnenfantasie, ebenso wie der Prumbacher See, die Prumbacher Höhe, die Große Gugel, der Grummushügel, der Sylvio-Lazzari-Weg und die Werner-Pirchner-Straße. Dass es letztere nicht gibt (zumindest bis heute), finde ich allerdings schade.

Bis ein Buch fertig ist, müssen viele Menschen intensiv daran arbeiten.

Mein herzlicher Dank geht an alle, die am Entstehungsprozess beteiligt waren, ganz besonders an Linda Müller, Magdalena Venier, Verena Zankl und das gesamte Team des Haymon Verlags, an meine Agentin Beate Riess, an meinen Lebensgefährten und an alle meine Freunde.

Zum Schluss und in Form von Extra-Thunfisch an: Fräulein Schmutzfuß, die geduldigste Katze der Welt.

Innsbruck, Juli 2018

Lena Avanzini
Nie wieder sollst du lügen
Carla Bukowskis erster Fall
344 Seiten, € 9.95
HAYMON taschenbuch 212
ISBN 978-3-7099-7848-1

Niemand kennt ihr Geheimnis – bis zum ersten Mord!
Zwei tödliche Autounfälle innerhalb weniger Tage. Und in beiden Fällen fehlen die Bremsspuren. Selbstmord, tragischer Unfall? Glauben zumindest die zuständigen Polizeibeamten. Eindeutig Mord!, ist sich Gruppeninspektorin Carla Bukowski sicher. Gibt es einen Zusammenhang zwischen den beiden Toten? Ist das nächste Opfer schon vorprogrammiert? Oder hat sie sich den Fall etwa doch nur zusammengesponnen?

Unaufhaltsam kämpft sich Carla Bukowski durch ein dichtes Gespinst aus Lügen, düsteren Geheimnissen und unbändiger Rachsucht. Packend ab der ersten Zeile!

„Dieses Buch ist bemerkenswert, weil es wenig vorhersehbar ist. Und in Details immer wieder überrascht.“
WDR, Christian Beisenherz

Lena Avanzini
Auf sanften Schwingen kommt der Tod
Carla Bukowskis zweiter Fall
360 Seiten, € 9.95
HAYMON taschenbuch 227
ISBN 978-3-7099-7872-6

Psychologische Krimi-Perfektion: Ein Mörder geht um im Rehazentrum!
Nach der Aufklärung eines Gattenmordes herrscht Flaute im LKA Wien. Zeit also für Carla Bukowski, sich um den Sohn ihres Fast-Verlobten Leon Ritter zu kümmern, der seinen Bandscheibenvorfall auskuriert. Doch das Glück ist ein Vogerl ... Leon wittert einen Betrugsskandal und verschafft sich Zugang zu den Reha-Büroräumen. Am nächsten Morgen ist er tot. Hängt sein Tod mit dem vermeintlichen Selbstmord einer Patientin zusammen? Und welche Rolle spielt die Weiße Frau, die nachts immer lautlos durch die Gänge schleicht? Bukowski ermittelt – und gerät dabei selbst ins Visier des Mörders ...

„abgründig, fesselnd und genial“
Lovelybooks, katikatharinenhof